བོད་ཞི་བས་བཅིངས་འགྲོལ་བཏང་ནས་ལོ་ངོ་
༦༠འཁོར་བར་དྲན་གསོ་ཞུ།

纪念西藏和平解放60周年

རྟེན་འབུལ་དཔེ་དེབ།

献礼图书

雪域之舟

【插图本】

周艳炀 编著

西藏人民出版社

图书在版编目(CIP)数据

雪域之舟/周艳炀编著. —拉萨:西藏人民出版社,2011. 6
ISBN 978-7-223-02845-5

Ⅰ. ①雪…　Ⅱ. ①周…　Ⅲ. ①长篇小说—中国—当代　Ⅳ. ①I247. 5

中国版本图书馆 CIP 数据核字(2010)第 054596 号

雪域之舟

作　　者　周艳炀
责任编辑　李海平　张慧霞
装帧设计　陈玉丽
出版发行　西藏人民出版社(拉萨市林廓北路 20 号)
印　　刷　北京汉玉印刷有限公司
开　　本　16 开(710×1000)
字　　数　230 千
印　　张　18
版　　次　2011 年 6 月第 1 版第 1 次印刷
标准书号　ISBN 978-7-223-02845-5
定　　价　36. 00 元

作者简介

周艳炀，笔名雁洋。生于1931年，湖北石首市人。十八军老战士，西藏著名诗人、词作家、剧作家。1949年10月参加中国人民解放军，1950年随十八军进藏。1956年调林芝地区任则拉宗（县）文教科长，创办米林、帮纳两所小学；1958年调昌都地区，任筑路大队长、文教科长；1976年调西藏自治区出版局，组织创办《西藏文学》，任编辑部副主任、副主编，后任西藏文联理论研究室主任、创联部部长，西藏自治区作家协会常务理事、秘书长。1979年加入中国作家协会。

1956年起从事文学创作，先后创作出500多首诗、100多首歌词，陆续在《人民日报》、中央人民广播电台和省级以上报纸杂志发表，多次获得国家和西藏自治区文学奖。创作川剧《雪山泪》和《高原春雷》。著有雪域三部曲《静静的雅鲁藏布》《拉萨河的故事》和《澜沧江往事》，诗集《尼玛集》，童话散文集《小鹿格桑》《森林里的审判会》和《桑珠湖之歌》，获得西藏自治区文学一、二等奖。创作拍摄了西藏第一部电视剧《还愿》，获得1984年全国优秀电视剧飞天奖。

进入古稀之年，每天仍坚持创作，创作了中篇小说《小猪倌和她的杰勒玛》、长篇小说《雪域之舟》、电影文学剧本《西藏传奇》和民歌集《云中的经幡》。

周艳炀的文品和人品
——读长篇小说《雪域之舟》感言（代序）

李佳俊

最近重返拉萨，我的老朋友，西藏著名雪域诗人、词作家和剧作家周艳炀的儿子——作家、评论家和企业家周韶西来宾馆造访，带来3条信息。一是他十分尊敬爱戴的父亲生病住院，日渐消瘦，他刚刚回内地抱着父亲痛哭了一场，让我为两年来没能去拜望老人家而愧疚不已。二是艳炀住院前刚刚写完一部长篇小说，命名《雪域之舟》。不会错，是写西藏的书。退休20年了，身居四川闹市，心儿却仍然在神秘高原上空苦苦地缭绕、飞翔，我对此并不感到意外。意外的是年近八旬的老诗人，又长期处于半瘫痪状态，却以顽强的毅力，以对西藏深深的热爱和眷念，在近年里整理出版了4部文集，创作了大量的文学作品，仅2008年就与两个儿子一起创作了电影文学剧本，自己还创作了一部20多万字的长篇小说《雪域之舟》。重病住院分明与他创作时身心的超能量付出有关，那甘于接受心灵和肉体严酷挑战的拼搏精神实在令人惊讶。三是《雪域之舟》已经通过出版社初审，决定明年付梓面世，要求他以评论家的身份为该书作序，是韶西既无可推卸也乐于承担的，已含泪写就。鉴于儿子为父亲作序难免给读者瓜田李下的误会，韶西恳切希望我能抽暇再给艳炀写一篇客观公正的评论代序。他说："李老师，你与爸爸合作共事多年，对他的为人处事最知晓；上世纪80年代就写过他诗歌创作的长篇评论，对他的文品文思有精辟分析，由你写序是再合适不过的了。"——我退休已近10年，天天都在"暇"中，更是无可推卸的；但也因为"暇"得太久，能否写出一篇既时髦又与艳炀对西藏文学的执著追求相称的文字而忐忑良久。

我回到成都，连夜阅读这部作家创作生涯中的第一部长篇小说（艳炀已病魔缠身，也许是他的最后一部长篇小说），可以说这部长篇小说一下子就把我带回到西藏和平解放初期那个已经相当遥远的年代，跟着小说主人公周翔的足迹走进藏东南横断山脉的密林深处，重温一个个既亲切而又陌生的故事。亲切缘于熟悉，老西藏都是这样走过来的。胸怀保卫边疆、建设新西藏的崇高理想，党叫干啥就干啥，昼无饭店，夜无旅馆，背着背包和干粮在崇山峻岭中徒步千里，站岗放哨，筑路开荒，访贫问苦，满怀激情地抢着为老百姓做好事。个个都吃尽了苦头，偏偏不知道苦，反而以苦为乐，日子过得蛮充实。在当时可以说每件事情都显得十分平淡，平淡得“不足挂齿”，早就随着时间的推移而淡薄乃至忘却了。而今时过境迁，世风不古，当一些年轻人不择手段追名逐利，把“老西藏”看作憨包的时候，艳炀精心创作的《雪域之舟》所讲述的往昔故事无疑具有振聋发聩的意义，给人惊心动魄的审美效应。我的心灵被深深地震撼了。

韶西把《雪域之舟》定位为“自传体小说”，当然并不能将现实诗人、剧作家周艳炀与作品主人公周翔的作为一一对号入座。长篇小说处处都流动着作家青年时代难忘的生活体验和真情实感，这是毫无疑义的，也是文学创作的应有规律。

周艳炀50年代中期就开始业余从事诗歌、歌词和戏剧创作，是一位活跃在雪域文坛的老诗人和剧作家。我从进藏那天起就注意收集他发表在西藏和内地报刊的诗作，那浓郁的民歌风味，那高原山河特有的壮美和迷人的民族风情，那对藏族人民火热的情怀和建设新西藏的美好憧憬，让我百读不厌。但相识共事却是在上世纪70年代末，我调到创刊不久的《西藏文艺》（《西藏文学》前身）以后的事。他担任副主编，是我的领导。我曾听他断断续续地谈过一些进藏初期在昌都的经历、故事，编列为部队文工队演员，其实没有做专业作家，一切服从西藏革命和建设需要，修路、放哨、发放农贷、押运物资，都干过。因为学会一口流利的藏语，带领民工、处理军民关系、兴办学校、调解地方纠纷，更少不了他。给我印象最深的是，他干一行就爱一行，爱一行就钻一行，总能干出成绩来。在编辑部，他兼任诗歌组组长，因为当时刊物最薄弱的环节是小说，他和修义忠主编就把主要精力放在发现和培养小说作者上。他每发现一棵好苗子，就连夜召集编辑与作者一起讨论、修改，并吩咐我组织和撰写评论予以鼓励，很快改变了文艺刊物以诗歌、通讯为主打体裁的单一格局，涌现出一批在全国有影响的小说作家。使期刊每期的发行量猛增到3万多份，与当年全国著名省级文学刊物不相上下。为了保障印刷质量，将刊物按时送到全国读者手中，年过半百的艳炀每期都要带领编辑和通联干事跑印刷厂，亲自参加校对、打包、搬运、分装、邮寄，常常干到天明，那认真负责的精神实在令人钦佩。至于他自身的创作都是利用业余时间熬灯守夜干出来的，而且创作出许多脍炙人口的文学作品，曾多次获得自治区文学一、二等奖；电视剧《还愿》获得国家"飞天特别奖"。我所专评的艳炀的三部童话散文集就是那个时期他创作的杰出代表作。在工作和生活中，他严于律己，宽厚待人，善于与合作共事的伙伴营造一个和谐宽松的环境。联想起艳炀数十年的坎坷经历及其做人的本分，我感到韶西称《雪域之舟》是一部"自传体"小说并不为过。小说自始至终凝聚着作家深刻的人生体验和真实情感。即使今天的读者未必相信它的真实，但这绝不是为迎合读者趣味、追赶时髦而编造出来的故事。这才是《雪域之舟》的艺术魅力所在。

写到这里，我的头脑里猛然冲出四个字——"文如其人"，明代著名评论家李贽将"文如其人"引申为童心论，断言"天下之至文，未有不出于童心焉者也"。有志于留下"天下之至文"的作家必须具备的先决条件，就是要出污泥而不染，保持一颗不变的童心。李贽对童心内涵做过精辟的界定，"夫童心者，绝假真心，最初一念之本心也。若失却童心，便失却真心；失却真心，便失却真人。"保童心，表真心，做真人，既是艳炀一生坚持始终的人格追求，也是融会于他所有文学创作的精神内核。他的早期诗作受到藏族民歌的熏陶，以通俗语言艺术形式反映百万农奴翻身的喜悦，恋歌炽烈如舞场篝火，儿歌纯真像蓝天白云；中期的系列童话诗把读者引进密林深山丰富多彩的动物世界，马熊、兔子、香獐、蜜蜂等，个性鲜明，栩栩如生，在耐人寻味的纠葛中谆谆告诫孩子们热爱劳动、勤奋好学、爱憎分明、诚实待人，做一个于社会有用的好人；晚期创作的这部长篇小说尽管在审视对象、文学体裁和艺术手法上进行了一次大胆开拓，但作家一贯坚守的精神内核没有变，而且发挥小说体裁无所不包的优势，将他对真、善、美的执著追求表现得更丰满、更富激情。

从西藏回来后，我曾去温江看望病中的艳炀。艳炀谈兴很高，往昔的艰辛，今日的繁荣，话题都离不开西藏，洋溢着难舍难分的温情。"佳俊，你我都为西藏吃了不少苦头，但我们无怨无悔，因为那是一笔取用不尽的财富呀，它教会我们怎么做人，做一个真正的‘人’。”话题转到长篇小说《雪域之舟》，我说：“我没有想到，你快80高龄了，会突然冒出一部长篇小说来，而且小说写得这么感人。”艳炀叫护理人员扶他坐了起来，理直气壮地说：“我为什么不写？我要把自己拥有的精神财富传给儿女，传给下一代。我带病写作就是要告诉更多的人，我们这些老西藏在那个艰苦的岁月中是怎样工作和生活的，是怎样奉献的。这笔精神财富后人应不应该发扬和继承？”

我终于读懂了《雪域之舟》，读懂了激励老诗人、剧作家不顾年迈体弱坚持创作这部新小说的缘由。他宣扬的“老西藏”精神，实际上浓缩了中国共产党人全心全意为人民服务的革命传统。艳炀所说的“财富”看不见摸不着，却是万万丢不得的。

从艳炀老师的文品到人品，我感悟到了人生的真谛，感悟到了为文首先要为人。希望《雪域之舟》的出版能带给艳炀以慰藉，也希望他老人家早日恢复健康，重新拿起手中的笔，创作出更多更好表现西藏那片热土的文学作品。

2009年10月25日于成都书斋

父亲的西藏（代序）

周韶西

7年前我为父亲即将出版的文集写过序。文集出版后，父亲的那些老战友对文集及文集中的序给予了高度赞扬，有的甚至被文集的序感动得流泪了。我知道我的序之所以能感动父亲的战友们，不是我的文章写得有多好，而是父亲与他们那一代人的生活与情感、思想与精神，以及他们经历的往事本身很感人，我只是真实而生动地表达了他们那一代人的心路历程。

这一次我又要为我父亲即将出版的长篇小说《雪域之舟》写序，我始终认为写序本应该是德高望重的人或是在文学上颇有造诣和成就的人更为合适，但我仍然抑制不住要写。一是因为我了解我的父亲，也深爱我的父亲，对父亲的文学创作我始终给予高度的关注，这是我的责任和义务。二是这部长篇小说描写的是父亲那一代人的生活与故事。我作为一个作家，一个文学评论者，一个长期生活与工作在西藏的第二代，有这个责任和义务为我父亲的书写序，更重要的是我不仅在为父亲的书写序，而是在为他们那一代人写序。说实话，能为父辈们多做一些力所能及的事是我们这一代人的责任和义务。

说来令人悲伤，令人心疼，我写这篇序与7年前给父亲的文集写序是在同一种环境同一种心境下完成的。7年前父亲的第一部文集即将出版，也就在这个时候父亲由于劳累过度，血压突然升高，偏瘫把父亲送进了医院。我在父亲的病榻前为父亲的文集写序。这一次是父亲在近80岁高龄的情况下，完成了他第一部长篇小说《雪域之舟》和电影文学剧本《飘舞的经幡》（编剧：周炜、周韶西、周艳炀，该剧将由北京全线世纪影视策划公司和西藏自治区党委宣传部联合拍摄）之后，却因多病并发，骨瘦如柴地住进了医院。我又在父亲的病榻前完成了这篇序。

我在父亲的病榻前整整守护了一个月。我因工作就要返藏了，父亲手术后虚弱地躺在病床上，紧紧地拉住我的手，坚定而充满父爱地对我说："儿子，辛苦你了！回去吧，事业为重。相信爸爸一定能挺过去的，我还想咱们父子合作，再创作两部构思独特、酥油味浓的长篇小说呢！”

我紧紧地拥抱父亲，泪流满面。父亲第一次在我面前哭了。

父亲属于西藏，西藏也是父亲的西藏。西藏给予了他新的生命，给予了他为之奋斗的事业，给予了他完美的爱情和幸福的家庭，他在西藏实现了自己的人生价值。更为重要的是父亲在西藏的那段峥嵘岁月，他所感知的那片高天厚土、灿烂的阳光、美丽的山川和勤劳勇敢的人民，以及他所经历的那些可歌可泣的生活与往事，多少年来深深地植根于父亲的血肉与灵魂。为此，父亲成为了一个真正的战士，一个真诚的作家与诗人，一个真情讴歌西藏的歌手。

每个人可能对自己的生命里程都有一种真切的感悟。近几年来，早已进入古稀之年的父亲似乎觉察到生命留给自己的岁月不多了，他对西藏的思念越来越强烈，对往事的追叙也越来越迫切。为此，父亲把这种思念和迫切转向了文学创作，而且这种创作的冲动时刻都在撞击他的心，使他无法停下来，可以说如井喷似的一发不可收拾。近 4 年来父亲先后写作了《静静的雅鲁藏布》《澜沧江往事》和《拉萨河的故事》3 部文集；2007 年在《西藏文学》第六期发表了中篇小说《小猪倌和她的杰勒玛》；2007 年父亲收集整理的西藏民歌集《云中的经幡》出版。特别是 2008 年这一年，是父亲文学生涯中最辉煌的一年：创作完成了长篇小说《雪域之舟》；与儿子共同创作了电影文学剧本《飘舞的经幡》（即将拍摄）；整理编撰了 200 多条极富哲理而又幽默的西藏新谚语；除此之外，还完整地构思了两部长篇小说，按照父亲的计划今年要完成一部长篇小说的创作，但才刚刚起稿创作父亲就病倒了。

我也深感奇怪和欣慰，父亲在他古稀之年仿佛才真正进入他创作的最佳状态和高产时期。我也常常在思索：一个年近 80 岁因患偏瘫生活几乎不能自理的老人，何以迸发出这样巨大的创作激情，在偏瘫的 7 年中每天用他的笔坚持五到六个小时的创作，这需要多么大的勇气和毅力。但是父亲的的确确是这样做的，也是这样坚持的。我想答案应该是：由于父亲对西藏那片土地深深的热爱和眷念，也由于父亲就是在那个“红色”年代里成长起来的作家和诗人，使他能够以一个作家和诗人的良知和视角，以及他对革命事业的理解和认识，不论岁月的流逝，不论时空的更迭，那些如火如荼的生活与往事，已经渗透到了父亲的血脉之中，在他的精神与记忆中挥之不去，并深深地影响着他，感召着他，启迪和激励着他。特别是父亲对他所经历过的那个特定时代所呈现的波澜壮阔的社会生活与画面所产生的刻骨铭心的真切记忆和独特体验，经过长期的沉淀、思索、提炼和酝酿，从他的情感与灵魂深处彻底地唤醒了他创作的神经末梢，使他爆发出巨大的创作能量。由此，他的一部部谱写西藏革命历史的壮丽篇章才如泉涌般地从他的笔端里不断流淌出来……

谈到父亲话就多了。言归正传。谈谈父亲的长篇小说——《雪域之舟》。这部小说是父亲近60年创作生涯中的第一部长篇小说，也是他用了整整8个月时间几经创作修改，一笔一画写出来的，可以说倾注和饱含了父亲全部的心血、汗水和热情。因为父亲偏瘫手脚不便，更不会用电脑，他的创作是艰苦的。父亲的这部长篇小说应该说是一部自传体小说。因为小说中的时代背景和故事情节都是真实的，都是父亲亲身经历的。所以这部小说真实地反映和再现了父亲所处时代的社会生活和历史场景，同时我们可以通过这部小说去真正了解和把握那个时代的脉搏。正如我父亲在谈到这部小说的创作动机与目的时所说的："我以自己的亲身经历创作这部长篇小说的真正目的，是要告诉我们的后人，让他们记住，我们那一代人在西藏做了什么，奉献了什么。这是值得后人思索与借鉴的。"的确，我们这一代人应该怎样去审视那个时代，怎样去评价那个时代的人，这是一个严肃而又必须正视的话题。"忘却过去就意味着背叛"，这是一条真理。

在50年代初期，尽管西藏已经和平解放，但根据"十七条协议"尚未进行民主改革，所以社会形态依然处于封建农奴制社会。由于经济落后，交通闭塞，其交通工具主要依靠牦牛运输，所以牦牛素有"雪域之舟"的美誉。

为了巩固国防，尽快改变西藏经济社会落后的面貌，十八军在进军西藏的同时，动用了大量部队修筑康藏公路这条生命大动脉。当公路修到波密时，为了筑路部队的后勤保障，当地部队和政府组织、动员当地头人、群众组成了许多牦牛运输队，为筑路部队运输粮食，并派出许多干部和战士协调督促、带领各牦牛队更好地完成运输任务。

《雪域之舟》描述的就是当时在林芝波密一带穿越茫茫林海的一支牦牛运输队，在年轻战士"牦牛大王"周翔的带领下完成运输任务的过程中所发生的故事。

这部长篇小说的完成，父亲无疑成为了一个革命的亲历者和描述者。父亲是可贵的，以及出生于那个“红色”年代的作家们，他们的可贵之处就在于他们对那个时代生活的真切体验和认识，他们所蕴藏的丰厚而扎实的生活积累是我们无法体验和拥有的。父亲深刻地认识到，他作为那个特殊时代成长起来的作家承载着历史叙述的重任，即以进步的历史观念去理解过去，确证今天和明天。《雪域之舟》不单是对普通历史事件的叙述，更重要的是以一种精神方式再现了那个时代波澜壮阔的生活与场景，并以深邃的思想内涵和独特的艺术形式，使小说具有了自身的特质——革命的含义和意味。

也许在这个经济快速发展、科技高度发达的时代；在这个信仰混乱而应重塑信仰的今天；在这个各种文学思潮、各种文学风格并存的现实世界里，这部字里行间充满“红色”意味的长篇小说并不得到更多人的青睐。但是，在西藏社会与经济的发展进程中，在物质文明与精神文明的建设过程中，重温老一辈人的奋斗精神，重树十八军的革命风范，在西藏、在这个时代会显得越来越重要，也会越来越引起社会的广泛关注。

我相信，《雪域之舟》这部充满革命的浪漫主义和现实主义的文学作品会引起更多人的共鸣。

愿这部长篇小说的出版带给父亲一种祝愿，让他尽早战胜病魔，开始新一轮的文学创作。

2009 年 5 月 12 日于成都

第一章

1954年春节前夕，康藏公路通车到了波密地区的松宗小平原。一辆辆满载物资的汽车开进了松宗解放委员会门前的草坝上。波密党政军民欢天喜地举行仪式，庆祝“双喜临门”。波密地区宣传队更是情绪高昂、劲头十足地把一个多月辛苦劳累编排出来的几台慰问节目，在汽车和人群圈围起来的露天大坝上，栽上几根原木扯起幕布，接连很多天为汽车连、修路部队、援藏修桥的四川桥工队，以及参加运输的农牧民群众进行慰问演出，直到大年初三下午演出才算结束。

队长姚钧站在舞台中央，吹响哨子对全体队员大声宣布：“同志们！庆祝春节、松宗通车，双喜临门的慰问演出胜利完成了！”他乐呵呵地举起右手，接着说道：“报告大家一个好消息，凯宇科长说办事处决定给我们宣传队补放年假，从明天起放假3天。大家快卸妆，收拾好服装道具，跟我回驻地，到伙房去领白面、肉馅，包饺子过大年！”说完，他习惯性地举起双手鼓起掌来。

他满以为放年假、包饺子的喜讯一宣布，准能博得一阵响亮激奋的欢呼声和掌声，却没有料到应和者稀疏，好不尴尬。这时他才发现，小伙子、姑娘们听了他的喊话，竟然如同倒骨牌似的，瘫倒在了草地上。藏族、汉族姑娘们一个个还侧身抱着脑袋“阿妈呀”“哟喂”地直呻唤；小伙子有的打哈欠，有的伸懒腰，真像一群走累了的小牛犊、小羔羊。

这也难怪，他们自随办事处机关搬来松宗，沿途为修路部队、伐木工人以及大小村寨的群众进行慰问演出，就已经很劳累了。不料11月中旬，来到松宗查儿岗住下不到几天，宣传科长凯宇同志便跑来动员，要他们为庆祝春节和通车松宗做好演出准备，至少要编排出三到四台节目。因此，宣传队便又开始紧张地排练节目。一个月来，大家一日三餐光吃只有3钱酥油拌和的糌粑；天寒地冻，仍日以继夜地在荒坝上排练节目，直到春节前夕通车松宗，又紧张地投入到“双喜临门”的慰问演出中。这样下来每个人都已疲倦得很，一听到演出任务完成，放假3天，还有谁不想躺下来好好地睡它3天呢？

尤其是周翔和他领导的两位既年轻又能干的小伙子，一个是曾耀（队长

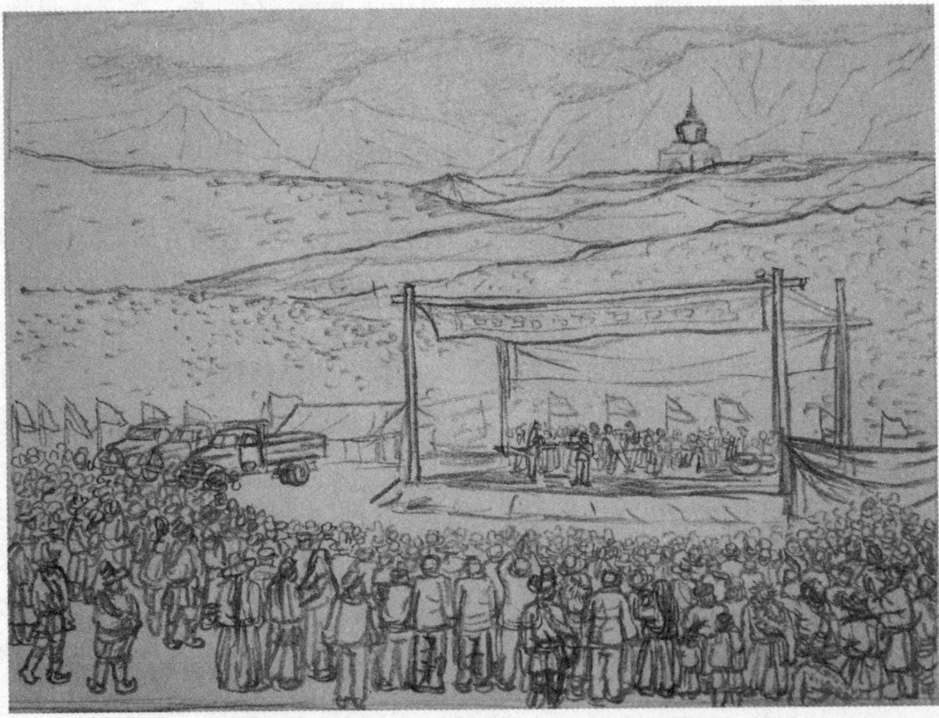

队长姚钧站在舞台中央，吹响哨子对全体队员大声宣布：“同志们！庆祝春节、松宗通车，双喜临门的慰问演出胜利完成了！”

姚钧的通讯员），一个是汪华（借调来筹建新民主主义青年团的战士团员）。自去年搬家来到松宗查儿岗近两个月的时间里，他们三个沿途一村一地不是搭舞台，就是挂幕布。除此之外，周翔还要参加演出、拉幕布搬道具。特别是庆祝“双喜临门”这几天，既要演夜场，还要挤出时间上山去寻找枯枝，扎成山炮般大小的火把，做好晚场演出的照明准备；春节接连 4 天，白天、晚上两场演出，他们三个就像走马灯似的跑上跑下：时而上台演出、拉幕布搬道具；时而跑到台下把火把向前推挪一下，或调换方向，让火把烧得更亮些，好让观众看清、看好演出的节目。可以说每天演出结束回到驻地，他们就已累得筋疲力尽，顾不上卸妆、洗脸、洗脚，便钻进被窝里，呼呼地睡着了。第二天太阳出来才去水沟边卸妆、洗脸，然后捼糌粑吃早饭……所以他们三个一听到队长说补放年假 3 天，还去伙房领白面、肉馅包饺子，那还能不高兴！于是往幕布上一倒，眼睛一闭便打起呼噜来。

队长转身看见，便乐呵呵地用脚尖踢着周翔的脚大声叫道：“周翔，你听着，卸完舞台回驻地后，立即卸妆洗脸，到队部来和我们一块包饺子过年。这可是一年只有一次的美餐，别落了！”

“为什么要我去队部过年呀？我不去，班里热闹得很哪！”周翔眯缝着睡眼说。

队长从兜里摸出两头大蒜，在周翔眼前晃了晃说：“你们班有这个吗？今天我请客，一定要来，听见没有？”

周翔知道队长的个性，无论他叫你干什么，作为下级都得回答“是”。不过周翔今天确实很困，只轻声地“嗯”了声，队长没有计较，还乐呵呵地用脚尖挑了挑通讯员曾耀，说道：“曾耀，快起来跟我回队部，去伙房领咱们和周翔的面粉、肉馅包饺子过年。”

汪华听见了，抬起头说：“请别领我的那一份，我答应了藏族姑娘们的邀请，要和她们一块过年。因为她们中间有 4 位同志写了入团申请书，我要

去为她们再讲一次团课。”

“那就随你便吧！”说完，队长带着曾耀走了。

周翔见队长走了，困劲又上来了，于是对汪华说：“咱俩再休息一会儿吧，误不了卸幕布回驻地过年。”汪华正巴不得呢，猛然躺下，惬意地合上了双眼。

周翔今天被队长一反常态的举止和言谈，搅得脑海里接连涌出许多的问号来，竟像蜂儿似的在脑子里嗡嗡飞旋起来。心想，他 1951 年 8 月在江卡（现名芒康县）藏训队学习了近一年的藏语文，以优异的成绩结业后，高高兴兴由组织分配到波密这一个带有连队性质和作风的宣传队当宣传员。自入队的那天起，队长姚钧不知为什么，不管是在排练节目中，还是在布置会场、挂幕布之时，只要看见他周翔稍有不当，便会拉下脸来，厉声命令道：“重跳，重跳，像什么玩意儿（指舞蹈）！”或厉声喝道：“重挂，重挂，像什么玩意儿（指幕布）！”令周翔非常难堪也非常难过。可是又不知队长因为什么，竟然在晚点名时当众指定他周翔当舞台装置组组长，并且“慷慨无私”地把他的通讯员曾耀和连队借调来筹建新民主主义青年团团支部的战士团员汪华派给他当组员。不过又强调说必须在他俩有空的时候。尤其是这次从倾多搬来松宗查儿岗的途中，有一次为群众演出搭舞台，队长明明说只住一个晚上，只为群众演一场节目。因此周翔为省时省力，带着曾耀和汪华只栽了几根柱子就用幕布圈围成一个舞台样儿来供演出用。不料导演韦军见了后，要求周翔拆了重新搭一个比较像样的舞台为群众演出，不然不够气派。周翔急了，大声向导演韦军辩白道：“周围的村庄都相隔很远，晚上看节目的群众肯定最多不过 20 来个，况且只演一个晚上就要离开，拆了重搭没有那个必要，何况走了一天路，大家都累得不行——”就在这时，队长姚钧走了过来，听到周翔大声和导演争辩，很是严肃地批评周翔不该和导演对抗，这是无组织、无纪律！还命令他按照导演要求拆了重搭。更使周翔想不通的是：队长还在

晚上点名时站在队前指名道姓地又批评他竟敢和导演对抗。末了还讥讽地说：“你周翔除了和女同志说话脸红声音小外，和任何人争论问题，无不是声音大嗓门高，如同吵架，粗野至极，什么玩意儿！”

“哈哈……”队长的批评讥讽还引发了一阵笑声，叫周翔羞愧难当，无地自容。

想到这里，周翔不由得一阵心烦起来，干脆不休息了，一骨碌爬起来搡了搡汪华：“快起来卸幕布，不然天黑前回不了驻地吃不上饺子啦……”

汪华很不耐烦地抢白道：“分到你的装置组，算是倒了八辈子的霉！你不看别人都躺着吗？”汪华扭头一看，除了他和周翔，再没有别人了，这才赶紧爬起来，手忙脚乱地配合周翔卸起幕布来。直忙到傍晚才卸完幕布，打好包，一人一包背着，晃悠着往查儿岗驻地走去。

周翔因队长姚钧请他吃饺子，还在心里犯疑，走得比较慢。而汪华却想着尽快赶回驻地和几位巴安的藏族女同志一块过藏历新年，除每人一份面粉、肉馅包饺子外，还可以享受伙房额外照顾藏族同志过年打的酥油茶、煮好的肥羊肉，所以走得较快。不大一会儿，周翔便远远地落在了后面，汪华先回了营地。

周翔背着幕布汗流浃背、气喘吁吁地刚走进坐落在丛林中的营地，就闻到了飘在空气中的鲜肉饺子的香味儿，馋得他吸吸鼻子，恨不得把饺子的香味全吸进肚子里去，他越发饥肠辘辘地好不难受。他加快了脚步，穿过一蓬荆棘，看到很多先回到营地的战友，特别是几位巴安的藏族女同志端着饺子，嘻嘻哈哈地围着一个挺着肚子、躺在一截枯干的松树枝上的人，不知在说些什么。周翔好奇地放下幕布，扒开人群一看，不由得兴奋起来，走过去弯下腰开玩笑地指着躺在树干上的歌唱演员文兵问道：“亲爱的新郎官呀，你吃了多少饺子，还叫新娘子来替你擀肚子呀？”躺着的文兵伸出两个指头来晃了晃，没有说话。

“哈哈。乖乖，你吃了60个饺子呀！舒服不?”

“太舒服啦，哎！”文兵的自嘲引起大家一阵哄笑。这时通讯员曾耀挤了进来，拽了拽周翔的破棉衣，低声说：“快！队长等急了，快去吃饺子啦！”边说边拉着周翔走出人群，背起幕布便往队部走去。

周翔尾随其后，走到队部门前不远的小水沟旁蹲了下来，先抓起一把小草揉搓了几下，然后蹭一点沟边的黄泥当肥皂，捧水洗脸，到自以为干净为止，最后拉起棉衣袖来把脸揩干。走到队部门前时扯了扯棉衣裤，拍了拍灰尘，觉得很是整洁了，才打了个立正，大声喊道：“报告！”却听到队长乐呵呵地在他身后应道：“怎么这么晚才来，看来不叫小曾去请你，你还不想来了，是吧?”周翔扭头看见队长端着一脸盆连汤带水的、热气腾腾的饺子从厨房帐篷里走了出来，连忙上前行了个军礼，说：“队长请客吃饺子，傻瓜才不来呢！”说完赶忙伸过手去，接过队长手中的盆子。这时曾耀已经放好幕布，点亮了蜡烛，听到声音，掀开门帘迎出来，又从周翔手中接过盆子，跟着队长、周翔走进帐篷。队长从左面傍着帐篷固定的木桩板皮桌上拿起一个搪瓷缸、两个搪瓷碗、三双筷子、一把木勺走到帐篷中间，往高一些的固定木桩板皮条桌上一放，指着围桌放着的从桥工队干活的工地上拾来的原木墩子叫周翔坐下。他坐到了里面的木墩子上，曾耀把饺子盆往桌中间一放，拿木勺舀了三碗汤，便坐在队长左边的墩子上，三人拿起了筷子。这时，队长又从兜里掏出两头大蒜晃了晃说：“这可是松宗解委会军事代表蒙明同志高兴了奖赏给我的，我请客，每人先发两瓣。”他乐呵呵地掰开蒜，选出两瓣大的先递给周翔，接着给曾耀两瓣，剩下的两瓣放在自己的面前，把剩下的一头蒜又装进了口袋。于是三人开始剥蒜皮，吃饺子。

吃饺子吃得最欢快的要数周翔了。你看他吃饺子的那股馋劲：一口一个肉饺子外带咬一丁点大蒜瓣，大嚼几下，便吞进了喉咙。每次三五个饺子下肚后，还学着他班里的藏族战友小群培的样儿，把舌头顶着口腔上方，粘拉

出“嗒嗒”的响声，表达对主人招待的谢意和赞美。队长听了当然很高兴。

吃着吃着，周翔没解开的疑虑又上来了。他借队长蒜瓣的话题问道：“队长，你刚才说蒙明代表高兴了奖赏你两头大蒜，是今天的节目好看，还是……”

“是因为你的事。”

“因为我的什么事呀？我可没有帮解委会做好事，是不是我和富安用藏语演出《兄妹开荒》，让他高兴了？奖给你大蒜，这当然有我的份啦！”周翔得意地说。

“看把你美的！”曾耀给周翔的汤碗里夹进一个饺子，以表祝贺。队长却说：“这大蒜可是刚从四川运来的，所以这饺子是天底下最棒最好吃的大年饺子，别说话，吃饺子！”队长卖关子似的一口咬下半截蒜瓣，却不正面回答周翔的问题。他越是卖关子不回答，周翔就越是着急。周翔闷着头吃一个饺子，咬一口蒜瓣，几个饺子下肚就把两瓣大蒜吃了个精光。把筷子往汤碗上一架，便又试探性地向队长问道：“队长，你叫我来和你一起过年吃饺子，还用很珍贵的两瓣大蒜招待我，是不是过罢年又要像去年一样带我下乡去放农贷和采风呀？”

“不是跟我去发放农贷，是你去当‘牦牛大王’！”说完，队长又夹起一个饺子往口里一送，把半截蒜瓣往口里一丢，也放下了筷子，起身走到帐篷边，扯下毛巾擦嘴揩手后，说：“这事已和你们班长讲过了，他也同意了。”

好像去当“牦牛大王”乃小事一桩似的。而周翔却被他一句随便说出来的话惊得心里直犯凉，心想：去当“牦牛大王”是什么意思？是宣传队不要我啦？周翔冷漠得近乎发泄似的向队长道：“叫我去当‘牦牛大王’是什么意思？给我提职，还是——”

突然周翔的好友富安掀开门帘走了进来，听到周翔说提职，便玩笑似的说：“队长，可别忘了给我提职呀！”

三个人听了，笑得前仰后合。富安可是个机灵的家伙，他一见话题不对，赶忙上前抓起队长座位前的一瓣大蒜，说："我是说，别忘了给我大蒜。啊！周翔，玉珍和曲拉她们叫你去燃起篝火跳弦子舞，别耽误时间，快来！"说罢，一掀帐篷门帘跑了出去。

尽管突然穿插了这么一小段插曲，也未能淡化周翔的疑虑，于是他又接着问道："去当'牦牛大王'是什么意思？是我不会跳舞演戏，还是装置工作没干好？"

"嘿，看来你的问题还不少哩！别不高兴，因为你学过藏语文，会说藏话。裴益四号（原A师副政委的称谓）才在今天上午召开的干部会议上点了你的将。不是调出，是暂借，懂吗？是暂借。"队长躺在他的地铺上，挑着牙，有些生气地说。

"就我一个？刚才来的富安，他的藏话说得比我好，发音比我准，怎么没点他的将？"

"关于这一点，你最好去问裴益书记。"队长激动地站起身来，从兜里摸出日记本往桌上一放，把饺子盆往周翔面前一推，用指头点了点盆里的饺子，示意他继续吃饺子。然后凑近就着蜡烛打开笔记本，给周翔念会议记录，说："你听听'四号'在会上是怎么说的？'为了保证修路部队的给养和其他物资的供应，上级下达给我们波密地区的运输任务是18万驮。尽管从去年的7月份起，就已经动员了全区近70%的驮畜，约3500头参加运输，到年底也只完成三分之一的任务。特别是今年藏历新年后，很快进入了波密地区的春耕播种季节，最多只能派两千头左右的牲畜去参加运输，否则就会影响全年的春耕播种，这是不能允许的！为保证按期完成任务，我们必须接受去年的教训，单凭各地的定本带队运输是不行的，今年必须动员各地的甲本（百户长）出来驻点督运，我们派出工作组去沿途督察、押运，帮助调解沿途因修路占地和驮运队相互间为了争道、争放牧草地等引起的纠纷，特别要及时登记死亡的驮畜，和头人协商赔偿的金额。为此，松宗解委会要尽快组织起支援修路办公室，下设几个小组集体分工去做。人手不够，可以抽调一些，学习过藏语文或自学成绩较好的，能说通藏话的同志沿途参加押运、搞调解登记，当牦牛大王！像宣传队的周翔那样的参加学习过藏语文的同志，就可以借调去当骨干使用嘛……’”队长把笔记本一合，拍着本子对周翔说：“听见没有？这可是我记录的，虽然没有记全，但主要的讲话内容，我还是记录下来了。‘四号’点名要你去松宗当‘牦牛大王’，这可是让你响应军首长的号召。记得 1950 年 3 月在四川乐山召开的进军西藏誓师大会上，军首长是怎样要求我们的吗？”说到这里，队长把胸膛一挺，扮演首长的样儿，抬起右手说道：“同志们！我们是毛主席的英雄战士，到西藏去当‘牦牛大王’，去帮助藏族同胞建设好西藏高原，保卫边疆、巩固国防！”说完，队长放下手，乐呵呵地问道：“我扮演首长讲话怎么样？”周翔满怀激情地说：“队长学得挺像的。当时我们连就去参加了这次誓师大会，可振奋人心啦！会后，咱们连就有很多同志咬破指头，写决心书，响应军首长的号召，坚决到西藏去当好‘牦牛大王’，帮助藏族同胞搞建设，巩固国防！”

“你写决心书了没有呀？”队长羡慕地询问道。

“我怕疼，没敢咬。不过，我也在班务会上表过决心。”周翔老老实实地说道。

“这么说，裴书记点你的名，叫你去当‘牦牛大王’搞运输，没有委屈你吧？”队长紧逼着问了周翔这么一句，可把周翔问得不好意思起来。周翔忙申辩说：“我没有说去当‘牦牛大王’受了委屈，我是想说……”

“你想说叫你去赶牦牛搞运输也应该叫富安去，是不是？没出息！”

“不是。我是想说，怕你不想要我了，才把我调出宣传队，如果真是暂时借调，我一定服从组织调配，去当好‘牦牛大王’。说心里话，自从去年搬来松宗，沿途看到那么多的运输队，听到那么多好听的藏族山歌，我就默默在

心里期盼着有这么一天，挥起赶牛鞭。”说着，周翔拿起一根筷子站了起来，举起筷子朗诵道：“当真格的牦牛大王，驾驭着‘雪域之舟’穿越莽莽林海，爬弯弯山路，为英雄的解放军送去波密的春光、藏族同胞的祝福、祖国母亲的期望！”

“呵！曾耀，你听听，他这个未上任的‘牦牛大王’竟然朗诵出几句诗来表示他的决心。好，看来这几年你刻苦读书学习，大有进步，那就这么定了。你明天起大早赶去松宗解委会，向蒙明军代表报到。”队长把手往桌上一拍，站起来从帐篷撑杆上取下紫红色的琴套取出一把京胡，往放洗面盆的罐头木箱上一坐，熟练地调好弦，拉起京戏过门调来。

周翔一听兴奋地往前跨出一步，站在队长面前，张口就唱：“忙接过元帅酒一盅，小弟言来你是听……”（《朱仙镇》唱段）

“嗯，唱得不错！”队长把琴一收，往琴套里一放，拉紧琴套带往周翔手中一递，“拿着，带着这把京胡，有空就练习练习自拉自唱，唱熟几出京戏名段，今后上台，也算得一个小节目嘛！”

“是，保证完成任务！”周翔听了高兴地打了个立正，行军礼，接过京胡大声说道。队长见状，喉咙里又抖出一串“嘿嘿”的笑声，拍着周翔的肩膀说：“先别忙保证，我还有任务交给你呢！”

“是，请队长交给我任务吧！”周翔把京胡往桌上一放，眉开眼笑地又坐到桌前，拿起了筷子。这可是周翔第一次毫无顾忌地在队长面前表露出由衷的高兴。

“听着，”队长走过来，从兜里摸出最后一头蒜，掰开分给周翔和曾耀各两瓣，“你带着这把京胡，要利用机会，组织些篝火舞会，收集当地的民歌，学习当地的舞蹈，根据收集来的好人好事，学着编写一些新的小节目，哪怕是你的构想也行，拿回来交给我。另外，如果你发现形象比较好又有培养前途的男女青年，可以动员几名来宣传队。你要知道从巴安参军来的这些藏族

同志除了个别几个外，大部分都要调去办事处机关当干部呢，可是我们宣传队不能没有唱歌跳舞的藏族女演员呀!”

真是说曹操曹操便到。忽然外面传来一阵嘻嘻哈哈的说笑声。随着帐篷门帘被掀开，一群穿着演出服的巴安藏族女同志走了进来。为首的是横托着哈达的班长李雯，李雯后面是卓玛和玉珍，卓玛抱着一个壶嘴上抹着酥油的酒壶，玉珍捧着酒碗。走在最后面的是阿咪、曲拉和大阿西，曲拉拉着周翔低声地说笑起来。李雯走到队长姚钧面前，双手托起哈达往上一举，大家整齐、响亮地朗诵起新年祝词：“队长，给您拜年啦，祝您新年快乐！扎西德勒!”祝福完后，李雯给队长献上哈达。一米八的高个子姚钧乐呵呵地鼓掌致谢。接着是玉珍上前斟酒，领唱敬酒歌：

美酒满满斟上，
情在酒中荡漾；
酒歌出自心底，
祝福如意吉祥!

队长连声道谢后，接过酒碗，用无名指接连三次蘸酒弹出后，高兴地抿了一口，把碗递给卓玛。卓玛不接，要求喝干第一碗酒，接着听她们唱第二首酒歌，再喝第二碗，必须连饮三碗才行。队长一听，哪敢再喝。于是伸出两个大拇指来，恳求姑娘们破例，减为连抿三口代替连喝三碗。因为自己从不喝酒，如果连喝下三大碗，那还了得，很有可能醉倒三天都不会醒过来的。任凭队长如何敬礼，推说不会喝酒，姑娘们围拥上来，哪里肯依，嚷着非喝不可。就在这样热烈欢乐的劝酒之时，汪华掀开门帘，像乖猫似的弯着腰轻轻地走到曲拉身后，扯了扯曲拉的衣角，把她拽了出去。这被站在一旁看热闹的周翔看见了，说不清是厌恶还是嫉妒。周翔尾随着跟出队长的帐篷，就听到旁边昏黑的树影下，汪华正在埋怨曲拉不该只顾和周翔说笑，而听不到他的喊声。曲拉生气地说：“本来我和他的关系就好，因为我从巴安领主家

逃出来后，就是跟着他们的连队走到江卡参加革命的。后来我被送进江卡藏训队，学习藏文、汉文时，我们又在一起学习，我教他学藏语，他教我学汉语。特别是从藏训队毕业后，我们又一起分到宣传队来，我们的关系一直都很好，你又凭什么不准我和他说话呀？”

“就凭我是团支书，你是团员，他周翔只是一个群众，而且还是一个解放牌群众！懂吗？他周翔是被解放过来的，我汪华是自愿参加革命的团支书，我喜欢你……”接着曲拉说道：“不是还没有成立团支部吗……”突然四周安静下来，接着就传来曲拉“嗯嗯啊啊”的挣扎声。不一会儿，就连这样的声音也没了。周翔闷闷不乐地掀开门帘，想回到帐篷，却被嘻嘻哈哈拥出帐篷的姑娘们不依不饶地扯到女班的帐篷前，和早已等在篝火旁的富安、文兵、群培牵起手，围着燃烧的篝火，跳起弦子舞来。跳完一场舞休息时，富安才摇着周翔的手，问他发生什么不愉快的事了，是不是又挨队长批评啦？

周翔淡然一笑，摇了摇头遮掩道：“我明天要去松宗解委会报到，去当‘牦牛大王’。”

“没有我？”富安问道。周翔又摇了摇头说：“我很累，我想回班里去睡觉，你们跳吧。”说完，和富安握了握手，算是告别。

由于围篝火而舞，一离开眼前竟黑漆漆的什么也看不见了。周翔停下脚步，摸出手帕使劲地擦眼睛，适应了一会儿，也只能看到散落在树林里荆棘丛中的帐篷影子，特别是队长的帐篷边那朦朦胧胧似人又似树的影儿，在微微摆动着。周翔不屑地“哼”一声，把目光投向一班的方向，凭着记忆迈开了步。但他的脑海里却总是回荡着曲拉与汪华刚才的对话：“我们的关系一直都很好，你凭什么……”“就凭我是团支书，你是团员……他周翔是被解放过来的……”

“是的，”周翔愧痛地在心里说道，“是的。我不过是一个解放军战士，虽然被称作装置组长，但那是队长随便指派的，是不进档案的吹泡组长，有

什么资格找对象，谈恋爱?！……”周翔高一脚、低一脚地边走边想心思，不觉已摸到一班门前的帐篷绳。周翔掀开门帘，一股难闻的臭胶鞋味和虎啸般的鼾声冲腾扑来，臭胶鞋熏得周翔差点儿吐出来。周翔捂着鼻子，两大步跨到地下通铺前摸到挡铺的横木靠里的自己的铺位，一屁股坐进了厚厚的铺草里，如同跌进了咆哮的“虎群”之中，虽不动魄，却也惊心。周翔顺势抬起双脚，交替蹬掉力士鞋，卷膝旋陀螺似的侧身向里，拉过叠放在脚头的被子，麻利地脱下棉裤，折叠起来当枕头，脱掉棉衣往被子上一盖，然后往后一倒，蹬开被子，往身上一笼，合上了眼睛。可是，任凭周翔怎么想睡，怎么不愿再去想刚才队部门外所发生的，但曲拉的挣扎声仍不断地在周翔的脑海里回荡，怎么也挥之不去。记得前年在倾多开荒的那段艰苦的岁月里，周翔双手打满了血泡，不能捼糌粑，每顿饭都是曲拉帮他舀茶、捼糌粑；每一个星期天，曲拉都来给他洗衣服，晾干后又叠好，装进枕头套里放好。还记得从倾多宗搬来松宗后，有一次在月下跳弦子舞，是曲拉热情地拉起了他的手，曲拉还带头领唱仓央嘉措的情歌。

你是一朵白菊花，
我是一朵红梅花；
你我如愿两相爱，
红花白花共枝丫。

“哈哈……曲拉把仓央嘉措的歌词改为自己用了，羞！羞！羞!”大阿西以指刮脸羞着曲拉，开玩笑地说。

“周翔，快答唱一首表个态。”卓玛也开玩笑地说。

“快、快、快!”全舞场人也跟着起哄。

曲拉见大家的催促声把周翔弄得一脸窘态，更是得意地唱道：

绿柳爱着黄莺，
黄莺恋着绿柳；

曲拉的挣扎声仍不断地在周翔脑海里回荡，怎么也挥之不去。

咱俩依依相恋，

鸽子飞来何忧？

这可逗乐了大家。姑娘们互相使了个眼色，抬起脚来，拉起手来围着周翔和曲拉，整齐而有力地踏响地面，边跳还边喊："曲拉、曲拉、曲拉，俄查、俄查、俄查！（脸红、脸红、脸红！）"这样一羞，更是把曲拉和周翔羞得满脸通红。还是好友富安灵机一动，上前拉着曲拉一个箭步蹿了出去，甩开双手，山鹰展翅般地跳起巴塘弦子舞《廓郎呀啵》（姑娘头饰美）来。这才使满脸通红、无地自容的周翔摆脱了窘境。过后周翔也没把这场玩笑当回事儿，因为藏族姑娘们常常爱拿他和曲拉说笑、开心。所以周翔也没放在心上，总是一笑了之。

想到这里，周翔把刚才在队长的帐篷外听到的曲拉对汪华说的那段话，与那次月下曲拉唱的仓央嘉措情歌联系起来一琢磨，"哎！"周翔狠狠地捶了一下自己的脑袋，懊恨自己是如此的一个笨蛋！事已过去，但愿曲拉不受他的骗，终身幸福。可是她嫁给这样的一个人，能得到终身的幸福吗？周翔辗转难眠……

第二天一大早，周翔被鸟叫声惊醒，忙掀起帐篷底角朝外一看，东山后的太阳喷薄欲出，阳光把湛蓝的天穹抹了一层淡淡的红晕，煞是好看。周翔放下帐篷底角，坐了起来。只见全班战友还沉浸在酣畅的睡梦之中，他羡慕得不行，似乎心底还涌起一丝嫉妒的味儿。周翔轻手轻脚地打好背包，提起军用挎包便走出一班的帐篷。到沟边洗完脸，想起队长叫他带去的京胡没有拿，便又向队部走去。正好通迅员曾耀从帐篷里走出来，看见周翔，把京胡和一张纸递给周翔说："给，这是队长叫你带去的京胡，还有他写的工作介绍信。队长叫你别忘了练习自拉自唱几段京戏，特别是物色两个形象好、有培养前途的女队员。"

周翔接过京胡，往肩上一挎，向着队部帐篷立正行了个军礼，算是接受了任务与队长告别。转身又和曾耀握了握手，请曾耀转告他的班长，他怕吵醒班长的美梦，没有向班长告别，请班长原谅。说完，转身吹起《解放军进行曲》口哨，雄赳赳地向松宗解委会走去……

第二章

周翔生性憨厚，谁对他好，他就亲近谁。是上级，他敬重如父兄；是一般同志，他尊敬如师友，尤其是一旦成为朋友他就特重义气，哪怕是演出后扫地拾到的烟蒂也要与朋友分享。究其缘由，多半是源于他小时候爱看《水浒传》《三国演义》之类的古典小说吧。参加革命后，特别是从藏训队调入波密宣传队后，又爱借看时兴小说，如《钢铁是怎样炼成的》《无脚飞将军》《暴风骤雨》等。提高了阶级觉悟，因此工作不怕苦不怕累，任劳任怨。特别是读了高玉宝的《半夜鸡叫》和对他的评论文章后，周翔逐渐克服了自卑感，并向高玉宝学习，坚持不懈地学文化，写日记，练写文章，甚至暗下决心，争当“高玉宝”第二！

所以每次下乡演出，或蹲点发放农贷搞救济，或体验生活搞社会调查，周翔都能全身心地投入农村、牧场去调查、采风，收集民歌与民间故事，就像天赐良机似的，高兴得不得了。这次姚钧队长又叫他去当“牦牛大王”，虽然开始误以为队长要调走他，使他失去战友和老师而闹了情绪，但知道这一次又是“天赐良机”让他赶牦牛，体验生活，增长知识和才干后，周翔又兴奋得直想跳。

周翔背着“三压二”背包，肩挎京胡喜滋滋地去松宗解放委员会报到，也像以往每次下乡蹲点和体验生活一样，是那么的信心百倍和光荣自豪。更可喜的是松宗解委会对周翔来说并不陌生。办公室副主任黎卿同志，原本就是A师C连的藏语文教员（大家都叫他文教），昌都战役胜利后，黎卿文教、

曾远班长和周翔，三人一道被调到江卡藏训队学习藏语文。这时，文教又成了周翔的排长。因而宣传队从倾多宗搬来松宗后的一个星期天，周翔便到松宗解委会看望已经提升为松宗解委会办公室副主任的老排长黎卿和两位在藏训队时一起学习藏语文的同学，一个是松宗解委会公安员习贤同志，一个是松宗解委会办事员季忠同志。见了面大家别提有多开心，直聊到下午，周翔才告别他们回宣传队。老排长送周翔下楼时顺便带他去见了松宗解委会的二号首长——副军事代表蒙明同志。首长是那样和蔼可亲，给周翔留下了很好的印象。

这次被借调来松宗解委会当押运员，将和这些老领导老战友一起工作，一想到这些，周翔就打心眼里高兴。有熟识的领导和同学，还怕寂寞、怕遭冷遇么！所以周翔进解委会的大门就像回了家似的叫喊起来："老排长！老排长！"没人应。于是周翔噔噔噔地跑上楼喊道："习贤，季忠……"还是没人应。只见靠外一排几间办公室的门全都关着，与以往因陋就简略有不同的是每间办公室的门上都挂了一块小木牌，上面写着某某办公室的字样，仅此便可显示出人民政府的庄严与气派；而门框两边贴着的手掌般宽、手臂般长的两溜红纸黑字的春联，又给这破旧的楼房增添了"春节""通车"双喜临门的喜庆色彩，让周翔想起了儿时过春节的欢乐景象。周翔笑了，觉得能来这里参加支援修路当"牦牛大王"真是太光荣啦！突然，有人在楼下喊他的名字，接着就听到噔噔噔跑上楼的声音，周翔转身一看，原来是习贤，两人一见面又是拍肩膀又是握手。"你在楼上叫什么？咱们都在后院听蒙副代表的报告。快去，都等你好久啦。"说完，习贤拉着周翔急匆匆地下了楼，朝后院跑去。

刚跨进后院门就听到一阵笑声和掌声，周翔有些不好意思地抬头望去，可不，蒙副代表正站在土台上扳着手指讲着什么。蒙副代表见周翔走进来，

便大声说道："说曹操曹操就到，欢迎!"又是一阵热烈的掌声和欢笑声。周翔快步走到土台前向蒙副代表行了个军礼："报告军代表！我奉命来松宗解委会报到，请指示!"

"哈哈哈……"又是一阵笑声。周翔转身向大家行了个军礼，走上台向蒙副代表递上他的介绍信。蒙副代表接过介绍信，看也没看就对大家说道："你们笑什么？周翔同志没忘掉自己还是个军人，这很好，应该向他学习!"没料到刚来就受到军代表的表扬，周翔心里乐滋滋的。突然，蒙副代表严肃地叫道："黎卿副主任!"

"有!"黎卿迅速站起来。

"你先给周翔同志发一支步枪，立即带领你的人赶到会场去执行你们的任务。"

"是。"黎副主任走出来，用手指点着："习贤，季忠，柳干事，还有你。"他戳了周翔一指头，"你们随我来。"便带着他们四个离开了后院。

周翔搞不清发生了什么，还要发给他枪去执行任务，不由得有点儿紧张。走到办公楼下，老排长命令习贤他们三个都回寝室去取枪，只带周翔一个人上楼，进了办公室。黎卿从内室给周翔拿来一支捷克造 79 步枪和 20 发子弹，要周翔把背包和京胡放在他的藏式小桌上，这才带周翔下楼来，对他们四个交代任务："今天是去参加一个群众大会，是办事处副主任、倾多宗代宗本降巴扎西召开的，是他要责打曲宗甲本泽仁多杰。据报，甲本泽仁多杰的舅父带来十多名身背叉子枪、腰横长柄刀的亲信，想在开会时劫走甲本。因此，蒙副代表命我们带领警卫连一班，速去松宗寺后院，解除其武装，把人押进会场，让他们听一听、看一看降巴扎西副主任为什么要责打他们的甲本。同时要维持好会场秩序，保证首长安全！具体部署是：柳干事带着周翔、季忠同志赶去会场，组织安排好各村定本头人和群众，以及民工的坐地，稳住人

心，向定本头人们交代管理好群众的任务，维持好秩序；我和习贤同志去寺院门前和一班会合，去缴甲本亲信的械。好了，出发！”

原来事情是这样的：波密办事处新任副主任、倾多宗代宗本降巴扎西昨天下午召开三宗（倾多、易贡、松宗）头人参加的支援修筑康藏公路的运输会议，和头人们研究商讨各宗可派出的驮畜和运输任务时，遭到曲宗（松宗下属的一个小宗）甲本泽仁多杰的反对与顶撞。甲本泽仁多杰竟敢讥讽降巴扎西不是贵族出身，没资格担任倾多宗宗本，不能领导他。

甲本泽仁多杰还特别提到则拉宗一位贵族出身的宗本给他捎来的信，叫他不要参加支援修路运输，所以他拒绝派出驮牛为修路部队运送粮食。这可惹恼了降巴扎西副主任，当场命令倾多宗秘书长顿珠叫两名宗府差役把甲本捆了起来，并通知附近各村寨的定本，带领他们的百姓来参加今天的群众大会，他要当众鞭打这位顶撞上司、反对支援运输的甲本，以儆效尤！

但是，这位小小百户头人竟敢送信给他舅舅，叫他带人来救他返回曲宗。其舅舅更是愚蠢至极，胆大妄为，竟敢亲率十余骑荷枪实弹的亲朋和佣人，星夜赶来松宗寺，潜入后院，伺机营救泽仁多杰。不料被后村根保（村长）看见，立马来解委会报告，就有了今天这样一个紧急行动。

当黎卿他们喘着粗气到达寺院门前时，警卫连一班早已在此等候了。班长看到黎副主任，向前跨出一步向黎副主任敬礼，报告了人数，请求任务。黎副主任和他握了握手，转身叫柳干事、周翔、季忠三人先进会场去清查人到齐了没有，维持好秩序；叫习贤和班长带一班去后院做甲本舅舅的工作，缴他们的械。

于是柳干事带着周翔和季忠走进寺庙左面的一个宽敞的大院。柳干事和季忠是宗里的干部，他俩认识各村的定本头人和村民，便去查问他们人到齐了没有。

周翔呢，刚来松宗人生地不熟，还没有交上朋友，尤其是对当地方言听起来很吃力，所以只能协助柳干事和季忠做些他俩没想到的事情，比如用眼睛观察，只要人们没有反常的神情和举动，就算没事。当然对于那些个腰横长刀的青壮年村民，他想，必须随时拿眼睛盯着点儿。周翔倒背着枪，手握枪管在院子里转悠，细心地观察院墙上的缺口和可以利用的地形。

这个所谓的会场，从小土台等设施看，是借用松宗寺驱鬼做法事或跳神的院落。整个院子有一个篮球场大小，靠北头盖有一排土木结构的平顶房。宽敞的凉棚下，摆放着中间高两边低的 3 个座位，上铺着 3 张红绿色花卡垫，既显眼又气派，座位前各放着一张藏式小条桌。再向前约 20 米的场院中间，立着一根经幡柱，黑白两色印经布在微风中飘动着。再向南约 10 米，直到南墙根坐满了来开会的村民和民工，约有三百来人。

柳干事、季忠和几位小头人模样的人，在清点人数和整顿村民的座位与坐姿。因为他们半歪半睡地相互依靠着，嘻嘻哈哈地说笑，没个开会的样儿。他们几个好不容易才把这些人调整成方形，坐南面北席地盘腿坐了下来。小头人还要求他的百姓，一个个都要拉袖垂辫，双肘撑膝，双手合十，喃喃地口念六字真言，恭候代宗本降巴扎西和松宗寺唐纳活佛的大驾光临。人们刚安顿下来，忽然一个扛着一捆细长紫红色柳条的黑瘦高挑个儿的牧民，“噔噔噔”地走进院来。这柳条一看便知是用来作为刑鞭用的。

别看这初春的红柳枝条儿，一旦被用作刑鞭，便一变弱柳枝条而成为权威之杖，任凭你钢筋铁骨，也叫你血肉横飞。当这位黑瘦汉子走到经柱下，“咚”的一声丢下柳条捆，竟把在座的几百善良百姓和民工吓得轰然爆发出一阵惊恐的念经声。

这个人身穿油渍邋遢的老山羊皮藏袍，与他高挑瘦削的个儿极不相称，就像一根干树丫插在皮口袋里一样。满脸的污垢陪衬着憨态可掬的神态，一

看便知他是一个刚从外地派来当刑差的穷苦牧民。

黑瘦汉子熟练地从怀里拿出一把砌石用的短柄榔头，接着又从左袖筒里抽出一根两尺长的削尖了的木桩砸进地下，足有一尺来深。他还怕不稳固，用力晃动几下，见动它不得，这才吐出一口长气，拍打着外露的山羊毛上的泥尘，拿起榔头径直走到人们的座位前，转身一抹身后衣摆，伴着沉重的“噢呜”的呻唤坐了下来。

他身后的人群由于观看他的“表演”暂时低沉下来的念经声，此时“嗡”的一声又高昂了起来，倒把他吓了一跳，他扭过头去歉然不语地投去憨厚的一笑。不意看见黎副主任和习贤领着一伙人走进大院，他慌忙退到东面的墙脚，弯腰拱手目送他们绕到后面空地。这时全场院人伸长脖子瞪着惊愕的眼睛，啧啧有声地观看。

这伙模样非凡的汉子，一行 11 人。除尾随于后的一老一少外，走在前面的 9 名中青年壮汉的装束打扮几乎一模一样：他们高盘在头顶的发辫上很招眼地立着一个金黄的蜜蜡发髻，一指粗的土黄色的发辫缨子飘散在右面的额头上，头发上抹着的酥油在太阳下闪闪发光，人人身上穿着一件宽领大袖斜扣的白色藏绸衬衣褂，礼节性地右手掌贴着胸口跟随在黎副主任和公安员习贤的身后走进会场。可惜他们的腰间没有波密男人惯于别着的“果奔”腰刀(即砍树劈木用的平头长柄刀)，不然就更加魁梧剽悍了。特别是他们臃肿的老羊皮裤，走起路来摩擦难行，一踱一踱的那个样儿，简直像是来会场献艺的热巴艺人。

不过今天他们没能挺起胸膛在大庭广众之下表现他们的风采，而是微微躬着腰跟在公安员习贤的身后，不声不响地走到群众后面的一块空地上，在习贤的指挥下唯唯诺诺地盘腿席地坐了下来。这时，跟在他们后面的一老一少被习贤指点着傍着刑差坐下来等候宗本处罚甲本时听候召唤。

黎副主任走过来小声地对柳干事和周翔说：“经过耐心的说服教育，特别是甲本的舅舅看见真枪实弹的解放军站在门外，才决定接受我们的劝告，交出了3支英式步枪、6支双叉火药枪和9把果奔腰刀，由解放军代为保管，并保证听从我们的安排，遵守会场的规定，不起哄、不闹事。”

黎卿接着语气庄重地补充说：“尽管如此，我们仍不可大意。周翔要守卫在首长的后侧面，配合降巴扎西副主任的警卫员小胡，务必保证首长的安全!”

“是!”周翔警觉地应了一声，便向首长座位的里侧踱去。

“啪、啪。”院门口传来两声皮鞭的炸响，人们回头一看，只见两个身着黄色十字花边氆氇军服、头戴红缨帽的差役，裸露着右臂，高举着牛筋鞭走进大院，对惊愕的民众喝道：“倾多宗代宗本先生和唐纳活佛驾到，到会民众速起立躬迎!”

话音刚落，人群中“啦索”的唱喏声一下迸发了出来，有如骤起的狂风把人们的情绪冲腾了起来，纷纷躬身而起，有拉袖、甩辫的，有双手合十作揖的，还有大声唱喏“洽佩郎穷（大驾光临）”的，直到降巴扎西、唐纳活佛和秘书长顿珠一行在警卫员小胡的护卫下径直来到座位前坐下。前导的差役威严地向着到会群众扬了扬手中的鞭子大声喊道：“坐下，坐下!”人们这才缄口默声、正襟危坐下来。一个个趁机从男女仆役们忙碌摆放龙花瓷碗、倒酥油茶、搬运火盆等川流不息的缝隙中瞻望宗本大人的福容，因为贵人宗本未来之前，早有传说他是一位不欺百姓的好官，秉公办事的头人，而且仪表非凡。

可不，他身穿细呢长藏袍，外套一件绛紫色氆氇呢面的羔皮背心；年纪不过三十四五岁，短发宽额，方脸高鼻梁，眼袋微凸，目光炯炯，端坐在中间高一层垫子的座位上，脸上荡着笑影，和蔼可亲，只可惜身着俗装，若是

披上袈裟，一定会被人们看成是仁慈的高僧、活佛呢！

再看他左首，坐着的是松宗寺唐纳活佛，身材伟岸，坐在矮一层坐垫上还比降巴扎西高出半个脑袋，其腰围没有两个人怕是合围不上的。他面颊黧黑，嘴阔而齿白，尽管盘腿而坐，仍如山崖壁立；虽闭目数珠，也威仪凛然。论职务，他是松宗解放委员会副主任、松宗寺住持，是降巴扎西的下级，但他在当地群众眼里不仅是活佛，而且还是掌握松宗辖区政教大权的僧官。

所以当他走进大院时，满院信徒谁不想伸过头去，顶礼膜拜，求他摸顶赐福？但眼看着戴红缨帽的差役手上的牛筋鞭高悬在头上，又一路喝唱着代宗本降巴扎西和唐纳活佛的大名开道，谁还敢伸过头去试鞭呢？然而直到此时，谁又不是朝着活佛双手合十，投以崇敬的目光，争取更多时间瞻仰活佛的慈容，祈求佛光普照，给自己带来一年好运，消除一年的疾病与祸灾呢？所以念经声、祈祷声时高时低地荡漾在这场院之中。

此时，坐在降巴扎西右首的秘书长顿珠在征得代宗本和唐纳活佛的同意后，向院落外招手喊道：“把泽仁多杰带进来！”

只见两名穿黄色氆氇军服、头戴红缨帽、斜背着步枪的差役架着一个发辫油光而且蓬乱的人疾趋而入，来到降巴扎西桌前喝道：“站好！”这时，人们才看清了这位百户头人的尊容：他又浓又黑的络腮胡，把一张汗渍灰白的圆脸圈在其中，就像藏在乌云后的一轮明月。尤其是他那两只眯缝着的小眼射出来的冷冷目光，更显露出他那桀骜不驯、目空一切、敢做敢当的康巴汉子的性格。即使此时在顶头上司——代宗本降巴扎西面前，他也毫不在乎地转过身去扫视了一下满场子差民百姓，当他看见舅舅和弟弟旺加以及雇请来的坐在最后面穿戴整齐的亲朋勇士们竟一个个毫无生气地低着头，循规蹈矩地安坐在地上，便睥睨地朝着他们恶狠狠地啐了一口唾沫。

这可激怒了代宗本降巴扎西，他生气地一拍膝盖，厉声斥责道：“你好大的胆子，站在我和唐纳活佛面前还敢抖威风!”他指着面前的两个差役命令道：“你两个，给我把他拉下去绑起来，狠狠地先打 20 鞭子!”

“嘞嘶（是)!”差役施礼唱喏后，一边一个把甲本泽仁多杰架着拖到经幡柱下，冷不防地按着他的双肩同时抬起脚朝着甲本身后两腿的腘窝处踢去，只听得“噔”的一声甲本跪在了地上，两个差役随即将他摁住，解开他绑着的双手，命他趴在木桩前，让刑差过来把他的双脚牢牢地绑在木桩上。末了，刑差熟练地走到甲本面前盘腿坐下来，双手把甲本的头紧紧按在他的盘腿之上。

两个差役解开柳条捆各抽出一根柳条走过来，合手掀开甲本皮袍下摆，猛力扯下他的羊皮裤，露出屁股。两人这才回转身，把刑鞭高高举在头顶，等待代宗本降巴扎西下达执行的命令。

这些举动，在场的差民百姓无不是伸长了脖颈目不转睛地盯着看，特别是最后举起鞭条等待命令的时候，有人开始大声念起经来。不难听出其中包含着善良人们的同情和祈求宗本对甲本的宽恕。

对于差民百姓的举动，降巴扎西早已是司空见惯、心领神会的。他不动声色地偏过头去看了唐纳活佛一眼，唐纳活佛像是没看见或没听到似的紧闭着双眼，努动着嘴唇，一下一下地捻动着手上的念珠，没有丝毫想为自己的下属甲本说情的意思。看来，活佛是同意对这个目无尊长的下属施加鞭刑的了。

于是降巴扎西代宗本向执鞭人大声喝道：“听着，给我用力地打!”

“啦!”执鞭的两个差役伸出柳条量了一下甩打柳条鞭的远近距离，又相互使了个眼色，同时高高举起鞭子，却试探性地故意轻轻地点了一下甲本的屁股便停下来，假意把长辫绾绕在自己的红缨帽上，把甩开的两只袖筒拴系在腰间做打的准备，而眼睛却瞟着甲本趴在地上的双手是否伸出大拇指求饶，

或伸出几个指头暗示鞭后馈送银元的数目。见没有举动，便侧着耳朵倾听他有无哀求、许诺。

可是甲本不但没有任何一种表示，还紧握拳头高高举过头顶摆动着，这可是威胁性的警告动作。这还了得！一个小小甲本竟敢在大庭广众之中、众目睽睽之下亮出拳头向上司示威，可恼！盛怒之下，俩差役举起柳条刑鞭，

俩差役举起柳条刑鞭，甩开膀子，交叉着上下翻飞起来。

甩开膀子，交叉着上下翻飞起来。每一鞭抽下去，都会迸出一个沉雷般的数字来：“吉”“呢”“松”“细”（一、二、三、四）打着，数着，直打完20整鞭才停下来。他俩又向上首举起鞭子报告20鞭打完，并向两位上司躬行一礼后分立于两边，听候宗本第二道命令。

在场的众乡亲这时才吞下口水，吐出一口长气，双手合十趺坐下来，又开始念经了。

唐纳活佛睁开眼睛，扫视了一下自己的信徒和民工们，侧身礼貌性地向宗本欠了欠身，低语了几句什么。就在此时，谁也没料到甲本泽仁多杰竟敢挣脱刑差的手，左手撑地，右手握拳高举过头，朝着上首坐着的三位领导喊道：“你降巴扎西管不着我，打死我也不服，我决不派出驮牛去参加运输！我——”

这时左边的差役重重一鞭抽在了甲本泽仁多杰的手上，右边的差役猛扑过去，摁住甲本的头，不准他胡言乱语喊叫。

这个胆大包天的甲本喊出的话，把唐纳活佛气得直向他挥拳斥骂：“该死的奴才！”

降巴扎西听了早已气得满脸通红，只见他从袖筒里拿出折叠着的手帕，打开，擤了擤鼻子，还特别有力地啐了一口唾沫，然后把手帕往桌上一摺，猛然从腰间拔出一把印度匕首，“哆”的一声，匕首钉在了桌子上，吓得满场群众“哇”地大叫一声。唐纳活佛也惊得身子一抖。

这很有可能是大家见到代宗本的这个拔刀动作，联想起去年他杀小偷的事。

这件事发生在去年秋末冬初，昌都解放委员会波密第二办事处召开波密地区头人会议，降巴扎西副主任命宣传科凯宇科长通知宣传队组织腰鼓队，去倾多城外打起欢快的腰鼓迎接各宗头人入城。

不料，有一位大头人看上了腰鼓队红绿绸子的服装，竟在开完会不久，便派达本（马倌）带人偷走了全部腰鼓服，急得宣传队指导员叶友跑去报告了代宗本降巴扎西。降巴扎西副主任听了很生气，对秘书说：“我降巴扎西还坐在宗政府内，都敢来偷走腰鼓服，这还了得！你快去叫倾多甲本派人在10天内给我查寻出来，把小偷缉拿归案。”

这个甲本也真能干，回去派人到周围各村去询问，便知道了是某某大头人叫他的马倌带人来偷的。当天中午他们还在郎丘村拿腰鼓服换酒喝来着。于是该甲本带了几个人背着火药枪，快马追到许木宗的坝子上把这伙小偷连人带赃物一并抓获，押解回倾多复命。第二天代宗本降巴扎西命秘书长顿珠通知周边各村的群众到宗政府门外的小坝子上开会。会上，降巴扎西代宗本非常生气地宣布要责打小偷100鞭子。可是，这个不识时务的小偷竟敢说出他的大头人的名字来顶撞宗本：“我是某某头人的达本，你只是个代宗本，不能责打我。”这可把降巴扎西气得咬牙切齿，他猛然从腰间拔出印度匕首，猛地钉在了他座位前的条桌上。并命令随从把小偷捆绑在柱子上，由他执刀，割开小偷膝下的动脉血管，听凭他把血流干而死。这件事一下传扬开来。

因而，当人们看到代宗本降巴扎西被泽仁多杰的话气红了脸，拔匕首钉在桌上能不惊出汗来吗？不过，降巴扎西代宗本并没有生气，也没有令差役把泽仁多杰甲本捆绑在经幡柱上，而是神态凝重地拍了一下手掌，大声说道：“听着，今天开这样一个大会，能到这样多的人，说明各地头人很会办事，我很高兴。请大家听我讲几句话。今天，我要向大家介绍一下我这个代理宗本的来历。正如你们曲宗的这位趴在地上挨打的甲本先生所说，我不是贵族出身，更不是噶厦委任的。但是，我是拉萨色拉寺派来倾多寺担任强佐的（大管家），由于原来的倾多宗宗本随藏军逃回了拉萨，昌都解放委员会波密办事处裴益书记任命我代理倾多宗宗本，管理倾多、易贡和松宗的事务。‘支援

解放军修筑康藏公路！’这是我去内地参观时，伟大领袖毛主席交给我们的光荣任务，毛主席还对我们说：‘修筑好康藏公路，今后好多为我们西藏运来更多的茶叶、盐巴和布匹，改善人民的生活；帮助建设一个富裕的新西藏，这样就能更好地巩固祖国国防，保卫边疆！’懂吗？这可是为我们藏族人民修的一条通向富裕的路。回到西藏后，昌都解放委员会王其梅将军又委任我当了波密办事处副主任，懂吗？我这个副主任比宗本还要大一级，所以我这个代理宗本有权管理波密地区三宗的大小头人，谁敢不听从我的领导，有谁敢违抗不派出驮畜支援修筑康藏公路搞运输，我就打谁屁股；谁敢指派人用刀枪反抗我，我就要砍下谁的头。听懂了吗？”

“诺嘞嘶，古秀啦！”全场响起一片惊恐的应诺声。

惊吓得最厉害的还是甲本的舅舅和弟弟，几乎被吓得站不起来了，两人向前猛爬了几步，哆哆嗦嗦从怀里掏出哈达托在手上哭求道：“过雄，古秀啦！（听懂了，先生！）请宗本大人饶恕他吧！”舅甥俩被差役用柳条拦住喝道：“闭嘴，趴在这里听候宗本大人训示！”

这一老一少没趴下，而是高高托起哈达跪行到降巴扎西和唐纳活佛的桌前，磕头不止地哀求饶恕：“这都是我们的错，求宗本大人、活佛仁波切宽恕，我外甥泽仁多杰是听信了则拉宗宗本的谣言才顶撞了上司的，更不该叫我们来松宗图谋救他回曲宗，按理是罪上加罪，该打该罚，但求上司、活佛仁波切宽恕他是初犯。我保证10日内派出100头牦牛支援运输，决不误时……”

唐纳活佛听了后，满意地点了点头说道：“格言云：‘智者听了路人传言，决定取舍必先调研；愚者不然，贪图小利，只顾眼前，哪管坐监？’你作为一方甲本头人，听到谣传怎能不加思考就敢顶撞上司，拒不支援修路搞运输呢？该打！”活佛又指着老头说：“你这个蠢老头竟敢雇人带着刀枪来救甲

本更应严惩，但念你知错认罪，敢作保证，先记下你100鞭子。但是，你的保证不等于泽仁多杰甲本的悔过决心。唵嘛呢叭咪吽……”说完，唐纳活佛又闭上眼睛努动着嘴唇，连看都没看甲本一眼。

甲本的弟弟旺加磕着头连声唱喏膝行来到兄长甲本身边，从刑差手下托起甲本的头哀求道：“觉啦（哥哥），快、快向宗本先生认错，作保证呀……”

趴在地上的甲本泽仁多杰抬起头来恶狠狠地啐了旺加一口唾沫，而且撅起屁股来抖动了几下，意思是对宗本说：“你打吧，本甲本若是吭一声就不算好汉!”

降巴扎西看到泽仁多杰的狂暴野性还没被降伏，而且还敢当众做出如此冥顽犯上的动作来，更坚定了他要惩治顽恶的决心。但是他照顾到唐纳活佛用格言为他的下属巧妙地说情，是出于活佛的慈悲，因而也用语巧妙地大声说道：“唐纳活佛是智慧的尊者，他为愚顽朗读格言，以仁义开导，以慈爱善诱，但愚者终归冥顽不灵，竟敢忤逆尊者，这还了得!”说到此他已经动怒了，一拍手大声喝道：“泽仁多杰，你给我听着！你敢听信则拉宗宗本的谣言，小看本官，抗拒派出驮牛支援运输，这是你的第一罪；你敢在大庭广众之下忤逆上司，这是你的第二罪。仅凭这两条罪就要打你100鞭子，打到你开口认罪，保证按时派出驮牛参加运输，否则，今天就把你打死在这里。打，狠狠地给我打!”

“嘞嘶!”两个执鞭的差役喝叫旺加走开，叫刑差把甲本的头按紧。俩差役恨这位甲本老爷对他们这些当差人应该怎样打点也不知道，这是看不起他们。于是，俩差役相对使了个眼色，便去换来更粗更长的柳条，礼节性地向上首宗本、活佛高举起鞭亮了一下，侧身而立，举起柳条鞭狠狠地甩开了膀子。只听得“呼呼”的风声和“刷刷”的鞭声，就像平地刮起了狂风暴雨一

般，好不吓人！鞭下的甲本先生痛得十个指头直往地下抠，他那被刑差紧紧按住的脑袋使劲地调过来、侧过去地强忍着痛。

不过这第二次的鞭打还未数到五十，眼看着他的屁股被打紫了，那疼痛可想而知。而他甲本先生就是不吭一声，真是“英雄”得很！这可是对上司和行刑者的极大不敬，也是不大吉利的一种巫咒。这被已有几分恼怒的执鞭者看在了眼里，怪在了心上。俩差役又互相使了个眼色，便往后退了一步，巧妙地用柳条梢伴着格外着力的“珠久汤吧拉”(六十整)，只见甲本的屁股像是被刀划开似的喷射出一股血的雨点。再往下，每一鞭下去都带出甲本痛苦的一声嚎叫。

这可把跪在不远处的旺加心疼得大哭起来，他爬起身一下扑上去，护住其兄的屁股，代替他哥哥挨着轮番起落的鞭子，并大声哭着哀求其兄赶快向上司求饶认罪，愿把他家几个牧场的驮牛全赶来支援运输。

看来甲本泽仁多杰再也支撑不住柳条的“亲善”啦！他听从了弟弟旺加的劝告，哀嚎着推开刑差的手，昂起头向上首两位上司伸出两个大拇指叩头求饶：“古吉！古吉！（求求你）我认罪，我保证支援运输。”

“哇哈！……”在场的群众突然爆发出一阵满意的嗟叹声。同时还有不少人为甲本的求饶喊出“切嘻”的赞词，表示对他的谅解与赞赏。周翔还看见坐在上面的唐纳活佛也为甲本的认罪、求饶笑了，露出一排洁白的牙齿，并大声朗诵起格言来：“知错就改，难能可贵；死撑硬碰，终身懊悔；支援修路，人间善事；行善积德，神必保佑。唵嘛呢叭咪吽……”

聪明的舅舅听出活佛已原谅了泽仁多杰，并在为他说情，赶忙起身拉着旺加，手托哈达，诚惶诚恐趋前向宗本、活佛作揖并把哈达敬放在小条木藏桌上。见宗本、活佛微笑着点头接受了他和旺加的哈达，便拱手作揖退到甲本身边，和旺加一道替甲本解开脚上的绳子，拿给他一条哈达，搀扶着他来

到宗本面前恭恭敬敬地献上哈达。甲本低着头、躬着腰喃喃地说："请宗本先生、活佛仁波切原谅，我认错。我保证10日内尽多地派出驮牛到热亚转运站报到，参加支援修路搞运输。"

很生气的降巴扎西宗本在听了唐纳活佛对甲本聪慧过人的批评后气也消了大半，再听到这位任性的甲本真心地认错和保证尽多地派出驮牛参加运输，他的气一下全消了。于是他也顺势把人情送给唐纳活佛说："你既然向德高望重的唐纳活佛认了错，作了保证，我就饶恕你这一次，下次再重犯，我决不宽恕！不过，我要求你回去后，一定要给那位宗本先生捎信去，告诉他，我打了你90鞭以作警告！对于他，我有一个忠告，请他不要再造谣惑众，做违背西藏地方政府的代表阿沛·阿旺晋美签了字的《中央人民政府和西藏地方政府关于和平解放西藏办法的协议》的事，否则，他会淹死在西藏人民的口水之中的！在我管辖的地区，谁敢反对支援修筑康藏公路，我就惩处谁。听明白了吗?"

"嘞嘶！我们都听懂了，古泽仁（祝您长寿）!"这几乎是所有到会的大小头人和差民百姓共同的声音。接着就是掌声和欢笑声……

"好，那就放了你，10天之后我要在热亚看到你和你的牦牛队。"

"诺嘞嘶！诺嘞嘶!"甲本和他的舅舅以及其弟旺加几乎同声唱喏。

这时，倾多宗解委会秘书长阿库顿珠宣布：散会。

第三章

昌都解放委员会波密办事处的物资转运站，建在大兴与松宗之间的一个有着20多户人家叫热亚的小村里。这个时候的热亚村，在波密地区算得上是个较大的骡马驿站。驿站院子大、房间多，自建站以来不到两个月，便装满了待运物资。波密地区解委会副主任、倾多宗代宗本降巴扎西怒打曲宗甲本泽仁多杰，对波密三宗的大小头人震动很大，不出10天，便有驮牛队到热亚转运站来报到，并开始向双登兵站运送物资。

因此，以松宗解委会柳干事为组长，公安员习贤、办事员季忠和从宣传队借调来的周翔为组员的押运组哪敢怠慢，随即步行赶到热亚村。蒙热亚头人原驿站达本仁青盛情，把柳干事他们“照顾”到他自己冬天晒太阳喝茶、夏天摇骰子饮酒的偏房或者说走廊里住下。说它是偏房，因为它有门，门上还可上锁；说它是走廊，因为它无外墙，只有一排柳条篱笆。他把柳干事一行人引进了这间长方形的狭窄房间里，还特地叫来他的阿佳啦（妻子）和女佣人，当着柳干事他们的面胁肩谄笑地对她们说：“宗解委会的汉人甲本啦（指柳干事）带着3位工作员来咱家居住，这是我们全家人的光荣！所以工作员本波啦（长官）要借用什么，只要有，你们都可以借。总之咱家的东西他们可以随便使用。如要你们帮忙烧茶、煮肉、磨糌粑，你们也要用心做好，听懂了没有呀？不过，要借你们陪睡，那可不能借。让蒙明代表知道了，会打我的屁股的，哈哈……”这一句玩笑话也把大家都说笑了。

头人走后，柳干事他们便在地上铺了防潮雨布，解开背包“二”字形摆放4张铺位。柳干事与季忠头顶头靠里墙，周翔和习贤脚蹬脚靠外篱笆，各向着一个小木窗。站起来，可以观察外面的动静；躺下来，可以鼾睡。这样

安排睡铺，还是住集体宿舍挺有经验的柳干事针对周翔和习贤打鼾的特点给予的“特殊照顾”。

晚饭时，他们每人一碗糌粑、两碗清茶。吃过晚饭，柳干事以组长身份去转运站报到，请示工作。周翔他们3个押运员，不，当时叫工作员，自然是去村里走走，看看。周翔有点儿累了，一路走，一路打着哈欠，真想倒在草坪上睡一会儿。习贤和季忠竟然认识每户人家的男女主人，一见面就像朋友似的又是握手，又是拍肩，谈笑风生没完没了。周翔跟着他俩串门子，好不容易挨到天黑回到住地，刚脱下鞋坐到铺上，柳干事就回来了。他往铺上一蹲便喊道：“开会啦！”这也是他的一种习惯，他把在连队当排长带兵的作风又用到了今天的小组会上。柳干事说：“开会！今天隆云站长表扬我们押运组来得及时。”

“隆云同志调这里当站长了？”周翔惊喜地问了一句。问得柳干事很不高兴，不无讥讽地呛了周翔一句，“怎么呢，他不够格来当站长？”

“不是，不是。去年在许木宗扎点搞社调，他是我们的片长。他可好哪，说话和蔼就像是我们的兄长老大哥，他爱人还是我们宣传队的演员，叫阿次，我们的关系可好啦！”周翔憨厚的话倒把柳干事说得有点儿不好意思了。他改变了语气，和蔼地说：“哦，那太好了……”

“当然好哇！”季忠抢过柳干事的话插话道，“我看见转运站大门后堆放着好多的空罐头箱，你去给咱们每人要回一个来，既能当衣箱，又能当办公桌……”习贤一听，也高兴地抢着说：“还能吃饭当饭桌，客来当板凳……”

“好了，好了，有完没完？开会！”柳干事打开笔记本传达起站长的工作指示来。“由于转运站人手不够，松宗押运组的任务略有增加和变动。由我和习贤同志住热亚村负责与各宗甲本、定本头人进行联络，登记派来的驮牛和骡马，以及背运粮食的人数，带领他们领发运费和工资；每月小结、评比一次，对完成任务好的头人进行奖励。周翔和季忠同志负责热亚至双登兵站的押运和驮畜死亡登记，解决和调解运输途中出现的各种问题。如驮队之间

为争占驻地和放牛场坝引起的纠纷等。你俩轮班替换，处理不了的问题要及时汇报请示有关领导。总之，要保证运输路线畅通无阻，按期完成任务！”说到这里，柳干事把笔记本一合，接着说：“我的意见是，明天咱们分头到村里、山边各帐篷去清点、登记各地甲本、定本带来的驮牛和背运人数，及时帮助他们去转运站领发物资。周翔同志做好准备，除跟习贤同志一道去登记外，如有驮牛队无论哪个宗的你都要带他们去领物资，第一轮跟队上路押运，要和赶牛的牧民搞好关系。”

“是！”周翔响亮地答道。

“好，端水烫脚。”周翔他们四人一哄而起，跑进厨房端来热水烫脚。当他们四个相对坐下来把脚伸进木槽里时，习贤惬意地低头晃着脑袋哼起了河南梆子，周翔拍膝为他打拍。可是哼着哼着，就听见习贤打起了鼾声。柳干事笑着踹了习贤一脚，说：“别烫了，快去睡吧！”

习贤眯缝着眼，有气无力地应了一声，提起湿淋淋的脚就往被子里钻。接着周翔、季忠也打起哈欠来。

柳干事这才发现大家是多么的疲劳，便一声令下：“不烫啦，睡觉！”

当听到组长“睡觉”的命令，周翔的身子立刻就疲软了下来，费了好大的劲才从木槽里提起湿淋淋的脚，顺势拉过被子钻了进去，立刻就和习贤脚对着脚比赛起鼾声来。

突然，一阵怒骂声把周翔从酣睡中惊醒过来。周翔以为发现了敌情，翻身一把抓起步枪，却见柳干事、季忠还有习贤三人各举着半截蜡烛，边骂边拿着一只破力士鞋在铺上、墙上“噼里啪啦”扑打着什么。周翔伸过头一看，惊叫了一声，迅速拿开枕头，取出他新买的手电筒，掀开被子一照，“哎呀！这还了得！”几路臭虫从窗棂缝隙中爬下来，在他的铺单上“画出”几根歪曲的黑线条，而且还有无数的跳蚤在比赛跳高哩！周翔不由得打了个冷战，气愤地加入了“除害战斗”。是夜有诗为证：

头枕衣裤怀抱枪，
呼哈呼哈入梦乡。
忽闻叱呵鸣耳鼓，
又见人影动木窗。
臭虫沿壁拥挤下，
跳蚤环铺蹦哒忙。
扑腾围剿除虫害，
秉烛移铺到天光。

他们被跳蚤臭虫折腾了一夜，直到那些害怕阳光的家伙都躲进了缝隙，周翔和习贤才脚蹬着脚，倒头笼进被子里。还没等他俩打出鼾声，组长柳干事又叫开啦：“起来！起来！你俩没看见村子里、山坡上都升起了炊烟吗？人家都在喝酥油茶吃糌粑啦！”说完，他带着季忠出门了。

是呀，要去联络三个宗来领队搞运输的大小头人，还要登记驮畜和背运人数，哪还能睡懒觉，更何况还要挑选一个驮牛队去跟随押运当“牦牛大王”呢！想到这儿，周翔蹬了蹬习贤的脚，两人相对坐起来，揉了揉眼睛，迅速穿衣起床。周翔跑进厨房舀来一瓢水，相互往手心里倒上水，往脸上一泼几抹，拿干毛巾一擦算完。然后从各自的兜里摸出猪鬃牙刷在瓢里蘸上水往嘴里一伸，来回几下便漱洗完毕。一切就绪后，便端来女佣人帮忙烧的清茶，解开工作组共用的糌粑袋，抓出糌粑往搪瓷碗里一按，倒上清茶，用食指搅动几下后勾着吃，不一会儿两人就吃饱喝足了。习贤把碗往桌上一丢，摆出主人的架势，玩笑似的对周翔说：“热亚村，本公安员来过几次，几乎每户的男女主人我都认识，村外田有几块，村边树有几棵，我心中都早已有数。所以村里、村边住的头人，由我去登记或联系。你只管去楼后的山坡土坎下登记联系就是了。这样花时不多，也不会耽误你去挑选一个好的驮牛队跟随押运。”他见周翔听得很认真，又故作姿态地理抹了一下嘴边的胡须，以兄长般的口吻接着说：“据为兄的经验，你要选一个有头人或长者带领的驮牛队，

以松宗解委会工作员的身份和他们联系，并亲自带他们去转运站领驮运的物资，商量好出发的时间和路线。这样，你跟随着上路就不会感觉陌生，一旦发生纠纷，处理起来就不会太棘手。难办哪！”

习贤虽然半说笑半认真地讲了这样一番话，但对周翔来说，却如雨露甘霖。的确，自来松宗报到后，周翔就一直在寻思：这当“牦牛大王”响应首长号召固然光荣，但真的去和一些不认识的藏族农牧民一道吆赶着驮牛，穿丛林走险道可就不是好玩的了。因为他既不会吆赶牦牛，又不会上下驮子，更不会修鞍具；再说如果途中一旦出现狭路相逢，或为争道发生械斗，或两地仇人相遇打起架来，那该如何调解？死伤了人又该如何处置？尤其是素不相识，不听调解又如何办才好？所以今天听了老同学习贤的经验之谈，周翔心里一下亮堂了，真为他解除了不少顾虑。

吃完饭，习贤去了村里，周翔独自爬到楼顶，把村里村外能看见的地方都打量了一番。没料到热亚竟是一处世外桃源：这个户户麦架高耸的村子，坐落在一个坡缓而狭长的密林幽谷之中，酷似蓝色大海里的一座珊瑚小岛。周翔不由得想起昨天的行军路上，柳干事介绍说，这里海拔超过了3000米，但气候却与四川的雅安相差无几。可不，藏历年刚过不久，村里村外的红柳、白杨就抽青泛绿了；田坝江边的山桃野杏也已吐翠孕苞。

再看村里几十户错落有致的木屋，掩映在桃杏、柳树之中或荫蔽在高大的核桃树之下，这又是一个独特的景观；再看家家的天窗朝上开着，或浓或淡吐出缕缕炊烟，和那屋前煨桑的桑烟在朝阳的照射下交织成一条条蓝色或白色的祝福吉祥的哈达，飘拂在村子的上空，把热亚自然村勾勒成了一幅美丽的风景画。

蓦地，一声鞭响从远处传来，周翔放眼望去，村外的山坡上有一个牧羊姑娘放牧着星星点点的羊儿，有几只猴子被鞭声吓得爬上树去。牧羊姑娘甩鞭唱起了低回凄婉的牧歌：

阿妈啦——

东升的红太阳呀！

请莫隐入云层。

体弱衣单的牧羊女，

盼望阳光的温馨。

听着牧羊姑娘的歌声，周翔激动不已，如果不是今天有登记牦牛的任务，他肯定会跑去记录或学唱这首歌，更何况还有调皮的猕猴可近距离观赏呢！

正当周翔兴奋不已时，山腰的修路工地响起一连串爆破声，腾起一朵朵烟云，尘雾把羊儿、猴子们吓得满山乱窜，任凭牧羊姑娘如何甩响“乌儿朵”，打出多少石子，也不管用了，怎么也召唤不拢羊群。周翔看在眼里，急在心里，也没来得及多想，便迅速地跑下了楼，向着牧羊的山坡跑去。好不容易帮助牧羊姑娘把羊群吆赶到村后陡坡边的田坝子里。

说来也巧，就在这个山坡的帐篷边，周翔竟遇上了那位趴在甲本身上替其兄长甲本挨鞭子的、给他留下很深印象的小伙子。小伙子仍穿着那身不太保暖的茶褐色的旧曲巴（藏式长袍），盘坐在白布帐篷外的临时火塘边烧茶。周翔很自然地意识到甲本泽仁多杰的驮牛队按时到了。周翔向河边草坝望去，可不，一群肥壮的牦牛正在草坝上安闲自在地吃着草。

周翔于是向架在坡下的缝着吉祥图案的白布帐篷走去。远远地通过撩起的帐篷门帘，只见泽仁多杰甲本半歪在坐垫上，闭着眼睛，手捻着念珠。想来甲本泽仁多杰今天心情不错，周翔高兴地走进帐篷礼貌地向甲本问安道：“甲本啦，古速叠汤！”（贵体安康，藏族通常问安的敬语。）周翔怎么也没想到，无意中却戳到了甲本的痛处。

甲本睁开眼睛看是一个汉族兵来了，很不高兴地瞪了一眼，既不搭话，也不让坐，很明显甲本把周翔当做一个来串门的普通士兵了。再说啦，他是甲本，相当于连长，对待一个士兵岂能以同级看待！再说他挨了 90 鞭子，屁股上的伤还没好，怎么能一见面祝他“贵体好”呢？岂有此理！甲本又闭上了眼睛。见甲本泽仁多杰这种不理不睬的态度，周翔是又好气又好笑，便郑重其事地说："甲本先生，我是波密办事处松宗押运组派来监管运输和登记驮畜的工作员，我礼貌地向您问候，您却不答理我，是您失礼，懂吗？"说完，周翔主动从甲本帐篷里的驮鞍上拉下一块背垫，放在地上盘腿坐了下来。

甲本一听是波密办事处派来监管运输的工作员，这才龇牙咧嘴地佯装出极其疼痛的样子斜着身子坐起来，见周翔已经坐下便勉强地说："对不起，我受了伤，屁股还没完全好，所以……"

"这一点我知道，那天，降巴扎西副主任责罚您，我在场。是松宗蒙明军代表指派我们去维持会场秩序的。事情已经过去，请别窝火憋气啦！"周翔很随便地说着。不料，言者无心，听者有意。听周翔说他还是松宗军代表指派去维持会场的人，甲本琢磨周翔必定不是一般小兵啦。于是甲本警觉起来，急忙拍手叫一个女佣人进来，要她洗碗斟茶，而且还亲手为周翔揭开碗盖，请周翔喝茶。他的这些举动，都表现得极其勉强，神情仍很沉郁。不过，他能改变态度和周翔说话，已经很看得起周翔了。

"请工作员代我禀告宗本先生，"甲本把念珠串往左手腕上一绾，态度骄慢地说，"我泽仁多杰按照保证，超额派出了 21 名背运牧民和 102 头驮牛，并且提前 3 天来到热亚报到了。我，我，我还想争取超额完成运输任务。"

周翔拿出用半张办公纸裁成的记事本和半截子削好的铅笔记下了甲本报出的驮牛和背运人数。心想："这位桀骜不驯、放荡不羁的甲本先生，竟然余怨未消地当着我周翔说了这许多大言不惭的话。其实不就是多来了一个人、两头驮牛和提前 3 天到热亚参加运输吗？这个'一、二、三'十有八九是他存心编排出来讥讽宗本的，再加上他的'争取超额完成运输任务'，不就那么几驮数字？何况还要按驮数拿运费，按超额领奖金呢？"因而，周翔也借机向甲本先进行表扬，尔后不无用心地说："记得我学藏语时，老师讲过一首格言诗，大意是：聪明的人即便受到挫折，哪怕声誉扫地，也不会气馁，而是更加努力地去寻找时机建树功绩，争取更好的未来。"周翔端起甲本揭去碗盖

的茶碗呷了一口茶，礼貌性地合十向甲本致了谢，朋友似的拍了一下甲本的坐垫接着说：“看得出，您是个很聪明的人，决不会长久地在心里记恨那次责罚，就一蹶不振。只要接受教训，不再听信路途上的传谣而再犯同样的错误，振作起来，争取在这一次支援运输中，好好地完成或超额完成任务，被评上模范，在庆功会上从副主任、代宗本降巴扎西先生手中接过立功奖状，像他一样戴上大红花去北京谒见毛主席!”

周翔的这番话还真说乐了甲本，他抑制不住地露出了雪白的牙齿，却又像闪电般瞬间消失在了他那满嘴浓黑而又粗硬的胡须里。不过他脸上泛出的羞愧的红潮，却没有马上消失。他也像朋友似的拍着周翔的肩膀大声说：“听你的话语，我知道你很友善，我们藏族格言说：在有学识的智者周围，能听到启智明心的教诲；蜂儿能酿出好蜜，是因为飞绕在香花的周围。”说完，他又为周翔揭开茶碗盖，但没表示请周翔喝茶，而是有力地又盖上了茶碗，继续说：“我们藏族还有一首格言：血性男儿受到权贵的羞辱，虽不敢当面反唇相讥，但他是被压弯的‘青竹’，一旦回天反弹就无所顾忌!”见周翔眨巴着眼望着他，知道没听懂他编的格言，便又一句一句地给周翔讲解。

周翔连连点头说：“我听懂了，谢谢您像老师一样把格言诗讲解给我听。看来您一定当过喇嘛，不然，您不会熟记这样寓意深刻的格言诗，而且还会编。我没猜错吧?”

“没错，我是当过 10 年喇嘛。4 年前，寺庙大管家命我当甲本带领 100 多名民兵去昌都和藏军一道阻挡解放军进军西藏。到昌都后，听说你们的大炮很厉害，我们都很害怕，于是我就带着民兵又逃回来了，从此我就没再回寺庙。”

“就接替您阿爸当了曲宗的甲本先生，是吧?”

“对。”他低头掐住他的胡须捻了几下猛弹开，盯着周翔问道：“请问工作员，我这样去了一趟昌都，算不算是反对过解放军呢？我这次挨了宗本先生 90 鞭子，是不是你们的长官叫他惩罚我的呢?”说着说着，他还下意识地

去抚摸被打伤的屁股。

“甲本先生，您的问话倒像是小扎巴（小和尚）挨了经师的责打，总怀疑是别人暗中使坏才挨打的。您是不是又听到了那位则拉宗的四品官新编出的谣言呀?”

“不是，不是。我总觉得当众被这样责打让人耻笑，今后没脸在地方上说话，当头人了。”他很委屈地说。

这时，那位为兄长挨打的小伙子抱着茶壶走进来，先为周翔斟满茶，端起来向周翔敬茶，尔后又端起他阿哥的茶碗恭恭敬敬地伸上去说：“觉啦，请忘了那件事吧！别说它啦。”等阿哥接过茶碗喝茶时，小伙子向周翔暗暗伸出两个大拇指，又用眼神示意周翔多安慰甲本。周翔看到小伙子这些小动作，又想起他扑在甲本身上替甲本挨打时也是这样伸出两个大拇指向宗本哭求宽恕的，这使周翔对他更加有了好感。于是周翔放下茶碗对甲本说：“我认为做事犯了错误，知道了立马就改，这才是男子汉；赛马时骑手掉下了马，爬起来再跨上马，勇敢地追上去，这才是好骑手！甲本先生，您认为我说得对吗?”

“对，对，蛮像我们藏族人说的话，有道理，有道理。”甲本虽如此说，但脸上却仍旧阴沉沉的毫无喜色。周翔于是换了个话题，说道：“那就让我们做个朋友吧。从今天起，我要带你们的驮牛队去转运站领出你们驮运的牛皮大米包。”关于领大米包这一点，周翔是心中有数的，因为前方筑路部队急需大米，何况隆云站长又是他的老领导。为了取悦甲本先生，周翔竟然凭了这个关系，大包大揽地答应了。

“好哇，好哇！如果你每次都能帮助我们几个驮牛队领到 60 斤用牛皮包好的大米包，给 21 人领到用麻袋装的大米，我敢代表我阿哥答应你，与你真心地交个朋友。”

看来，小伙子甘心情愿给他阿哥当佣人，烧茶倒水，照顾阿哥的生活，必要时还帮助出出主意。因而说完上面的话，小伙子还笑吟吟地看了一眼他

的阿哥，不料迎来的竟是一双闪动着怒火的眼睛，吓得他弯腰吐了几下舌头，便想退出去。

“听着，去叫那些笨驴赶快鞴好鞍把牛赶到转运站门前去候着！”甲本没好气地命令道。

“哦呀！”小伙子又伸了一下舌头，友好地看了周翔一眼，退出了帐篷。

甲本先生见讨厌的弟弟退出去了，这才转过脸取下绾在手腕上的念珠，冷冷地对周翔说：“工作组不是希望我超额完成每个月的运输任务，带头当支援运输模范吗？所以，我想让我的每头牛都驮上3包大米，每个人背两袋大米，每一趟就能运送348包大米，不出3个月，我就能超额完成我的全部任务，当模范，赶着牛回曲宗去。我要让代宗本降巴扎西睁大眼睛瞧瞧我泽仁多杰，不是随便什么人都可以跟我们差不多，更别说超越我了！”

“您是在说气话吧？”周翔听了吃惊地问道。

“不是，我是在发誓！”甲本严肃认真地答道。

周翔突然觉得此人决非怄气或无知，而是前仇在心，另有筹谋，因此对他产生出一种厌恶与反感来。如果再不指出他这种极不健康的情绪和用心，对他、对运输都不会带来好的结果。于是周翔对甲本说：“请你别对那次的责罚耿耿于怀闹脾气啦！你把那一次对你的责罚看得比牦牛还重，却把自己的过错看得比虱子还轻。再说，责打你是副主任降巴扎西秉公办事，而你却是想借加重驮牛和背运人员的负重来泄私愤、闹别扭，这样运送一趟便有可能造成牛死人伤，懂吗？你这不是支援运输，而是破坏运输！”

周翔不知怎么的，越说越生气，竟像在寺院辩经似的拍着巴掌，大声地批驳起甲本来。末了，站起身来，气愤地说：“对不起，我不但不会带你们去领驮的大米包，而且还要叫隆站长不发给你们任何可以运输的物资。因为我怕蒙明代表和柳干事骂我是在帮助一个不像男人的男人，做不该做的傻事！”说完，周翔便生气地走出了帐篷。

走出帐篷，周翔看见已有驮牛队从山坡下绕道走向转运站，还有一些牧民在地里忙碌着鞴鞍，而河边几顶帐篷外正在冒烟，周翔便想去河边那几顶帐篷里看看。刚走几步，猛听到一声狗叫，原来是旁边柳树下拴着的一条大花狗，正龇着牙，怒视着周翔，喉咙里还发出威胁性的浊声。周翔愣了一下，想寻找一根木棍自卫，忽觉得身后有人在拽他的衣袖。

周翔转头一看，是那位给他留下好印象的小伙子。

周翔转头一看，是那位给他留下好印象的小伙子，小伙子把周翔拉到后面的矮刺丛里。小伙子用力虽不大，但却把周翔穿了几年的棉衣袖给撕下一条来。小伙子一见，悔恨地甩着手向周翔道歉："对不起，我不知道您的袖子是不能扯的……"

周翔笑了笑，把撕吊着的布条提起来，盖住露出的发黄的棉花，按了按说："这件军棉衣还是我进藏前发的，由于交通不便，补给跟不上，没能换上新棉衣，所以……你不要在意，也别不好意思，让我们交个朋友吧！"说着，周翔伸过手去。

小伙子也高兴地把手在身上擦了几下后一把抓住周翔的手亲昵地问道："你真的愿意和我交朋友？谢谢！谢谢！"见周翔连连点头，小伙子高兴地从怀里拿出一个云南产的碗形红糖（当时大家叫它碗碗糖），往周翔手里一塞，说："我非常想和你交朋友。这个碗碗糖是我在松宗从摊贩商人那里换来的，可甜啦，你舔舔看甜不甜？"边说边往周翔嘴里塞。接着又说道："过藏历年时，我在松宗看过你演的《兄妹开荒》，好听，我听懂了，你是用藏语唱的，我喜欢听。你们跳的巴安弦子舞我也很喜欢看。"

"所以你才想和我交朋友，是吧？"周翔把碗碗糖摊在手心里掂量了一下，大约半斤来重。"这是你用酥油换来的？"

"不是，是用 100 根大虫草换来的。"小伙子拉着周翔踏上了往转运站方向的山坡小路。

"啊嘞！100 根大虫草换来的呀！"周翔在小伙子后面惊叫了一声。

"这还算便宜的，喏！你看，"小伙子转身从怀里摸出一盒火柴和一小块布上别的两颗缝衣针，举着让周翔看，说也用了 100 根虫草才换来的，是他阿妈一年挖来的虫草。

"你为什么不把这糖拿回去给你阿妈吃呢？"周翔被小伙子的深情厚谊感动了，不知说什么好了。

"是阿妈叫我给觉啦泽仁多杰吃的，因为我俩是同母异父兄弟，阿妈希望

觉啦照顾我，所以——”

“那你为什么要把糖送给我吃呢？快拿去！”说着，周翔把糖又塞进了小伙子的怀里。

小伙子难过地说：“我没有礼物送给你，心里不好受，你就接受了我的心意吧，我哥不喜欢吃糖，他只喜欢喝阿佳给他酿的青稞酒，这不，每天早上醒来就喝，喝醉了就乱说话，今天不是把你也说生气了吗？”说完，小伙子又把糖拿出来要送给周翔，被周翔好言谢绝了。

周翔从挎包里拿出自己的针线包，打开说：“这是我的针线包，这里面一共别有 10 颗长短不同的针和一指军用线，你拿着，作为我送给你的礼物，从今天起，我们就是好朋友啦！”

小伙子接过周翔的针线包，高兴地贴在胸口说：“从今天起我们就是好朋友啦！推波逗！”小伙子猛伸出右手大拇指，简直就像小孩似的要和周翔顶碰大拇指，发誓结友。周翔也高兴地伸出大拇指，用力和他顶碰了一下，问道：“你叫什么名字？多少岁啦？”

“我叫泽仁旺加，21 岁啦！”说着，他顺势往路边的草地上一坐，把周翔也拽到他的身边坐下，熟练地拔出一根缝衣针，解开军用线穿上针，便替周翔缝补被他撕扯下来的袖布条儿。

泽仁旺加的这些举动，让周翔想起曾经下乡蹲点、采风时接触过许多像他这样会做针线活的中青年男子。他们除了在社会上对仇敌敢于拔刀来炫耀男人英武之气外，就是在家里个个都能穿针引线、裁衣做鞋缝皮袍；若是被派差替寺院和头人运送物资赶牛马，或驮盐运粮搞交换，他们又是很好的驭手。个个无不是多才多艺。

“你阿哥会做针线活吗？”周翔问道。

“他不会，他阿爸是甲本头人，12 岁就送他进了寺庙，当了喇嘛，他除了会念经，什么都不会。”

“不对吧，他不是会喝青稞酒吗？哈哈……”周翔开玩笑地说。

旺加问道："你当过喇嘛吗?"见周翔摇头，他又奇怪地问道："你没当过喇嘛怎么会认识藏文、会说藏语呢?"

"因为昌都战役后，我被送进江卡藏训队学过一年的藏语，所以可以进行简单的对话，能写一般的书信。你识字吗?"

"我是跟着一个说唱《格萨尔》的老人家学写字、念经的。"

"所以你也学会说唱《格萨尔》了，嗒啦、嗒啦、嗒啦热……"周翔竟高兴地学唱起来。

"哈哈哈……啊卡!"旺加被逗笑了，不慎又把缝补好的棉布条给扯了下来。旺加不好意思地扯断线，缠起针线，说："看来你这衣服穿的时间太长了，比纸还难缝。"说着，旺加从吊在腰间的火镰匣里拿出一块银元大小的牛皮胶来，顺手从地上拾起一块卵石，吐上口水就像磨墨似的磨起来。过了一会儿，旺加用手指蘸了点胶水，捏了捏，觉得粘手指了，便蘸了一点涂抹在破损的布面上，往破处一贴，并使劲压了一会儿，才松开。可不，破布被贴紧了，扯不下来了。

周翔高兴地竖起拇指夸他，要他把这块胶送给自己。旺加非常高兴地点着头，把胶装进了周翔的挎包里，说："走，请你去帮我们领大米包和大米袋。"

"可以。不过，要告诉你的觉啦，每头牛驮3包，每个牧民背两袋大米我不同意。我只能带你们去领牛好驮又防雨的牛皮包大米204包，人好背的大米21袋。"刚说完，周翔就听到身后有人走动，回头一看，竟是甲本先生半醉半醒地趔趄着走来听到了他和旺加的谈话，摆出甲本头人的架势指着周翔说："你不同意我驮3包，你只是个当兵的没权利说这样的话！我愿意多驮一包，因为我是甲本，有权，懂吗?"说完，他转身踢了旺加一脚，便趔趄着向山下转运站走去。

第四章

周翔受了泽仁多杰的奚落，回到组里，把和甲本不愉快的谈话和他不顾刚越冬的驮牛膘情差、派来背粮的人员又多是中青年妇女体力差这一实际情况，硬要每头牛驮3包，每个人背两袋搞长途运输，而且亲自去转运站领米包和督促驮运的事向柳干事作了汇报。

柳干事听了，也觉得这位挨了打的头人抵触情绪严重，于是指示习贤当翻译去做甲本的思想工作，劝阻甲本不要这样蛮干。要周翔立即上路去搞押运，因为已有几个队驮着大米上路了，不必死跟一个驮牛队，要根据情况决定自己的行动。总之，要沿着驮牛队走的路线去检查、登记、帮助解决出现的问题。

随即，周翔把装在紫红色琴套里的京胡往三压二带式的背包上一拴，背起背包，再把一头装有大米、一头装着糌粑的粮袋，骑马式吊在背带上，右手托着捷克造79步枪的枪托，隔山打鸟式的往右肩上一扛，用左手向柳干事行了个军礼，便吹响《解放军进行曲》口哨，像出发去工地搞鼓动宣传似的雄赳赳地下了楼，出了热亚村，进入了荫翳的原始森林。

由于骡马道曲曲弯弯，周翔这才紧张地闭上嘴巴，大睁着眼睛，小心翼翼地往前走着。这时，周翔突然记起了老排长黎卿同志在他随柳干事来热亚前对他讲过的话。老排长说："从热亚到双登，这一路的森林中常有狗熊、花豹出没，一个人走进这密林深处，一定要多留神，要眼观六路，耳听八方，提防着野兽的偷袭。"可不，刚走进这原始森林，就让人觉得阴森森的。尤其是走在这弯弯曲曲、坑洼不平的林中骡马道上，眼睛无暇顾及周边的可疑之物。耳膜又被河谷湍急的流水声和林海松涛的喧嚣声震动着，哪还分辨得出熊吼狼嚎之音呢？周翔连蹦带颠地走了一段路后，脑子逐渐变得迟钝，心里也一阵阵焦躁不安，刚走出热亚村时的赳赳男儿之气，此时竟荡然无存了。

就这样，周翔约莫走了一个小时，额头上渗出了汗，腿脚也有点儿累了，但仍然没赶上一个驮牛队。周翔无精打采地走着，突然看见一棵倒下已枯朽的粗长的大松树，便高兴地走过去，把背包搁在上面，一下子浑身都轻松了。周翔用袖筒擦了一把汗，下意识地打量了一下周围，警觉地端起枪，推上了弹竖起抱在胸前，坐下来打算好好地休息一会儿。

此时森林中万籁俱寂，令人毛骨悚然。为了给自己壮胆，也为了提起精神，周翔从兜里摸出火柴和一个只装有半截烟蒂的“黄十根”香烟盒（从印度进口，因只装10支烟而得名）。打开，倒出烟蒂往嘴里一戳，抿着，擦燃火柴点着，深深地吸了一口，憋住气，不让烟冒出来，以此来过足烟瘾。眼看烟蒂又要被吸去一半，为了下次再过烟瘾，周翔便掐灭了烟头，把烟蒂放入烟盒，小心翼翼地装进衣兜里，这才仰起头，轻轻地吐出憋了很久的烟雾来。

说来也怪，周翔竟觉得已经把失去的男子汉气概又给吸了回来。他挺身而起，背上背包，扛起枪，刚要迈步，就听到从左边传来嘈杂的喧嚣声和斥骂声。周翔顺声望去，视线却被密密层层粗大而枝繁的苍松和青冈树给遮住了，什么也看不见。想来，在这幽谷密林中通往前方大兴寺怕是不止脚下这一条路吧。

周翔确切地记得，1952年夏天宣传队到扎木、大兴、松宗、曲宗等地宣传“十七条协议”；去年他们宣传队又一次从倾多宗搬迁来松宗，都是一路为群众、筑路部队和施工局工人进行慰问演出走过来的，周翔记得右边不远处是傍山公路修筑工地，左边稍远处应该是依山而流的波曲河（人们叫松宗河）。河边有一条极难行走的卵石骡马道，给周翔留下了很深的印象。紧挨河

边，有几处低洼地段，夏天行人、马帮在此蹚水过河，或打尖烧茶，或放青露宿都是极好的地方。但是，冬春季节河水结冰，过河时只要细心稳步尚无甚紧要，若是钉有铁掌的骡马和无经验的驮牛十有八九就会被滑倒，而且一旦滑倒就很难再站起来，即使站起来，也会再次滑倒，特别容易造成死伤。

想到这里，那传来的喧嚷声和斥骂声竟使周翔打了一个寒噤。这就是说，这个驮牛队不是松宗本地人，不然，赶着驮牛是绝对不会选择这条危险的近道的。“但愿平安，不会发生意外！”周翔在心里默默地祈祷着，迅速提起步枪，向着喧嚷的方向一路小跑。周翔穿树林，绕刺丛，越过冰冻的草甸子，没少摔跤，旧棉裤撕了好几条大口子，手脚也摔疼了。

好不容易跑出了密林，来到河边的一片卵石杂草坝上。周翔这才看清，河边有两头黑牦牛喘着粗气，肚子下的长毛还在滴着水珠。牛旁边的一块大卵石上，坐着一位身披山羊皮袍、敞胸露怀的黑脸大汉，正托着下巴凝视着一头躺在草地上一动不动的耳朵上吊有红缨的花牦牛。他的右边一溜摆放着6袋浸透了水的大米。

周翔急忙走过去，蹲下用手试了试牛的鼻孔，感觉不到有呼出的气息，但牛嘴边有吐出的白色泡沫。周翔站起来向河岸的刺丛后看去，几个穿羊皮藏袍露着右臂的人在忙碌着吆牛卸驮。这时，刺丛后走出一位端着茶锅来河边舀水的长者。

看来，他们对这头躺在草地上的牛准备报死亡驮牛啦。周翔不甘心，若能救活，不仅国家不用赔偿，牛的主人也不受损失，而且每运一趟就能为主人挣10块银元。想到此，周翔的脑子一热，也没与主人打招呼，放下背包和步枪，趴在牛肚子上用力地为牛挤压肚子里的水，顺势从肚子到胸腔，再压到脖颈，让水从牛嘴里流出来。这样反反复复用力按压，水一小股、一小股地从牛嘴里涌了出来。

兴许是周翔这样不声不响十分卖力的举动触动了黑脸大汉，他疑惑地走

花牦牛竟奇迹般地缓过气来，睁开眼睛……

过来看周翔为牛挤压肚子里的水。忽然，牛的眼睛转动了一下，黑脸大汉见有希望了，一把推开周翔，学着周翔的动作，使出浑身的劲狠命地为牛挤压起来。一遍、两遍、三遍……花牦牛竟奇迹般地缓过气来，睁开眼睛，身子还轻微地动了一下。

“切嘻！”一直站在旁边观看的长者，看到牛动了，竟兴奋地举起右手，仰头对天发出一声由衷的赞叹。

黑脸大汉也高兴地拍打着牛的脖子，双膝跪地、双手合十大声念起六字真言来。他的这一举动竟把伙伴们都给招了过来。大家看到花牦牛竟然眨眼

晃耳了，都高兴地蹲下，合力把花牦牛扶起来。花牦牛竟然晃了几下没倒下，而且低头啃草了。

“切嘻！”又是一阵欢呼声，接着大家便说笑开了。一个穿山羊皮袍露出藏式红衬衣的中年男子打趣地说：“牛真的活了，搞完运输，久本（相当于班长）回到家里就不用担心爸啦打鞭子啦！”

“哈哈哈……”大家都开心地笑了。

“如果久本赏我一块酥油，”这时小个子中年人竖起大拇指说，“我回到村里，一定好好宣传他和我是如何跳下河救上3头驮牛的，久本是如何把一头已经淹死了的领头花牦牛给救活了的，简直就是天神下界……”

一位头上绾着五彩缨辫的青年人打断小个子中年人的话，说道：“你若是宣传他像天神救活领头牛，那他的两个花朵一样的姐妹老婆准保一晚上不让他睡觉……”

“哈哈哈……”又是一阵笑声。

这时，那位花白头发的长者端着盛了水的茶锅走过来，放下茶锅，礼貌地向站立在人们后面的周翔躬了一下腰，大声说道：“别把功劳都归了他，牛是这位解放军先生救活的，还不请客人去烤火喝碗热茶！”

“阿相（舅舅）洛桑啦，人家解放军可不兴叫先生，要叫同志。”小个的中年人给老人纠正道。

周翔趁机自我介绍道：“我是波密办事处派来检查和帮助各宗运输队解决困难的工作员，今后就叫我工作员好了。我确实渴了，肚子也饿了，想和你们一块凑份子煮茶，可以吗？”

“欢迎欢迎！这可是我们巴之不得的，快请上坡去烤火。”说着，绾着五彩缨辫的青年人帮周翔提起了背包。周翔赶忙背上步枪，便和大家说说笑笑地来到刺丛后面的临时火塘边，围坐了下来。周翔向绾着五彩缨辫的青年人道了谢，接过背包往身后一放，把粮袋往腿上一横，从挎包里拿出茶叶，掰

下一块，放在了老人的茶锅里，算凑上了份子。

“能和工作员先生一块煮茶打尖，这是佛祖的恩典啦！唵嘛呢叭咪吽——”说着，阿相洛桑把黑脸大汉往周翔下首一推，叫他坐在周翔的身边。这就是说，这位黑脸大汉是这个驮牛队的领队了，怪不得，他们都叫他久本。

周翔伸过手想和黑脸久本握手，没料到黑脸久本赶忙用穿皮袍、系腰带、别腰刀、挂火镰，然后盘腿坐下来搪塞周翔。看来，此久本对解放军还有点儿感情隔阂。在坐的各位见周翔遭到冷遇，也都收敛了说笑，缄口不语地拿出各自的木碗，摆在茶锅旁，低声念诵起六字真言来。

周翔很是有些尴尬，但为了能接近大家，周翔拿出了自己的搪瓷小碗放在茶锅旁，和他们的木碗摆放成了一圈，然后从粮袋里抓出一把糌粑放进碗里，压紧以便倒上清茶。周翔这才坐直身子，故意咳嗽了一声，以引起大家的注意，接着说道：“看来，这头耳吊红缨的领头花牦牛是活过来了，只要休息到明天，我敢打赌，它照样能驮上两袋大米运到双登兵站去，照样是一头让人见了要竖起大拇指的好领头牛。”

“就像我们的久本一样！”小个子中年人诙谐地说，引得大家哄然大笑。这时，一个样子有点儿呆傻的青年牧民引起了周翔的注意。这位青年牧民紧靠着阿相洛桑下首盘腿坐着，既不说话，也不看人，只顾玩自己的碗，别人说笑好像与他无关。看着青年牧民，周翔想起了刚才他跟在人们后面，一言不发，只顾挠头发，时不时抓下一个什么小东西来赏玩，接着轻轻捏起，丢在草地上。想到这里，周翔便从三石灶中拿起一截熄灭的枝条伸过去捅了一下他的膝盖，问他叫什么名字，他擤着鼻子说出两个字：“古巴（傻汉）！”

阿相洛桑笑着说：“因为他的阿妈叫‘古姆’，他阿妈把他生在主人的牛圈里和牛犊一块长大，所以村里人都叫他‘古巴’，就是说他阿妈叫傻女人，养的儿子自然就叫傻小子了。”见茶煮开了，阿相洛桑用木勺在锅里搅了几下，舀出来举起向下倒，看煮出了茶汁没有。

大家都渴了，便拍着手示意想喝茶了。阿相洛桑叹了口气，提出一个羊皮糌粑袋给每人抓了一把糌粑放进碗里，叫他们压紧。这才为每个人的碗里舀满茶水，然后给周翔也舀满，并用试探的口吻对周翔说："牛是活了，可这浸泡了水的大米，一天半天是晒不干的呀！那么重，该咋驮呀？"

"是呀，是呀，这可是个大问题。"大家附和着阿相洛桑的话叹息起来。

周翔端起碗用手指头搅着糌粑，因为有些饿了，当然也是为了掩饰自己在想着如何答复老人的问话。糌粑搅好后，周翔一边用手指勾起糌粑糊往嘴里送，一边用征求大家意见的口吻说："我看，今天先在这里住下来，然后再商量如何处理米包的事?"

绾着五彩缨辫的小伙子听了立即表态："我同意，今天就在这里过夜，你们看，这河边的草竟然绿啦，咱们这 30 来头牛吃一晚上保准到双登都不会饿。不过这 6 袋湿大米交给兵站，怕是人家不会收。"说最后一句时，他还盯着周翔有意加重了语气，其实是说给周翔听的。

"不用你们担心，大不了我把这头没死掉的花牦牛卖了，赔钱就是了。"一直闷着的黑脸久本瞟了周翔一眼，很不高兴地说。这倒叫周翔听出了他的顾虑和害怕来。

"这 6 袋大米值多少钱？最多赔 12 块银元。"那位蓄着八字胡的中年男子说，"用得着卖这头好牦牛吗？有什么了不起！"他也瞟了周翔一眼，然后端起他的木碗喝起茶来。很明显，他是在配合久本向周翔叫板哩。

"你以为从四川大老远运来的大米，就像你那些卖不出去的芫根一样，一筐不值十个'雪巴'（小枚铜钱）呀!"阿相洛桑怕周翔生气，有意呛了他俩一句。

"阿相洛桑说得对。"周翔接着老人的话说，"大米在四川确实很便宜，1斤米不过 8 分钱。但是，运到咱们松宗来，加上运费，至少 1 斤要涨到 8 角，60 斤就是 48 块银元，再乘以 6 袋，就是……"周翔拾起一块小尖石在

地上乘了一下，接着向黑脸久本开玩笑说："得数是 288 块银元。这样说，你要卖掉 4 头好牛才赔得上哩！"

"底巴括（算倒霉）！……"黑脸久本一拍手，瞪大眼睛望着周翔想辩解，周翔立即阻止说："当然，不能只算运费和成本，更重要的是，还应看到我们是在支援解放军为咱西藏修筑公路。没有粮食，他们就会挨饿，吃了霉米、脏米，他们就会生病，就不能修路了，这就不是你赔 4 头牦牛那么小小一点损失啦！所以我们来支援修路搞运输，应该看到我们的责任是重大的，也是光荣的。"周翔竖起大拇指接着说："不过，你们也不要害怕，兵站也决不会黑白不分，见到湿米或霉米就不收，就扣运费、罚款。他们一定会问明情况，分清责任才会决定赔或者不赔。今天发生的事，是你们不该走这条不安全的近道，应按规定走林间骡马道，从大兴桥上过河到双登兵站。因此，你们也有责任……"

"如果真要负责赔，就叫甲本泽仁多杰赔。我们是曲宗甲本管辖的第二驮牛队，是他指使我们走这条近道的，而且还要求我们 3 天赶一个来回。"八字胡的中年人生气地为久本辩解着。

小个子中年人也很生气地说："他还命令我们每头牛驮 3 包，我们没听从，因为这是叫我们把牛往死里赶，我们不干！"

周翔怕他们越说越来火，连忙说："今天，我不是要追究谁的责任，要谁赔钱，而是想找出原因，分清责任，下次，宁可绕一点路，也要走安全的大道，这是我的意见。请告诉你们的甲本泽仁多杰，就说是松宗解放委员会那个背京胡的工作员说的。如果他不听，还要你们每头牛驮 3 包大米走这条近道，死了牛，湿了大米，全由他赔。如果是你久本要走这条近道，那就准备回家卖好牦牛吧！"

"哈哈哈……"没料到最后一句玩笑话，倒引起了大家的哄笑。

"工作员同志，听你的话音，这 6 包湿大米不要我们赔啦？"那位头上绾

着五彩缨辫的青年郑重其事地拉着周翔的手问道。

“让我们一块想办法解决吧!”周翔端起碗来，脑子里却在想着该如何解决这个湿米袋问题。

煮茶的阿相听出了周翔的好意，便一边为黑脸久本舀茶，一边数落起久本来，“看人家好心的解放军先生，啊，对了，解放军同志！不但帮咱救活了牛，还帮咱想办法解决6包湿大米的事，你连句道谢的话都没有，还装模作样不愿和人说话，这是失礼，这不是咱康巴人的德行，快拿出酥油、奶渣和这位好心的解放军同志交个朋友……”

“阿相啦说得对，和他交个真心朋友吧!”在坐的几位中青年人除“古巴”外，都同声赞许地叫了起来。

“你们都给我闭嘴!”黑脸久本生气地吼道，“阿相啦你也少掺和，你们忘了‘马鸡不可与山鹰攀亲，藏人不可与汉人结友’的老话啦?”

“那是50年前赵尔丰头人训诫我们百姓说的话。今天，解放军同志主动帮你救活了牛，还苦心地在为你的6包浸水大米想办法，俗话说：‘石榴味酸味甜，看看它的皮色就知道；朋友是好是坏，看看他的行为就知道。’这样的好人，我们大家都想交，可你……”阿相动情地说。

“我们汉族人也有句成语：‘路遥知马力，日久见人心。’这位久本大哥对我还不了解，不愿和我交朋友没有错。解放军好不好，慢慢观察就会知道。今天先别讨论交朋友的事，喝完茶，我想请久本先派两个人去把这条路用石块堵上，不让后面的牛队再经过，留下阿相在这里看着火塘和物资，其余的人请久本带领，鞴上6头牛驮6袋湿米和我一道去修路工地请求修路的解放军换给我们6袋干米。怎么样，久本你同意吗?”

黑脸久本听了周翔的话，愣了半晌没说话，见大家向他点头，眨眼睛，要他同意，他这才疑惑地看着周翔点了一下头，挤出一个字来：“诺（行）!”同意了周翔的意见。于是周翔端起舀满清茶的碗想尽快吃完好去工地，不意

他的碗里伸进勾着一坨酥油的手指，恰好掉进了他搅和的糌粑糊中间。

周翔抬头一看，阿相洛桑正慈祥地微笑着抬起衣袖想为他擦去嘴上的糌粑糊。周翔被阿相洛桑出自内心的关爱所感动，连连向阿相洛桑道谢，并用手背抹去嘴上的糌粑糊，端起碗来用手指把酥油搅进糌粑糊里，美美地吃了个精光。末了，还响亮地吧嗒了一下嘴巴，表示他的口福和对阿相老人的谢意。

周翔把碗往包里一塞，提起步枪便跟在端着茶锅的阿相来到刚活过来的牛身边，以赞许的目光，看着阿相老人一把一把地从锅里抓起拌了糌粑的茶叶喂牛吃。周翔趁机从挎包里拿出两盒火柴递给阿相洛桑说：“您的酥油真好吃，谢谢您啦！这火柴是我买来吸烟用的，我的烟吸完了，用不着火柴啦，您就留着用吧。”

“啊嘞，这可是重礼呀！我那个不懂礼貌的外甥，去年拿拳头大的一坨酥油才换来一盒火柴，这不，”阿相洛桑从怀里摸出一个空火柴盒摇给周翔听，“几根火柴没用多久就没了，你竟送我两盒火柴，真是太谢谢你啦！”

“公路通了，你们拿一斤酥油，保准能换回一大包火柴和一大块砖茶来。”周翔说。

“啊，那样的话就要感谢佛祖降福喽！这么说，咱们牧民以后再也不怕换不到火柴和茶叶啦！”

“嗵！嗵！……”一阵收工炮声从背面的山坡上传来。周翔转身大喊道：“听见炮声没有呀，修路的解放军放炮收工吃午饭啦！久本，你快派人去垒石堵路，其余的人快鞴鞍驮上湿米包跟我去工地换干米包。”

“哦呀！”人们腾地都站了起来，向各处散去……

第五章

周翔带着“黑脸久本”“八字胡”“五彩缨辫”等几个中青年牧民，吆赶着6头牦牛驮着6袋湿米横穿密林来到依傍着山坡的解放军筑路工区，询问着找到了B团后勤股“凹”字形搭建在山垭附近的白色帆布帐篷营地。凑巧遇上几个连的事务长带着十多个战士来后勤股领取主副食品，进进出出，说说笑笑，好不热闹。

周翔赶忙走过去向他们一一敬礼，握手，问好，套近乎，恳求他们帮忙换下驮牛落水浸泡湿了的大米包，不料被一位二十五六岁的军官认了出来。那位军官亲切地握着周翔的手说：“组长同志，你还认识我吗？去年你们文工队来咱工地慰问演出，是我带着几个战士帮你搭台子，挂幕布，你忘了？”

“啊！想起来了，你是一连徐事务长，是吧？”

“是的，是的。”徐事务长拉着周翔的手，很高兴地把周翔介绍给其他几位事务长。末了，拍着周翔的肩膀兴高采烈地说：“我们代表团首长热烈欢迎你们文工队再次来我团进行慰问演出……”

周翔“啪”地打了个立正，向几位事务长行了个旋转军礼，趁机向他们自我介绍道：“我今天的身份是波密办事处松宗解放委员会支援修路运输指挥部押运组工作员——‘牦牛大王’！可不是来求助帮我搭舞台演出的，而是来求你们帮我把驮牛队浸湿了的6袋大米给换换，因为湿米包不好驮运，你们看……”说着，周翔把久本他们卸在院中的6袋大米指给几位事务长看。

几位事务长走过去一袋一袋地按了几下，对周翔说：“米没发酵，可以吃。”

徐事务长便拍拍手对战士们说：“米没问题，咱们运回去，今天晚上就吃掉，怎么样，咱们帮工作员给他们驮牛队换了?”

“行!”一位带河南口音的事务长走过来拍着周翔的肩膀说，“你们浸湿的6袋大米我们都换，听说组长同志的京戏唱得不错，为咱们唱上一段，如何?”

“大家欢迎!”另一位事务长鼓动性地一喊，其他几位事务长和来领副食的战士也都围了过来，跟着鼓起掌来。

“好！首先让我谢谢几位事务长同志为我们换大米。”周翔激动地行了个军礼，不好意思地说，“不过，我没学会自拉自唱，只能清唱一段，愿意听吗?”

“愿意!”几位事务长又同时鼓起掌来，这一下把许多战士也给吸引了过来。周翔高兴地放下背包，把枪往背包上一横，叉开脚往院中一站，清了清嗓子，高声唱起了《打渔杀家》：“父女俩打鱼在江下，家贫哪怕人笑咱……”刚唱完前两句，便博得了一阵掌声。周翔这下更来劲啦，还用嘴巴拉出京胡的过门调来伴奏，这可把大家逗得捧腹大笑起来。

这时，久本他们几个看到周翔这么受解放军的喜爱，对周翔的看法大有转变，也好奇地挤进人群，跟着大家一道鼓掌。周翔看在眼里，喜在心上，心想这可是一个好的兆头。

周翔刚唱完这一段《打渔杀家》，突然从围观的人群后面挤进来一个年约三十开外的首长。他大步走到周翔的面前问道：“你是咱C连送去学藏语的小周同志吗?”

周翔一听，瞪大了眼睛，但很快就认了出来，原来是原C连汪管理员，周翔惊喜地向汪管理员行了个军礼，回答道：“报告管理员，我是!”

汪管理员握着周翔的手说：“你这段《打渔杀家》我过去在连里就听你唱过两次，所以今天一听到这熟悉的声音就猜到是你。”说着，汪管理员拉着周翔走出人群，向营地外走去。

“藏语学得怎样，能当翻译了吗?”

“当翻译还不敢说，只会一些日常用语。”

“那就很好，那就很好。”汪管理员听了很满意地拍了拍周翔的肩赞许地说。

这时一位通讯员跑来报告：“报告汪股长，我们股长请你快上马，不然赶不上去团部开会啦!”

汪股长向通讯员扬了扬手，说：“知道了。”便转身握着周翔的手压低声音说：“告诉你一个不幸的消息，你们一班在甘孜修飞机场时，在一个大风雪的晚上，由于窑洞坍塌，全班同志都牺牲了……”汪股长哽咽着说不下去了。

周翔一下懵了，好久才哭出声来。汪股长擦去眼泪，紧紧地握着周翔的手说：“别哭，你们一班到达甘孜不久，就被师部批准为‘C连模范红旗第一班’，还授予了红旗，这里面也有你一份光荣呀！在昌都战役前后，你们一班无论是在行军途中，还是在牛角渡和竹巴笼战斗中都是好样的!”

这时，前面一位骑在马上的首长喊道：“老汪，快上马，时间不多啦!”

汪股长答应了一声，随即在路边的木桩上解开马缰绳，牵马走到周翔面前，再一次握着周翔的手沉痛地说：“咱们连大家最热爱的纪指导员在前年的‘三反’运动中被诬陷贪污了粮票而含冤自杀了，去年虽然甄别后恢复了名誉，但是……唉!”说到这里，汪股长又一次流下了眼泪，但马上擦去泪水，一抬腿跃上马背，脚尖一点马肚，便扬起一路尘土。由于灰尘与泪水模糊了周翔的视线，周翔恍惚只看到一只高高举起的手臂在空中摇晃着，摇晃着……

周翔依依不舍地向着汪股长远去的方向行了个军礼，转身低着头向后勤股院内走去，边走边擦眼泪。泪眼婆娑中，周翔仿佛看到纪指导员和一班战

友们正说笑着走来。周翔正要向他们打招呼，才发觉身边已围满了同情的人们。

徐事务长握着周翔的手感慨地说：“真没想到，你还是咱们A师的老大哥，还学会了藏语文，当上了运输督察员……”

“不，是‘牦牛大王’押运员，兼管登记和调解纠纷的。”周翔很自信地说。

“当‘牦牛大王’，这可是咱们十八军军首长号召的呀，真羡慕你！走吧，带领你的人跟我们去领大米吧！”

“请等等。”一位军官带着一个年轻小战士向周翔走过来，“炊事班已给你做好饭菜，快跟他去吃饭吧。让我带他们去领副食品，顺便也好给你的藏族老乡换干大米。”

“报告首长，我没说要吃饭。”周翔赶忙说。

“啊，你可能不知道，你认识的这位汪股长是咱们股长的老战友，临上马之前刘股长叫通讯员通知炊事班专为你做的饭。还说等你吃完饭，请你务必到前面的村子去，帮助咱们三连解决与村民租借一块荒地引发的赔偿纠纷。怎么样，帮帮忙吧？”

“没问题，这也是我的任务之一，不过我不去吃饭啦。”

“为什么？”这位军官不解地问。

“因为我没带那么多钱。”周翔不好意思地说。

“嗨，这里是军营，又不是老百姓开的饭店，再说哪，你是咱A师的老兵，‘回娘家’吃顿饭，还收你的饭钱？何况刘股长还要请你代表地方政府去帮助解决三连与群众的赔偿问题呢，快跟着他去吃饭吧！”这位军官不由分说把周翔往小战士面前一推，命令道：“小马，快带工作员去吃饭，吃完饭再带工作员去三连告诉张指导员，这位同志是刘股长请来帮助解决租地赔偿问题的。”

“是！”小马可机灵啦，忙帮周翔提起背包，把枪递给周翔，带着周翔向伙房走去。

说是伙房倒不如说是烧火帐篷。在紧靠山坡用几株大松树搭起的木架上，铺盖着整整一顶帆布大帐篷。靠里是紧挨着树用长长的原木板钉就的条案，一通到底，上面一头摆放着油桶、竹篓、蒸笼屉，一头是脸盆、杯子、饭碗筷。中间并排放着3个红松砧板，上有数把菜刀；靠外是一溜冒着火苗的炉灶，灶上横架着三口汽油桶烧着开水，往里架着两口煮饭的行军深底大铁锅和几口炒菜的生铁锅，锅铲瓢勺一应俱全。帐篷里炊烟缭绕，热气腾腾！

小马把周翔带到厨房中间的简易木板桌旁，放下背包，请周翔坐下。周翔这才看见桌上已经摆好了肉包子、米饭和几样现做的菜：一听半斤重已开盖的红烧猪肉罐头散发着香气，一碟油炸花生米还在“吱吱”作响，一盘黑木耳炒黄花菜外加一大碗蛋皮粉丝汤，特别是上面还漂着一层厚厚的猪油。若是往常那还不诱得周翔口水直流。可现在，在得知了纪指导员和C连一班战友的噩耗后，周翔一点胃口也没有了。炊事班的同志见周翔没动筷子，都上来催周翔快点儿吃饭。特别是小马见周翔不拿筷子，还以为周翔怕收饭钱，为拿不出钱而尴尬，便走过来边帮周翔舀饭，边说：“请吃吧！不会收你饭钱的，这可是咱们股长叫炊事班班长做好招待你的，吃了咱俩好去三连办事。”

周翔只好用吃过了午饭来搪塞，这时久本带着“五彩缨辫”找到厨房来了，久本高兴地伸出大拇指对周翔说：“6袋湿米都换成了干米，我来请你一道回驻地去，我要请阿相洛桑打一桶浓浓的酥油茶招待你……”

周翔感激地打断久本的话，说：“你的酥油茶等下次再喝，不过今天我要和这位解放军去前面村里解决占地问题，你们快驮米回驻地去吧，请注意别让牛又跑上冰桥去喝水。”

“哦呀！哦呀！”久本遗憾地握了握周翔的手，便和“五彩缨辫”走了。

周翔激动地提起背包往背上一甩，拴紧背带，提起枪，拉着小马就往外

跑，却被站在帐篷门口的炊事班长一把拽住，硬把一碟花生米倒进了周翔左衣兜里，还拿了两个肉包子塞进右口袋。

周翔没料到这位班长这么细心。周翔深情地抓住班长的手一握再握地道了谢，这才和炊事班的战士们一一握手告别。

刚走出炊事班，就碰见叫他来吃饭的军官，周翔“啪”地打了个立正，说：“报告首长！我这就去三连。”

“别叫我首长，我是这里的管理员，我建议你把背包放下，只背着步枪去办事，办完回来，今晚就住这里。”

“这样，我们把饭菜给你留着，等你回来吃。”班长和几个战士热情地说。周翔还能说什么呢，只一个劲地向他们表示感谢，然后放下背包，和小马一道向三连的驻地走去。

原来三连驻扎在一个山沟边只有十几户人家的自然村里，与其说驻扎在村里，不如说是贴近几户藏族老乡驻扎着。顺着山涧流入波曲河的走向，一溜排列着十几顶军用帐篷，连部居中，右边是烟雾缭绕的炊事班，左边是叮当作响的铁工组，一杆红旗呼啦啦飘扬在连部前面的操场上。操场两头各立着一个篮球架，一边篮板上的铁圈歪着，好像掉了一颗螺丝钉。

张指导员告诉周翔：“也就是这个操场、球场并用的场地，原先是经通司（翻译）向村里的泽加老人租借来的一块多年未耕种了的荒地，每月租金两个银元。可是前些天，老人突然来连部找到我，连说带比画地要我们拔掉旗杆，把篮球架搬走；要我们把连部、炊事班、铁工组的帐篷撤了挪个地方，还拿来一个干芫根比画着，意思是他要牵耕牛来耕地种芫根。我一听，急啦！也连说带比画地对老人说这一段时间我们不能搬，因为上级命令我们务必在这个月底完成前面一段塌方道路的抢修任务，好运送木料盖道班房。如果现在用很多时间搬家就完不成任务啦，请他宽限30天，我们再给他增加一个银元的租金，他老人家瞪着眼睛向我直摇头，一个劲地‘哈莫过！哈莫过！

（不明白的意思）’没办法，我只好去后勤股向刘股长作了汇报，请他派通司来帮我们解决一下。不料老人家一连等了我们3天，见通司没来，就天天来连部伸出小拇指说我们稀稀拉拉，亚咕门都（不好的意思）！今天你来得太好啦！”张指导员高兴地拉着周翔的手往村里走去。

周翔叫通讯员小马在连部等他一会儿，办完这件事一道回后勤股。小马点了点头，便拿起一个篮球去了篮球场。

周翔和张指导员来到泽加老人的院子，正好遇见在院子中央晒芫根干的老阿妈。周翔走过去用藏语向老阿妈问安：“阿妈啦，身体好吗？”

“好，好。长命百岁的通司先生！”老阿妈一边切着芫根，晒她的芫根干，一边很有礼貌地说。

“我不是通司，是松宗解放委员会的工作员，听说你们向解放军要回租地种芫根，我特来了解一下情况。”周翔拉着阿妈的手亲切地说。

“感谢菩萨，你来得正好！我那老头子呀，正在家里换衣服呢，他打算去扎木请通司来向甲本指导员说明为什么要收回租地。啊，宗里来过好多工作员、本波啦，我没猜错的话，你一定是新来的，要不就是甲本指导员请来的通司。”说着，老阿妈把周翔从上到下打量了好一阵子后，大声喊道：“格波啦（老头子），来客人啦！”

只听屋里的老人答道：“我看见啦，你快端凳子请甲本指导员坐，别只顾唠叨！”

老阿妈不高兴地说：“谁只顾唠叨哪，这是唠叨吗？真是个不会说话的呆老头子！工作员啦，听你说话的口音，像是拉萨人；听你和这位甲本说汉话，我猜想你一定是个会说汉话的藏族兵。啊，啊，菩萨保佑！我怎么说你像是藏族“兵”呢？真该掌嘴！”

老阿妈颤巍巍地端来两个小木凳放在周翔和指导员的面前，边让坐边说：“请你别生我老婆子的气，我只是随便说说。唉，就算是唠叨吧。”说完，又

拿起刀去切芫根。周翔凑趣地跟过去，从筐里拿出一个芫根递给老阿妈，说：“阿妈啦，你把一个大木板放在这样高低不平的石头上晒芫根干，就不怕风吹倒木板弄脏了芫根?”

“不怕，不怕，即便弄脏了也不碍事。”

“那您晒这么多芫根干什么，都开春了，该种地啦，您还忙着晒芫根干。”

“不碍事，是晒干了拿去喂咱家的志玛牛（当年生牛犊的牛），它一天吃我几个干芫根，保准一天能多挤一铜瓢牛奶哩!”

“您的手真巧，看您切的这芫根，”周翔把老阿妈切好的网形芫根拉开给阿妈看，“就像蜘蛛织的网一样，多好看呀!”

指导员看懂了周翔的动作，也凑过来伸出大拇指说：“切得呀莫、呀莫的。”

老阿妈见他俩都夸自己手巧，高兴地说：“不是我老婆子夸口，在这个村里，还没有人切得比我好的。这是地窖里剩下的芫根，我怕烂掉了，才赶着太阳切了晒好喂奶牛、奶羊。在过去，每次挖回芫根来，都是我细心切晒做冬天的干粮，那才叫切得又细又好看哩！老头子每见有客人来，就煮出来夸我，说吃起来就像撕扯着吃牛肉干一样，真好吃，哈哈哈……”

“看把你乐的!”老阿爸穿着自织的氆氇藏袍走出屋来，边系腰带边没好气地抢白说，“那是前年的冬季没糌粑吃，饿着肚子才说的。今年冬季看看，看我还爱吃你那些干牛粪疙瘩不!”

“那你吃啥？想天上给你掉下糌粑来呀？那是雪花!”老阿妈可没让步，硬是把没好意思对指导员说的话给说了出来。

老人系好腰带，扯了扯衣袖说：“这可是我两个外出打工的儿子回家过年时说的。老人还学起了儿子的腔调，‘阿爸，阿妈啦！我们在外帮修路的解放军背粮搞运输挣钱，你们在家把租出去的那块荒地收回来，翻两遍，多上些底肥，种上咱家的藏青菜、洋芋、萝卜和芫根，到了秋天保准能收 40 筐芫根20筐菜，拿去卖给解放军，那还不赚他们一二百个银元呀?'”

“你们听见没有？这可是我儿子说的呀，咱祖祖辈辈做梦也没见到过的银元呀！你们没见咱的老头子听了，当时那个乐呀，差点儿没把嘴笑歪哩！还说，加上他兄弟俩在外干活挣的钱，就去请好木工、好石匠师傅来给咱盖一间下面圈牛羊、上面住人的楼房，再不住这四面吹风的木板房啦，要像大头人、大商家一样过……”

“看看，又在唠叨了不是？快闭上你那关不住的臭嘴，没见解放军甲本和通司先生还站着的吗？还不快去熬点清茶来，真是个不懂礼貌的呆老婆子!”老人把小木凳往周翔和指导员面前挪了挪说。

这时周翔才看清，老阿爸面容清瘦，个子不高，但精神很好。周翔把两位老人的对话翻译给指导员听了，指导员一拍大腿，说：“这跟我和连长研究的补偿方案基本吻合，可我们怎么也向老人表达不清，让老人家等急了，很对不起!”

周翔把这段话先翻译给两位老人听，两位老人听了竟一边一个拉起指导员的手，眯缝着眼看着周翔，急着想听指导员接下来的话。指导员接着说：“老人家第二次来要我们搬家，让出地来，我和连长就商量了一个变通的解决方案，就是动员全连战士在晚点名之前，挤出打球或自由活动时间，到河沟对面的阳坡上为老人开出两亩荒地，再帮老人把牲畜圈里的粪背到地里去上好底肥，再交给老人种菜。另外，我们完成这里的修路任务迁去新工地时，再把租借的这块地也开挖出来，交还给老人家，看这样行不?”

周翔再次把指导员的话翻译给两位老人听，没想到两位老人同时伸出大拇指向指导员说：“呀莫，呀莫，呀莫协扎都!”（好，好，太好了!）特别是老阿妈还乐得直擦眼泪，“请你们等着，我老婆子还偷偷留了一块酥油，让我去给你们打一壶茶来，让你们好好品品我老婆子打的酥油茶。”说完，老阿妈回屋去了。

突然，院门外传来一声呼唤女主人的声音，大家回头一看，两个背着米袋的中年妇女推门走进院子来，一进大门就说：“长命百岁的阿爸、阿妈啦！太阳快落山了，我们害怕在密林里遇到野兽，想在您家里借住一晚，讨碗水喝。”

好心的阿妈听见后，毫不犹豫地就答应了下来：“好，好，你们来支援解放军修路，背送大米很好，我老婆子可惜老了，想当年，我常出远差给头人，有时给路过的长官背送……”

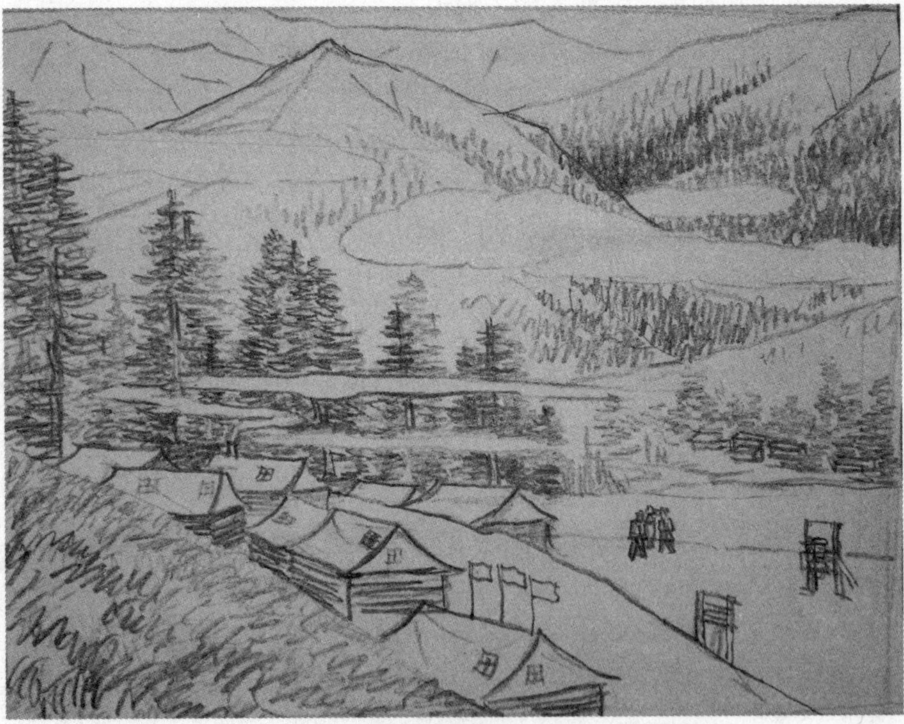

两位老人听了竟一边一个拉起指导员的手。

“看看，这不又唠叨开了不是，还不快带她俩进屋去休息，喝碗热茶。感谢佛，今天咱家肯定热闹，欢乐无边。”老阿爸诙谐地说道。

这时，周翔和指导员站起来要走，老阿爸想留他俩喝碗热茶，但看周翔和指导员没有想留下来的意思，欲言又止，只好把周翔和指导员送出院门。或许是责任感使然，周翔向擦肩而过的一位中年妇女问道：“你们是哪个村的，一共来了多少人?”

“我们是曲宗附近的，一共来了 7 个女人。”

“没有男人?”

“男人们要在家播种青稞，老人们在家烧茶看孩子。”听得出，她们村能背米的妇女都来了。

“啊嘞！辛苦你们啦！那 5 位来了吗?”周翔又问道。

“都在密林里数脚步哩!”

“看来，你俩走得快，没数步，不怕她们怪你俩?”

“我们先来找到歇息的地方等她们来，她们高兴还来不及呢，怪我们什么呀?”后面那位妇女说道。

说得也是，周翔没再问什么，向老人告别后，回到了连部。连长说什么也要留周翔和小马通讯员吃了晚饭再走。小马忙说：“刘股长叫炊事班为工作员做的饭菜还摆在那边的桌子上等他回去吃哩！”这样，连长才没有留他俩。

周翔和通讯员小马跟两位连首长告别后，离开了连部。小马领头要走来时的傍山近道回后勤股，周翔却要拉着小马走林间骡马道。理由是，周翔想叫后面背米的妇女们都赶到这个村里借宿，这里有好心的老阿爸、老阿妈，还有解放军，安全。

小马笑着点了点头，跟随着周翔踏进了林间骡马道。没走多远，就接连遇见两个驮牛队和几名背大米包的妇女。周翔向他们介绍身后不远的这个村

子是最好的借宿点，这里有修路的解放军，最安全。没想到他们对这个村很了解，还说这个村是有名的善人村，他们都是赶来这个村借宿的。

看来是多虑了，周翔心想。走着，走着，几声长长的哨声传来，是后勤股开晚饭的哨声。兴许是顺利地办完了几件事吧，周翔一时兴起，便放腔一抒情怀，唱起他的拿手唱段《沙鲁国搬兵》：“太保儿传令……”唱着唱着，突然发现前面有两个背米包的人影一晃就不见了。周翔马上意识到，这俩背米包的该不会是心血来潮，想从河边冰桥过河走近道去双登兵站吧，周翔立刻拉住走在前面的小马说：“小马，你在这岔路口坐下来，等着我，让我把走进密林里去的背米人叫回来。”

周翔提起步枪一路小跑追过去，这才看清，是两个妇女背着米袋一拐一拐地向一簇刺丛后面走去。周翔纳闷起来：“她俩该不是因为肚子饿了，想……”

于是周翔蹑手蹑脚地向刺丛走去。这时，走出一个口含小刀的妇女，抱起一袋大米往坐在地上的妇女身后一放，低声说着什么。周翔怕她俩割开米袋，便故意大咳了一声，大步向刺丛走去，只见那位口含小刀的妇女从口里取下小刀，大声喝道：“喂！站住，别过来！”

周翔像没听见似的，仍往前走着，突然“哇”的一声，婴儿的啼哭声传来，周翔愣了一下，立刻停住了脚步。但马上就明白了，周翔愧疚地转过身，擦去眼泪，向岔路口走去。刚走几步，身后就传来那位妇女的哭喊声：“桑珠拉姆啦，桑珠拉姆啦，你睁开眼睛看看你的儿子呀，你可不能死呀！”

周翔脑子“嗡”地一下，“不好！”周翔大步跑到岔路口喊道：“小马，快去报告管理员，说这里有位背运大米的妇女在森林里生了孩子，情况不妙，请他快派人抬担架来，抢救产妇！”

周翔因为担心产妇发生意外，又转身跑回去。那位帮忙的妇女见来人了，抱着啼哭的婴儿急忙走过来说：“请把孩子抱着，别过来，我去看她能不能醒过来。”就像周翔是自己人一样，没等周翔回话，就把孩子往周翔怀里一放，转身往刺丛后面跑去。

周翔抱着只用一件红布内衣包裹着的婴儿，焦急不安地在路边走来走去，忽听见那位帮忙的妇女大哭大叫着跑出刺丛来，向周翔直招手，要周翔快去看。

周翔以为发生了不幸的事，心“嗵嗵”直跳，赶紧抱着婴儿小跑过去，把孩子往帮忙的妇女手上一递，便绕到刺丛后面，只见产妇抱着头歪倒在地

周翔以为发生了不幸的事，赶紧抱着婴儿小跑过去……

上。周翔忙把产妇扶起来靠着大米包，替她按摩额头，活动双臂。忙乎了一阵后，见产妇微微动了一下，周翔高兴地大声喊：“阿佳啦，阿佳啦（大姐），你哪里不好？怎么了？”说完，赶紧靠近产妇，只听到产妇微弱地说：“廓佑（头晕）。”周翔忙告诉帮忙的妇女。帮忙的妇女听了，蹲下身来，怜悯地替产妇把头上的发辫理了理，为她扯起胸襟掩住裸露的胸部，叹着气说：“哎！她生孩子流了不少血，加上到现在还没吃丁点儿东西，能不头晕吗？愿菩萨保佑这个可怜的女人哪！”

周翔听帮忙的妇女这么一说，很是同情地挠起头来，忽然又想起了班长塞在自已兜里的两个肉包子，赶快拿出来说：“阿佳啦！快吃包子，填填肚子，头就不晕了，快吃……”产妇闻到包子的香味，忙接过包子，大口大口地吃起来。

周翔和帮忙的妇女会心地笑了。周翔忽又想起班长给他的花生米，忙从另一个口袋里抓出一把，递给帮忙的妇女，叫她也填填肚子。

这位妇女接过花生，闻了一下，拈起一粒放进嘴里，边嚼边说：“嗯，这汉人的豌豆好香的哩！”然后把手里的花生米往产妇手中一放，说：“桑珠拉姆啦，快把这豌豆也吃了，保你一会儿就能站起来。”

桑珠拉姆看了一眼花生米，笑了笑，又要把手中的花生米给帮忙的阿佳啦，“阿佳巴桑啦，谢谢你替我忙了这半天，你肯定也饿了，快吃了这豌豆吧！”

周翔见她俩如此相互关爱很受感动，忙又抓出一把来，说道：“别客气啦，我这里还有。”说着推开桑珠拉姆的手，把花生米放在了巴桑的手上。

“我去看看解放军抬担架来了没有，你们就在这里等着我，别走开了。”说完，周翔抱起婴儿便往岔路口走去。

周翔在岔道上拍哄着怀里的婴儿来回踱着方步，等待解放军来。约莫过了十几分钟，看到头上绾着柳丝辫的产妇桑珠拉姆背着一袋大米，在那位好

心帮忙的阿佳巴桑的搀扶下从刺丛后走出来。周翔一下惊呆了，一个刚生了孩子的产妇怎么能背起60斤重的米袋往前赶路呢！周翔赶忙迎上去，把婴儿往巴桑的怀里一放，替产妇解下背上的米袋，说道："你们快坐下来休息，我已派小马去请解放军抬担架来送你去工地看医生，没想到你还敢背起60斤重的大米来。唉！这是要出事的。"

桑珠拉姆很感激周翔如此体贴，但她听周翔说派人去请解放军抬担架来抬她，很是疑惑："什么叫担架？怎么要抬她？"她莫名地瞪大眼睛问周翔："本波啦（长官）！我不懂您说的解放军抬担架来，抬我去看医生。"

周翔这才意识到自己用藏话加汉话把她给说懵了，于是又连说带比地重复了一遍，没想到两位可敬的妇女听了后，脸上露出了笑容。

桑珠拉姆笑着对周翔说："您别再和我俩说玩笑话啦，一个牧区穷女人，生了孩子还叫解放军来抬我去解放军的医院看医生，多羞人哪！咱农村、牧区，特别是像咱这样的穷苦堆穷户（贫苦小户）的女人，哪个生了孩子不是抹抹身子就去干活的呀？刚才我头晕是饿的，感谢你拿出自己舍不得吃的包子、豌豆救了我，哪还能再要解放军来抬我去看医生，那可要折我的寿命啦！"

"别这样说，你怀着孩子还来支援解放军修路，帮助我们背运大米，这可是你们对子弟兵的一份爱心，你在途中生了孩子，让子弟兵抬你去看医生，那是应该的。请不要再说自己是穷堆穷女人，咱们解放军都是穷人的子弟，没有贵贱之分。等公路修到了扎木，就能运来更多的物资改善你们的生活了。"

"你说得对！我常听我男人洛呷说，解放军不怕苦，不怕累，一年四季风里来、雨里去帮咱修公路，就是为咱藏族人今后过好日子。这不，公路刚通到松宗，就运来了很多便宜的茶叶、布匹和白盐巴。"桑珠拉姆像没事儿似的说笑开了。

“你可不知道，”巴桑也高兴地说道，“前些天，她来扎木找她逃差的丈夫，没料到逃差在外的丈夫在解放军的工地干活，除了管吃管住，一个月还发给他 60 个银元。天菩萨呀，天底下竟有这么好的军队！”

“所以为亲人解放军背运大米，我们是满心高兴，别再麻烦这里的解放军了，还是让我们赶到前面的善人村去借宿，免得咱村里的人为我们担心。”说着，桑珠拉姆拍哄了几下在巴桑衣襟里哭泣的婴儿，又要去背大米。周翔忙拉掉她手上的背绳，说：“不成，我是松宗解放委员会的工作员，叫你去看医生，你应该听话。明天，我送你去热亚，找个好房东住下，至少要休息一个月，看你的身体养得好坏，再决定你背不背运大米。”

“阿妈嘛哟！”阿佳巴桑竟然双手合十说，“看来，你们汉人的女人，都是前世修了福，生了孩子还留在家里休息一个月。阿妈，阿妈，这是什么样的世道呀……”

“不只是汉族女人，是咱全中国的女人生了孩子，都要在家中修养一个月以上，还要每天给她们吃有营养的东西来调养身体。”

正说着话，忽听到一阵脚步声从丛林中传来。很快，小马领着 4 个扛担架的战士来到他们面前。在周翔的指挥下，他们把产妇扶着躺在担架上，因路不好走，他们还用麻绳绑了一下。周翔邀请帮忙的好心阿佳巴桑一道去，但她说什么也不愿意，说她要赶到前面指定借宿的村子去，把生孩子的喜事特别是桑珠拉姆被解放军抬到工区去看医生的事告诉同村人，让他们都高兴高兴。

周翔听了，竖起大拇指夸她是个心好又心细的阿佳啦。周翔忽然又想起兜里的油炸花生米，于是把剩下的全都给了阿佳，说：“很好，你快去向同村人报个喜吧！请他们放心，我会安排好的。这花生米算是给你的奖励，吃吧，好吃着哩！”

这位好心的阿佳啦闻了闻手中的花生米，拣了一粒大的放进嘴里嚼起来，还拣了几粒大的走到担架旁放进桑珠拉姆嘴里说：“桑珠拉姆啦，你真走运，遇见这样一些长命百岁的好人，就去休息几天吧！我会带口信给你男人的，放心吧。”然后和桑珠拉姆碰了碰头，亲了一下桑珠拉姆怀里的婴儿，背起米袋，双手合十对周翔、小马说：“谢谢啦！祝你们长命百岁！”说完，擦着感激的泪水独自上路了。

周翔也非常感激地向阿佳啦摆了摆手，转身准备背起产妇的大米包，不想让小马抢了先。周翔挥手请4位战士抬起产妇，一起向后勤股营地走去。

周翔打心眼里满意这4位抬着产妇走山路的战士，他们换肩、起步和落脚都是那么的细心，动作协调而且配合默契。直到目的地，可以说没出现过一次较大的倾斜，没让产妇有害怕或不好受的感觉，母子俩竟在舒适的晃动中进入了梦乡。这不，在周翔轻声呼唤桑珠拉姆名字的时候，她才悠然从酣梦中醒来，而且颇有惋惜之意。当她看见是周翔、小马和正在擦汗的战士们，这才羞愧地坐起来，双手合十，一再点头感谢。

这时管理员带着一名挎着皮药包的女护士快步走来，见母子平安，女护士欣喜地用生硬的藏话向产妇祝福道：“扎西德勒！”还爱怜地用手指头点了一下小客人的脸蛋，然后叫战士赶紧把产妇抬进刚搭好的一顶不大的新帐篷里，管理员帮助女护士把产妇扶上厚厚的矮铺，又摸了一下裹在产妇红衬衣里的婴儿，说：“小石，产妇和孩子都交给你了，我带工作员去给孩子挑选几件干净衬衣来，你准备针线给孩子缝几件小衣裤，做些尿布。”

石护士边为产妇量血压、听胸音，边说：“最好拿一件旧军棉衣来包孩子。”

“好的。”管理员点点头，拉起周翔的手说，“走！你的任务是跟我去仓库替小客人选干净的棉衣和旧衬衣。”

周翔见管理员如此热心而又周密地安排好这一切，竟忘了自己的身份，

倒像是和一位可敬的兄长一道去为亲人办一件应该办的事情，高兴地拉着管理员的手，跟着他走向后勤供应股的被服仓库。

只见纵横几排不太高的木板上，堆放着一捆捆筑路部队换季交上来的洗干净了的旧棉衣、棉裤和衬衫、衬裤以及破旧的军用力士鞋、回力球鞋、毛皮鞋等军用物资。周翔认真地给孩子挑选了两件干净的旧衬衣和一件划破了袖筒露出了棉花的旧棉衣，走到登记处，填写好领条，准备交给管理员。

管理员此时站在里面一排服装架前，没接周翔递给他的领条，却递给周翔一叠半新的军棉衣、棉裤和两套干净的黄色旧军装，说："没有比这几件更好的衣服了，都是中号，保你穿上合身，再打一张领条吧!"

周翔惊喜地问道："您这是给我挑选的?"

"是呀！是你的老首长汪股长请我们的刘股长带话来，叫我把你的这身军装换了。怎么样，你拿着的比你穿着的是不是要好些?"

周翔把自己从上到下打量了一番，还真是穿得太旧、太破啦。怪不得甲本泽仁多杰看不起人哩。周翔感激地打了个立正，行了个军礼，说："报告管理员，谢谢首长们对我的关爱!"

"你先别谢，快把你那露脚丫子的回力球鞋脱下来，再选一双好点的鞋换上。"

"好的。"周翔激动地挑了一双好点的回力球鞋，一屁股坐到地上，扒下破鞋往木架上一放，伸出一双裸露在布袜外的脚丫子就往鞋里伸。突然，一双新白布袜落到周翔的手上，周翔高兴地扒下脚上的破布袜换上新布袜，穿好鞋，系紧鞋带，一抬腿便跳了起来。周翔像穿了新衣服的小孩子，在管理员面前跳了几下，转身走到登记处，又填写了一张领条，把两张领条递给了管理员，抱起自己为婴儿选的和管理员为自己挑选的衣服，兴奋地走出了帐篷……

第六章

兴许是缘分吧！周翔曾经几次想跟随易贡宗的无论哪个驮队跑几趟运输，以便了解到易贡几个驮队的情况，说不定遇上一个会唱歌跳舞、讲民间故事的朋友那可就收获大了，可是，就是找不着机会，也没有联络上一个长者或是久本，愿意让周翔跟随运输。好像他们对政府的工作员跟随运输有顾虑似的。

碰巧，5 天前周翔跟随倾多宗白玉定本区的驮牛队来到吉达村前坝子上露宿，意外地被某团六连一个刚学会说藏话的事务长请去帮助解决因收工放晚炮，飞石砸伤了易贡驮牛队的一头牦牛，这个队的长者带着儿子，牵着伤牛找到六连来索赔 50 个银元一事。周翔刚走到连部门前，长者的儿子一见周翔便大叫大嚷拉着周翔的手说："砸伤了我们的牛，耽误了我们的运输行程，非赔 50 个银元不可。"

事务长用藏话结结巴巴地对周翔也是对索赔的父子说："我们在这无人地段施工炸岩，不知放过了多少大炮、小炮，从没听说过炸崩的飞石能飞出 100 多米远，而且还在林间骡马道上砸伤了一头牦牛的后腿。可是他父子俩牵着这头伤腿的牛来，不仅要求给它治伤，并且还要索赔 50 个银元的误工补贴，这不合理，我们最多付给 10 个银元给牛治伤，这还是照顾军民关系，不然……"

周翔听了双方的说辞，认真地检查了一下受伤的牦牛，还牵着向前走了几步，便走过去想和老头说点什么，老头却拿出一个玉石般漂亮的黄牛角鼻烟壶，拔去银质的细签塞，倒立起来，不往鼻孔里送，而是大张着嘴往里抖

落什么。周翔奇怪地凑过去一看，这哪是吸鼻烟，而是在喝酒，不过酒已喝完，只抖落出几滴来。周翔笑了笑，拉着大叫大嚷的青年的手说：“我们好像见过面，但想不起是在什么地方，感觉很面熟。”

“是、是、是在热亚村的一次篝火舞会上，我还求你把你的京胡借我拉一下，你借我拉了。”说着，还伸手去摸周翔背上的京胡，然后用手挡着嘴轻声地对周翔说：“既然咱们在一块跳过舞，就应该是朋友，我叫向秋尼玛。这个赔伤牛的事，你可要向着咱一点。”

周翔听了，笑咧咧地打了向秋尼玛发达的胸脯一拳说：“我要帮助你们双方说最公正的话！”

“对对，喇嘛滚觉（上师三宝）！”长者竖起手掌，架在鼻端正中往下一划，表示对周翔不偏不倚、公正的期求。于是周翔对事务长说：“请你以后放炮时，一定要接受这次教训，警戒哨一定要放远一点，不管早晨还是黄昏。”周翔又友好地拉着向秋尼玛的手说：“感谢菩萨，这次没伤着人，这头牛也只是砸伤了后腿，看它走路的样子，伤不太重，当然会影响这头牛少运一趟大米。为此，要求给牛治伤并赔偿一些误工补贴是合理的，但我的意见是赔 15 个银元的误工补贴，另赔一瓶大曲酒给牛治伤，但不是给你们喝的。”周翔有意拍了一下老头的牛角酒壶，问道：“你和阿爸啦同意我的意见吗？”

“哦呀！哦呀！”向秋尼玛看了一眼阿爸答应了，事务长也点头没有意见，这场纷争就此了结。

长者收下了 15 个银元和一瓶大曲酒，叫儿子牵着牛回驻地。向秋尼玛却拉着周翔要求他无论如何也该跟随易贡宗的驮牛队，不然就不公正了，说得周翔咯咯地笑了。周翔庆幸有这样一次机缘，能和他一块跑运输。

可不，周翔自从与向秋尼玛交上朋友，跟着他们的驮牛队跑运输，收获还真不小。白天吆赶着牦牛在路上天天能听他唱民歌，晚上能听到他讲天南地北的见闻或可笑好听的阿古登巴的故事，真是愉快极啦！

只是，上次运粮来双登兵站时闵班长慷慨地把他舍不得穿的旧回力球鞋换给了周翔，周翔还没有高兴够，鞋底又裂了一条大口子，走起路来一甩一甩的，怪讨厌的。特别是接连几次帮助驮牛队向秋尼玛他们追赶拦截离群的牦牛，周翔竟不顾横裂开底子的球鞋会给自己带来的惨痛，跑上去前追后堵，被山石弄伤了脚趾，脚心又扎进了刺，痛得周翔坐在地上直摇脚。好不容易拔出尖刺，拐着脚又去帮忙拦牛。直到把牛拦住后，向秋尼玛他们去卸驮整鞍时，周翔才趁机跑进桦树林去剥下两块桦树皮，一只鞋垫一块，然后用牛毛绳连同脚背一起绑住。嘿！还真解决问题，走起路来怪舒服的呢！周翔又跟着驮牛队继续赶路。一路上，周翔情绪高涨，竟唱起民歌来：

桃花美了双眼，
桃子甜了舌头；
姑娘桃树底下，
可否借住一宿？

“哈哈！工作员还挺会唱情歌的哩，可惜这里只有桃树和美丽的山川，可没有漂亮的姑娘啊！哈哈……”周翔新交的朋友向秋尼玛拍打着氆氇曲巴开玩笑地说。

向秋尼玛这么一说，倒让周翔注意起周围的风景来。十几天前，周翔跟着驮牛队经过这里，可以毫不夸张地说，波曲河两岸，双登扎木隔河相望，遍山坡、满河坝盛开的桃花，简直把波曲河映染成了粉红色的河流，蜂鸟飞舞其间，让你感觉到了世外桃源。

可是现在，满坝花落去，竟成了淡雅静寂的天地。而且周翔的到来，倒像是被大自然故意冷落似的，让周翔平添了一层怅然若失的感觉。周翔每走过一片果林，都会细心地观察，只见那新叶蓊郁的果枝上，结满了指头大小的桃杏。周翔的心又为之一喜，充满了对秋天甜美的希望。

到达双登已是黄昏，斜阳笑迎着周翔他们运粮队的到来。向秋尼玛和他

到达双登已是黄昏，斜阳笑迎着周翔他们运粮队的到来。

的伙伴们把30多头牦牛吆喝进了兵站的大院。不巧，这时黄站长正站在一顶厚帐篷门前，为扛着大米包走出来的战士发竹签，张会计站在大桥头的岗哨前收这些竹签，所以一时无暇来清点查收他们运来的粮食。

周翔只好叫运输队的长者先把粮食卸下来堆放在兵站的场院里由他看守，长者他们去选看好驻地，架好锅烧上茶后再派人来，等黄站长、张会计清点查看后，再搬进仓库帐篷里去。长者很满意这个决定。

约莫半小时后，周翔帮助驮牛队和兵站办完交接手续后，怀着喜悦的心情走进了熟悉的兵站伙房，敲着桌子向背着自己正在喝茶的黄站长唱起了湖南花鼓戏《刘海砍樵》：“刘海哥呀，奴的夫啰……”

这位年近三十的湖南老乡回头一看是周翔，放下茶碗，鼓掌对周翔表示热烈欢迎，嘴里却玩笑加责备地说：“听会计说，你这一次花了三天半时间，才押着驮牛队给我运送来66包救急大米，若是再晚一天，我这里可就没有粮食叫战士背回去吃啰。是不是运粮的妇女、大姑娘多了，你又趁机收集民歌，学跳她们的篝火舞，给耽误了啊？”周翔听出黄站长的话中含有玩笑的意思，顿时满脸通红，也半开玩笑地打了个立正，行着军礼说：“报告站长同志！这一次是因为有几个驮牛队争草坝、驻地，发生了纠纷，我一处一处地去为他们调解，所以耽误了一天时间。我既没有收集民歌，更没有跳舞，我可以坐下来喝茶了吗？”

“嗯，还没忘了你是个军人。听我的命令，放下背包，坐下吃猪油炒饭，喝粉条鸡蛋汤！”黄站长也乐了，举手还礼，以军官口吻开玩笑地说。等周翔刚坐上桌，拿起筷子，黄站长又说开啦：“还不到开晚饭时间，这饭菜可是闵班长专为你做的，说你每次来站里吃饭，总是请他给你做这样的菜，可不是咱们舍不得给你开陈皮鸡罐头。”

周翔端起香喷喷的猪油炒米饭，好生闻了一阵，说：“我每次来双登兵站，都像回到了家一样温暖。今天又让我想起了母亲，少年时，我每次从乡下场上挑米或贩菜回到城里家中，天都很黑了，母亲总是心疼地端来热水，叫我泡脚，然后用菜油给我炒一大碗油盐饭，再为我做一大碗很咸的蛋汤，端来给我吃。还说，这样的饭菜吃了抵饿、解渴、增力气。别看这样的饭菜在今天看来很简单，可在当时能吃上这样的饭菜，那已是很幸福的了，是母亲对我最大的奖赏和慈爱。所以我每次都是很高兴地把饭菜一扫而光，往床上一躺，便呼呼地睡到天麻麻亮，被母亲叫起来，吃一碗茶泡饭，拿起扁担、绳筐又下乡挑米贩菜去了。”说着，周翔好像回到家乡见到了母亲，眼里噙满了幸福的泪水。

黄站长见状，很是怜爱地故意岔开话题，说：“快吃，快吃！今天河对面的扎木村好像来了电影队，我已派人去打听，如果有电影看，咱们可得早一点去，不然就没有地方坐了。不过，你得把脚伸出来让我瞧瞧，别去看电影时，又像上次那样，你裂开的鞋底散发出来的臭味，把大家都熏跑了！”

尽管黄站长是出于善意说的玩笑话，周翔还是红了脸，但佯装没有听见，大口大口地吃饭，大口大口地喝汤。这可叫细心的闵班长看出了问题，他猛地蹲下，从桌下拉起周翔故意放下裤脚遮住的右脚，惊叫了起来：“雷班副，快拿药箱来！”

“别别别！”周翔忙放下筷子，推开班长的手，说：“我的脚没伤，这可是你上次给我换的那双回力球鞋，鞋面没破洞，可鞋底磨得只剩一片纸厚，我穿上没跑完一趟运输，就又磨穿了底子，还横裂了一条大口。”周翔翘起脚，解开绳子把垫了一块桦树皮的回力球鞋让大家看，还故意自我标榜说：“这一路虽然多半是在密林里走泥沙路，但也有碎石路，踏上去就像是踏在扁锉上一样，所以几次剥下桦树皮作垫底。请看！本‘牦牛大王’不是雄赳赳地押着牦牛运输队来到了贵站双登吗？”

当雷班副拿着药箱走来替周翔上药包扎伤口时，大家无不摇头感佩！黄站长听着周翔似乎很轻松的话，看着周翔受伤的脚激动地说：“真苦了你们这些到地方工作的同志！”说完，转身跑回帐篷拿来一双黄胶鞋往桌上一放，命令道：“换上。”

周翔听到黄站长发自内心的体念话语，特别是还把他自己舍不得穿的新鞋拿来叫周翔换上。周翔的眼睛模糊了，怎么也抑制不住感动的泪水。

这时跑进一个战士向黄站长报告：“报告站长！我在新盖的施工局楼房前院看到挂了银幕，我找到电影队向巴队长一问，可不，他说今天是西藏和平解放3周年纪念日，他们电影队是奉首长命令，来扎木专为这里建房的施

工局工人师傅和我们兵站放电影，表示庆祝慰问的。还说房建队郝队长说了，他们将在放映前为兵站亲人们慰问演出川剧。希望兵站也出一个节目，来个军民共庆‘5·23’。”

“如何？在西藏这样大喜的日子里，我们兵站一定要出节目向工人老大哥表示慰问，向藏族同胞表示祝贺！我想，这个节目就请工作员周翔同志为咱兵站做好准备吧！”黄站长拍着周翔的肩说。

“是！”周翔高兴地答应一声，收回雷班副包扎好的脚，又大口大口地吃起饭来。

“罗排长！今天轮到哪个班值勤啦?”黄站长见罗排长走进伙房，问道。

“报告站长，是二班。”

“闵班长，吹哨子提前开晚饭。二班和我值勤，留守兵站，其余人吃完饭去看电影、听川戏。”黄站长下达命令后走出了炊事班。

闵班长走到炊事班外面吹哨子开饭，等他回到伙房，周翔已吃完饭。周翔把步枪、米袋、挎包等提着往黄站长的办公桌下一放，背着心爱的京胡向闵班长行了个军礼，便乐呵呵地跑到坝子去通知易贡驮牛队的向秋尼玛他们看电影。

周翔今天特别高兴，除吃到了喜欢吃的饭菜，还因为是一身轻松地只背着京胡去扎木看电影，特别是穿上了黄站长给的新胶鞋，走起路来再没有什么顾忌啦。虽然脚趾还有点儿疼痛，但对周翔来说这根本算不了什么。周翔一路上迈着正步，吹着《解放军进行曲》口哨。

这可把守卫在桥头的战士张小刚笑得前仰后合的，还伸出大拇指来夸周翔：“挺好！挺有劲的!”

周翔听到战士张小刚的夸奖后，得意地踏着正步走上了长长的宽木板便桥。当看到桥下清澈见底的小河流水，周翔又兴致勃勃地探出身子对着镜子

般的水面整理了一下衣服，雄赳赳地走下桥来，把军帽往上一推，向着扎木村远远望去。

旷野大坝上，十几顶白色的帐篷众星拱月般地围着一幢新修的在夕阳下闪闪发光的白铁皮房顶的木屋，袅袅的炊烟把仅有八九户人家的扎木村遮掩得只能隐隐约约地看到个影儿。扎木，用当地人的话说早先像个穿着破烂的“多弄玛”（女乞丐），今天变成了“吉阿佳”（贵夫人），让人感到欣慰。周翔不由得加快了脚步。

来到扎木村，周翔先去了正在修建的第二施工局大院，映入眼帘的是施工局还未竣工的两层办公大楼。楼房的外壁用长长的木板横着搭建，木板上还刷了一层防水防腐的黄棕色桐油，整幢大楼好漂亮。带着好奇心，周翔走进了大楼，宽敞的大厅正在安装地板，宽而厚的红松木地板横七竖八地摆放了一地，周翔无从涉步，只好遗憾地退了出来。

走出施工局大院，周翔来到了帐篷外的菜地，踏着垄沟一颗一颗地抚弄、欣赏着绿玉般的莲花白，因为这是周翔第一次在西藏的扎木村看到长势如此好的蔬菜。

一声哨响，只见工人师傅们也像战士一样跑出帐篷，在一阵稍息、立正、向右转、齐步走的口令声中排好队，整齐地走进大院会场，在刚刚进场的双登兵站20多名解放军的左边，放下小木凳，齐刷刷地坐了下来。

周翔见此情景，跳出菜地跑进会场，兵站官兵们已盘腿坐在背包上开始拉歌了（部队特有的唱歌形式）。闵班长见周翔来了，微笑着向周翔点了点头。看来答应为兵站出一个节目的承诺，该去兑现啦。周翔快步走过去，突然，身后传来一位妇女的喊声，周翔回头顺声看去，原来是两个月前在森林中生下孩子的那位令人感动和尊敬的产妇——桑珠拉姆。

“桑珠拉姆，我不是请甲本先生免了你的背粮任务，派人送你回曲宗了吗？怎么又来到扎木啦？”周翔诧异地问道。

“我是来找逃差、躲避甲本鞭打的丈夫洛呷的。”她指了指背后憨态可掬的丈夫说，“我们全家人都感谢解放军和军医护士对我和孩子的照顾，特别是你，救了我，还请来解放军把我送到军营住下，第二天又亲自送我去热亚，请求甲本先生免了我家的背粮任务。”桑珠拉姆感激地说。

“甲本先生挨宗本鞭子的时候，怪我把他的头抱得太紧了，还怪我没叫打鞭子的人只打他的皮衣而不打屁股做做样子，可我……”

没等这位憨厚的牧民说完，周翔就愤慨地说：“这么说，他派你家的差，要打你鞭子，是以此来报复降巴扎西代宗本对他的体罚啰？这真是骑牛摔跤打羊倌，天大的笑话！啊，你们的儿子长胖了吗？”

“托您的福，他长得很可爱，都会逗人打哈哈啦！”年轻的母亲脸上洋溢着满足的笑容。看来，她很幸福。

“孩子带来了吗？让我瞧瞧。”

“没带来。我把他寄养在热亚的阿姨央宗家啦，您可是第一个看见我儿子的青年男子，按照咱曲宗的风俗，您应该是我儿子最有福气的阿相。所以您回热亚村一定要去抱抱他，好吗？”

这位可敬的年轻妈妈近乎是恳求似的作着揖说的，周翔能不爽快地答应吗？

“好的！我一定会去看他、抱他的，我要认一个藏族乖外甥，哈哈……”周翔伸过手去与洛呷握了握。

“真的？您不是在说脖子以上的话吧？”一直站在桑珠拉姆背后的一位俊秀的姑娘腼腆地伸出头来，说完，很快又躲到桑珠拉姆的背后，害羞地低下了头。

“她叫洛桑志玛，是我妹妹，今年 17 岁。为了感谢您的恩典，我把她也带来为解放军背运大米啦。”桑珠拉姆把羞答答的妹妹推到周翔面前说，“别看她个儿不太高，可有力气了，还很爱跳舞、唱歌，和您一样。”

桑珠拉姆这样向周翔一介绍，洛桑志玛反倒不害羞了，竟然伸出手来抚摩着周翔背上的京胡，问道：“你会拉弦子舞曲、跳弦子舞吗?”

周翔见这位腼腆的姑娘对自己的京胡发生了兴趣，高兴地点了点头，问道：“你会跳弦子舞吗?”

洛桑志玛非常认真而自信地点了点头，哼起了巴安弦子《松查姆啦》，还轻盈地扭动了一下身子，抬了一下脚，这可把周翔乐坏了。仅凭她这一简单动作，周翔猜想她一旦在舞场上跳起来，舞姿一定很优美。再打量她的身段，是那么的匀称。脸上虽有一些小雀斑，但只要化上妆，准是一个俊美的舞蹈演员。周翔看着洛桑志玛，心想要是向姚钧队长推荐她，队长肯定会同意接收她参加宣传队的。马上，周翔又为自己第一次见到洛桑志玛就产生如此莫名的想法而感到吃惊。好在此时有几个穿着蓝色工作服抬着放映机的同志从他们中间穿过，把他们分立在石子路的两边，周翔又暗暗庆幸起来，不然准被聪明的桑珠拉姆看出自己脸上表情的变化而对自己产生不好的印象。

更让周翔感到庆幸的是桑珠拉姆的丈夫，身穿油渍邋遢的山羊皮袍，裸露出紫铜色的双臂，抱着两块篮球大小的卵石走来，把卵石摆放在兵站官兵前面离银幕约莫 5 米远的地方，招呼周翔和桑珠拉姆、洛桑志玛过去坐。然后又转身挤出人群，不多时又搬来两块卵石，他才靠外坐下，但看到站着的人时，他又向他们招手让座。

此时周翔他们已被一伙青年人围着，借口要周翔拉京胡给他们听，其实是想拉拉洛桑志玛的手，和她说说话，套套近乎。这可把腼腆的洛桑志玛羞得满脸通红，连连拿眼睛向周翔求助，可周翔又没理由去阻止他们。因为青年男子对漂亮女孩捏捏脸蛋、拉拉手、开开玩笑，在当地人看来，是不算犯忌的，更谈不上是低级下流的，所以周翔向她递眼色摆手，意思是不便阻止。聪明的洛桑志玛指了指周翔背着的京胡。

周翔这下有了主意，忙从琴套里拿出京胡，“呐奈、朵索”地定了定弦，

从人群中猛地蹿了出去，拉响弦子舞曲《郭然牙莫》，边踏着节奏边唱：

姑娘发辫牙莫哟，

好似湖边垂柳。

……

聪明的洛桑志玛马上推开围住她的青年人，一甩白色藏绸长袖，紧跟在周翔的后面跳起舞来，还亮出了她优美动听的嗓子接唱道：

姑娘眼睛牙莫哟，

恰似天上星星。

……

这时，从扎木村来看电影的妇女们听到这赞美女人的歌，也都纷纷地把袖子抹下来，蹉蹿着舞步，仙女散花似的甩起各色长袖，围成一个圈，舞场上顿时长袖拂扬。把站在各处的村民、民工也给吸引了过来，与在场的解放军、工人师傅们围成一个圆圈跳了起来。

易贡宗驮牛队的向秋尼玛一见这场面，情绪也激动了起来，只见他故意大动作地抄起宽大的白氆氇藏袍袖子往腰上一拴，向着被洛桑志玛推开手而有些尴尬的几位青年小伙子一招手，大声喊道："削！括热哟（朋友们快来）！"便迈开舞步跳了起来。这些青年人见有人叫他们上场让他们一露男子汉的脸面，哪有不上的。"哦呀"一声，纷纷绾袖，一个接一个地迈着舞步跟在了向秋尼玛的身后，舞靴、跺脚。见此热闹的场面，会跳的不会跳的人都被感染了，不一会儿便形成了长长的队伍。

向秋尼玛看了一眼被自己带动起来的长队，更来劲了，摆出大男人的架势，几步舞到周翔的身边耸起肩来，硬是把周翔身后的女队挤到一边，格嘿嘿地叫着让妇女们跟在他们的后面。

向秋尼玛为展示自己的歌喉，竟偏着脑袋亮出男中音领唱道：

姑娘腰姿牙莫哟，

胜似那金刚杵啰。

……

一时歌声此起彼伏，舞步刚柔相济。这些青年男女愈跳情绪愈高涨，观众越看越高兴。笑声、掌声、欢呼声，真是热火朝天，群情激昂！

突然，围观的群众霍地闪开一个口子，只见放映员拉动了小型发电机，发电机喷吐出一股股浓烟，放映机上吊着的电灯泡闪了两下，发亮啦。全场爆发出一阵欢呼声，人们纷纷跑回原来的位置坐下。

一时歌声此起彼伏，舞步刚柔相济。这些青年男女愈跳情绪愈高涨，观众越看越高兴。

周翔和桑珠拉姆、洛桑志玛好不容易才挤到了洛呷为他们用卵石占的座位上坐下来。尽管气喘吁吁、汗流浃背，周翔还是迫不及待地向坐在身边的洛桑志玛试探性地问道：“你愿意参加我们的宣传队当宣传员吗?”

“你看我跳得好吗?”洛桑志玛擦着汗反问了周翔一句。

“你跳得好，唱得也好。你参加我们的宣传队，和我一起跳舞、唱歌，好吗?”

不知为什么，姚钧队长派周翔物色、动员藏族青年参加宣传队的任务让周翔如此在心。尤其是见到洛桑志玛后，周翔觉得她是最符合条件，也是最有培养前途的。

洛桑志玛听到周翔对她的夸奖，又接连问她愿不愿意去宣传队，让洛桑志玛有些动心了，当然这事还得请姐姐拿主意。于是洛桑志玛用肩膀碰了一下桑珠拉姆，对周翔说：“请你问问我阿佳。”

桑珠拉姆刚才跳出了一身汗，正要她丈夫替她擦汗，背朝着周翔和洛桑志玛，所以没认真听他俩的谈话。不过，桑珠拉姆对周翔已早有好感，这一点，她已表现了出来。或许因为她对周翔的好感而萌生了美好的愿望。她故意转过身来问妹妹：“你要工作员问我什么呀？如果想问我们的洛桑志玛有没有男朋友，我可以告诉工作员，她还没有。哈哈哈……”

“羞死人啦，谁叫你告诉他这个呀！”洛桑志玛捂着脸闹着要和姐夫换座位。

“同志们、乡亲们!”电影队向巴队长拿着话筒讲话了，这下可为洛桑志玛解了围。

“请大家快坐好听我讲几句话，今天是我们西藏大喜的日子，大家知道吗？3 年前的今天，中央人民政府和西藏地方政府签订了《关于和平解放西藏办法的协议》。从这天起，长期饱受帝国主义欺凌、饱受贫穷折磨的藏族人民获得了新生，所以是我们最吉祥欢乐的节日，同时也是我们各族人民的伟

大领袖毛主席派来人民解放军和四川的汉族工人师傅为我们修筑通向幸福天堂的彩虹般的公路，开工 4 周年的纪念日。”会场哗地响起一片掌声，还夹杂着“古泽仁，巴扎牙色”（长命的人，非常感谢）的欢呼声。

“毛主席万岁”“共产党万岁”的口号声也此起彼伏。

向巴队长再三用手势请大家安静后，才接着说：“但是，请大家听好了，从松宗到易贡这一线有几万解放军亲人在为我们修筑公路，他们的口粮快断了。乡亲们，今天上午我听到部队首长在动员修路的解放军半天修路，半天背运粮食。这就是说，我们当地的驮牛队和乡亲们运粮支援不上来，叫亲人解放军饿着肚子为我们修路，难道不害臊吗？我是藏族人，我叫向巴，我感到很惭愧，所以借放电影的机会，把这个缺粮的消息告诉大家，希望大家相互转告，要多运快跑，保证亲人吃饱肚子为我们修路，对不对呀？”

“喏嘶，打嘎嚷热！（好，应该这样！）”大家异口同声喊道。

“很好！我希望大家抓紧时间，努力为前面修路部队运去粮食，军民齐心协力，争取早日通车咱们的扎木村！”

接着又是一片“哦呀”“拉索”的欢呼声。

“好！请大家看电影。今天的电影名字叫《钢铁战士》。”

话音刚落，一道光柱从观众的头上射过去，会场上响起了《解放军进行曲》……

第七章

周翔迷迷糊糊地醒来，睁开眼睛，看见帐篷顶上有两只喜鹊的影子跳来跳去，伴着一声长一声短的二重唱，他的心情也愉快起来。周翔欣欣然掀开被子，似乎有一种与往常不太一样的感觉，那摸着湿漉漉、凉兮兮的感觉没了。啊！想起来了，这次跟随倾多宗畜木驮牛队跑运输是最不幸运的了。就在昨天下午，竟遭到阵雨夹带着冰雹的袭击，砸得40多头牦牛乱蹦乱跳，翻了满地的驮鞍、驮垫和大米包。周翔和5位农牧民冒着雷雨冰雹满林子赶牦牛、搬鞍子、扛米包，直忙到天黑，才在林间的一块空地上露宿。更可恼的是，茶还没烧开，天又下起了大雨，偏偏这个队穷得连个遮风挡雨的帐篷也没有，唯一能让几个人挡风寒的一块帐篷布片，还是周翔前天刚从修路部队报废的烂帐篷上割下来的。可是这样大的雨看样子怕是一晚上也不会停下来的，人有一块帆布共盖尚可挡雨，可是这40驮大米全都是用牛皮袋装的，若在雨水里浸泡一个晚上，那还不从线的缝隙中浸进水去，弄湿了大米呀！

说来也巧，这时突然一声军号传来，周翔喜滋滋地拉着小头人说明他要去借雨布来搭帐篷遮盖米包的意图，小头人高兴地同意了。于是周翔背起湿漉漉的背包、粮袋，肩着枪领着小头人顺着军号声摸上修路工地。意外的是，他们找到的竟是刚搬来这里的A师B团供应股，周翔与股长、管理员都认识，一借就准。小头人扛着一张大帆布高兴地回去了，周翔却被管理员留下来为他们举办一个别开生面的欢送晚会，欢送几名立功战士去昌都参加庆功会，这可是周翔的拿手好戏。

周翔像往常一样，付了一块银元，在炊事班美美地吃了一顿有腊肉、香

肠、炒花生米外带黄花木耳粉条汤的晚饭，便去连里挑选合唱队员。这时班长走来硬要周翔换上他的干衣裤，末了，还叫周翔抓了一把花生米放进兜里。

晚会节目只花了一个多小时就排练完毕，有独唱、小合唱、快板等一些原来就演过的节目，如《张福林赞》《歌唱二郎山》《雪花飘，汗水淌》等，当然还有周翔的京胡独奏和京剧清唱。可以毫不夸张地说，从晚上 8 点到 10 点，整个欢送晚会气氛热烈，官兵们无不兴高采烈。

也许是周翔把精力用在了举办晚会上，散会后，股长还特地来炊事班表扬和感谢了周翔，但直到炊事班长端来了热水叫周翔泡脚，周翔才想起他换下来的湿衣裤，特别是淋湿的背包都还没解开拿到灶前去烘烤。唉，真该打！周翔一拍脑袋，提起湿淋淋的脚往裤腿里一蹬，趿拉着鞋就去拿背包、湿衣裤。这时炊事班长高高兴兴地走进厨房对周翔说：“管理员叫你到他的帐篷里打地铺。”

周翔傻笑着说：“我的背包和换下的湿衣裤还没找着，我拿什么去打地铺呀？”

炊事班长却捂着嘴笑了，说：“是咱们的管理员又一次给你换旧啦！”

周翔高兴地明知故问了句：“不是给我换新的？”

……

“喳喳，喳喳。”帐篷顶上那对喜鹊又开始表演二重唱了，尾巴还一翘一翘。周翔想起了昨晚上部队首长和同志们的关爱，心里有说不出的感激与欣慰，竟脱口而出朗诵起孟浩然的《春晓》来：“春眠不觉晓，处处闻啼鸟。夜来风雨声……”吟到这里觉得与昨夜情景不符，于是琢磨着改了几个字，又念道：“春眠不觉晓，篷顶闻啼鸟。昨晚欢送会，英模知多少！”可不，那些“向劳模学习”“向党团员学习”的口号多么让人欣喜而又备受鼓舞呀！对，周翔一蹬双腿坐了起来，穿上放在身边的虽然旧点的衣裤，但比起那些湿漉漉而且是穿破了的衣裤来，简直是暖到了心里。“对，我也要写入团申

请书，回工作组就交给柳干事。”周翔昂昂然站了起来，抑制不住内心的喜悦快乐地吹起了《解放区的天》，麻利地打好三压二带式背包背上，带着步枪、粮袋和京胡跑去伙房吃早饭，打算饭后去驮牛队取回雨布还给供应股。

没料到迎接周翔的是睡在伙房门边的几位战士发出的嘿嘿笑声。周翔这才想起，今天是星期天，战士们可以睡到早晨10点起床，所以没吹响起床号，炊事班才没有起早做饭，没有吹哨子喊开饭。

周翔不好意思地吐了一下舌头，向笑他提前来伙房吃早饭的战士低声道了歉，转身走出供应股营地，正好碰见来还雨布的小头人。小头人告诉周翔，昨晚他们搭好雨棚住下后刚烧开茶，就来了一位卖红衬衣、花靴带的商人，在喝茶的时候告诉他，曲宗小头人泽仁旺加托他给一个背京胡的工作员带口信，说甲本泽仁多杰这几天天天责打他们两个驮牛队的小头人和长者，骂他们没看好，死了他两头上好的领头牛，要他们赔偿藏银20品（每品合50两藏银），旺加小头人希望工作员赶快回热亚，帮助劝说甲本不要打人罚款了。曲宗几个驮牛队已有好多人逃跑了，再不劝阻，他们曲宗就无法上路搞运输啦！

周翔一听急啦，给管理员写了一张还雨布的便条，叫畜木驮牛队的小头人拿着去供应股还雨布，便急匆匆地往回赶。周翔估计，定是柳干事、习贤回松宗开会或为他们领津贴去了，不然新交的朋友曲宗小头人（驮牛队都这样称呼他）泽仁旺加是不会给周翔带口信来的。

周翔暗自想：旺加应该知道，他阿哥泽仁多杰甲本一般不会听他的话的，特别是第一次见面闹了个不欢而散，甲本就认为和他这样一个士兵平起平坐有失他头人的身份，而且顽固地坚持用他父亲——曲宗老头人的旧观点，来看待今天的共产党和解放军。尤其是挨了代宗本的打，一直耿耿于怀。

可不，自从周翔和泽仁多杰甲本第一次闹了个不欢而散后，周翔都是比较注意尊重他甲本的身份的，说话用敬语，落坐靠右下。但他甲本总是问一

句答一句，从不多说一句话，等问完话，他便拍掌喊送客，从不请周翔喝一碗茶，更不起身做送客的样子。

周翔还记得，他们曲宗几个驮牛队自发组织了一次篝火晚会。周翔去了解运输情况，正在观赏跳舞的甲本泽仁多杰见周翔来了，不仅不答理周翔对他的问候，竟然退场径直走进了他的帐篷喝他的青稞酒去了。对他的离去，周翔不得已佯装是进帐篷去说话，便跟进帐篷，先发制人地问道："甲本先生，您叫我来是想给我报您这个月驮牛队驮运的数量吧？这很好，柳干事就是叫我来登记您曲宗驮牛队的驮运数量的。请讲吧，我记下就是了，不耽误您去观赏跳舞。"说完，周翔还拿出记事本和铅笔。

甲本泽仁多杰听完周翔的话，仍然一言不发地拿出他的擤鼻布来，打理他的鼻孔卫生。周翔忽然想起第一次和甲本谈话时甲本提出的那个问题，说："啊，对了，我想起来了，我第一次来登记时，您问我您 1950 年带过 100 多民兵去江达抵抗解放军过江解放昌都，是不是算反对过解放军，会不会受到解放委员会的惩罚。这个问题，我问过松宗解委会蒙副代表，他说要算反对过解放军进军西藏。不过，你害怕解放军的大炮，又带着民兵逃回了曲宗，因此没造成后果，如果你认识得好，保证今后不再有反抗行为，解放军就既往不咎。今天庆祝宗教节日，跳篝火舞，只要不是念咒经，诅咒修路，我不会去汇报你有不轨行为的，因为共产党有宗教信仰自由政策，老百姓转山朝佛磕长头、跳神舞都是允许的。当然念咒经诅咒解放军修公路那是绝对不允许的。"

"我们没有跳神念咒经，我们没有。"甲本泽仁多杰极力解释道。

"那很好。我还要告诉您，我来热亚参加运输押运组，不是来专找驮牛队麻烦的，而是帮助你们解决运输途中发生的各类纠纷，特别是要帮助你们解决在途中遇到的各种困难，检查兵站是否按规定向你们付清了运费，督促有关单位及时地赔偿死亡的驮畜。这些您不是都看到了吗？为什么对我总是那

么的不友好，摆头人架子，甚至讨厌我呢？”

“你还有话要说吗？我可要去看跳舞啦。”说完，甲本又没好气地走出帐篷。不过周翔从他的表情上看，能看出他有些内疚。

但现在从小头人旺加带来的口信看，甲本泽仁多杰又在为多拿运费、赔偿费和奖赏茶叶而动肝火呐，不过使周翔费解的倒是甲本明明知道运输途中死亡了驮畜，国家是要照价赔偿的，却为何要借口死了驮畜而责打小头人和驮牛队的长者，而且打跑了那么多的人也不收敛呢？想到这里，周翔恨不能飞到热亚去向甲本问个究竟。

周翔在密林中走了很久，也不知道是晴天还是阴天，只觉得肚子饿极啦，口也干得难受。周翔拾起不知是什么人忘记在树边的一截可当做手杖用的竹竿，往右向着水流方向走去。真可谓披荆斩棘，一路挑打、迂回弯绕才到了河边，周翔选定河边一块较平的斗大的卵石，放下背包、步枪、米面袋，趴到河边美美地喝足了，这才解开挎包，拿出搪瓷碗舀上水，从粮袋里抓出一把糌粑放进碗里，熟练地转动搪瓷碗，捼起糌粑来。由于饥饿，还没等捼好，便不时伸出舌头去舔碗里的糌粑。等捼得干湿匀净了，便抓起一把，使劲地在手心里抛捏着，直到捏成一坨，才嗒着响舌往嘴里放。这样的糌粑有嚼劲，嚼起来也香，特别是那粗糙又没盐味的糌粑吞下喉时，虽然没有四川沙琪玛那样可口，但用来充饥，那可比沙琪玛强百倍。粗糌粑擦着食管壁，略带一丝痒痒，再端起缸子喝一口水，让糌粑滑进胃里，别有一番风味。

突然，远处的筑路工地上响起一连串午休前的开山炮。周翔高兴地放下碗，朝着放炮方向，自命不凡地喊道：“谢谢战友们为本‘牦牛大王’放欢迎礼炮！好，最好是放礼炮二十四响！”

轰隆隆！又是一阵开山炮声传来，周翔高高地竖起大拇指大声喊道：“本‘牦牛大王’向英雄的战友们致敬啦！”话音未落，仿佛听到有人在笑。于是周翔又大声问道：“是谁在笑我？”没人应。周翔又侧耳细听，像似有人

在喃喃低语。周翔怀疑是有熟人在和自己玩藏猫猫游戏，便仔细观察着周围和松树上每一根枝丫。

哈！有几根枝丫上忽闪着无数亮晶晶的小星星。鬼东西！一群被炮声吓得惊恐逃窜的猕猴，躲在枝叶中向周翔张望，却没有半点儿害怕的意思。见周翔无任何表示，又互相打闹着在树上跳来跳去。只见领头的猴王第一个扑腾一声跳下树来，趴在河边贪婪地伸出鲜红的舌头舔水喝，还时不时调过头来向周翔叫两声。周翔就跺两下脚逗它们玩，没想到这下激怒了猴王，猴王旋即转身扑在地上，朝着周翔龇牙咧嘴地吼叫了几声，似要纵扑过来教训他一顿。周翔不由得抓起枪警告它："你最好别乱动！"这个鬼精灵见周翔手中抄有家伙，竟然向树上的"臣民们"发出了准备战斗的命令，树上的猴子们马上就跟着它朝周翔吼叫起来，而且有几只胆大的竟然飞蹿到离周翔不远的一棵松树上，把树枝摇得沙沙作响，更有胆大者跳下来朝着周翔吼叫，还摆开了准备决斗的架势。

看来周翔非让步不可了，否则，被它们包围起来，那可就惨啦！于是周翔慌忙端起糌粑碗，右手紧紧抓住步枪以防不测地盯着它们，向后退到河边的一块大石旁，背水而立，从碗里抓起糌粑，捏成坨向猴王抛去，想和它交个朋友，没料到猴王误解了周翔的好意，认为要与它开战，便怒不可遏地跳起来扑咬周翔抛过去的糌粑坨，当它咬着糌粑团时，嗅到了糌粑的香味，一屁股坐下来把糌粑团塞进嘴里，津津有味地吃了起来。

一些背着小精灵的母猴看见了，一拥而上，有的与它争夺糌粑吃，有的抢地上的瓷缸喝水，却被泼了一身，丢下缸子又去与猴王争夺糌粑，遭到猴王的怒斥与撕咬。被咬痛了的母猴当然不会甘心，又去拽周翔的粮袋和背包，特别是看到背包上绑着紫红色的京胡套，好奇地你一把它一把地抓扯起京胡套来。

周翔既心疼又生气，担心自己的京胡会被拽坏，便威吓性地跺了一下脚，不料又把猴王惹恼了。也许认为周翔怕它们，更大胆地扑跳过来，周翔迅速端起步枪刺过去。说来真巧，周翔的枪刺出去的瞬间，又一声巨响，吓得猴王猛地跳起，嚎叫着向周翔怒扑过来，周翔一闪身，猴王由于扑蹿过猛，竟然掉下河岸，摔进了旋流之中，被卷入水下狠喝了几口，呛得它冒出水面来几次想抓住岸边的刺丛，都没抓住。

岸上的“臣民们”跑过来趴在河边向着猴王无可奈何地乱叫。周翔见此情景，不知哪来的胆量，趴在岸边把步枪向猴王伸过去，猴王一下抓住了枪管，周翔费了好大劲才把它拖上岸来。一上岸，这个鬼精灵就丢掉枪管，向周翔咧了咧嘴，不知是笑周翔还是骂周翔，然后径直跑到了猴群中。

奇怪的是，猴族们此时竟都安静了下来，悠闲地围在猴王身边玩，对周翔也不提防了，更不龇牙咧嘴了，仿佛周翔已是它们中间的一员。尤其是周翔走过去拿自己的京胡套、背包和粮袋时，它们也不害怕，只是漫不经心地向树边挪了挪，很是可爱。

周翔心一动，用瓷碗舀起半碗水，解开粮袋抓出一碗糌粑，搓好后，一坨一坨地抛给它们。周翔搓了两碗糌粑抛给猴子们吃，当然，最后一碗糌粑周翔没忘了给自己留下一坨来与它们一道共进午餐。

吃饱喝足，周翔背上背包扛起枪，不舍地向这些可爱的猴子挥手告别，踏上了返回热亚转运站的林中小路。走着走着，周翔似乎听见身后有“窃窃私语”声，回头向树上望去，又看见了无数颗闪亮的小星星。周翔马上意识到是猴王带着它的“臣民们”追赶着在为自己送行呢，直到越过一条山涧小沟，才没再听到它们攀爬和“私语”的声音。

由于在河边打尖引发的这一场小小闹剧，一路上周翔兴奋地哼着歌，还不时地在林中找寻一下有无死牛。可不，林中的一个小玛尼堆后面就有一头死牛。周翔走过去仔细看了一下，驮牛背上有脓血，像是被木鞍磨破后感染

了。再往里走，一棵松树下还有一头死牛，已被剥了半张牛皮，砍走了两条后腿，肠子拖拉了一地。这显然不是昨夜就是今晨被狼或其他什么动物争食留下的痕迹。

看着眼前的一切，周翔浑身都起了鸡皮疙瘩，汗毛也竖了起来。周翔下意识地端起枪，推上子弹，环视四周，见没有野兽踪影，这才又继续赶路。

眼看太阳快要落山了，周翔着急地大步流星地向前赶路。拐过一处山脊，来到一块不太大的傍江的林间田坝草坡，意外地发现有一个驮牛队已在此处露宿了，米包圈围起来的中央正冒着袅袅炊烟。

周翔已是又渴又饥，十分疲惫了，来到这个被米包围起来的露宿地，还有不去讨茶借宿的？更何况周翔已有过十多次与驮牛队一道露宿的经历，所以也没多考虑，便径直走到米包围子中央的三石茶灶前，向正在按压羊皮风袋、吹火煮茶的长者问安，打听他们是哪个宗、哪个甲本区的驮牛运输队。

长者礼貌地告诉周翔他们是松宗热亚甲本区的牦牛运输队，并顺手丢给周翔一张驮鞍背垫，请周翔坐下。周翔道谢后解下背包，把步枪、京胡套、米面袋等堆放在上面，拿出瓷碗抓了半碗糌粑压了压，把碗摆放在茶锅旁，又从挎包里拿出砖茶掰下一块，捏碎放进茶锅里，算是按规矩参加煮茶或者说搭伙啦。

长者见周翔穿一身旧军装，扛一杆步枪，还带着一把小小的京胡，以玩笑的口吻说："你年纪轻轻，人又英俊，为什么要当兵吃苦呀？到我家去给我当上门女婿好不好哇?"

"哈哈……"凑巧长者的玩笑话被卸完驮鞍、把牛赶上山坡去吃草后走来喝茶的 4 个小伙子听到了，笑着打趣说："谁不知道解放军纪律严明哪，他怎么敢去给你当上门女婿呢！我们四个中间，任你挑选一个吧，哈哈……"说完，他们一边两个把周翔夹在中间，围着茶锅席地而坐，拿出自己喝茶吃糌粑的木碗和周翔的搪瓷碗并排放在茶锅边，等长者舀茶。

长者拿起木勺在锅里顺时针方向转悠了几圈后，舀起一勺来，高高举起

再倒进锅里，他自已看也是让大家看有没有煮出茶汁来。那位爱说笑的青年偏头看了一下，玩笑地问道：“您是拿自己的茶叶煮茶招待未来的上门女婿吧?”

“没多放你们的茶叶，这是解放军同志放了他的茶叶才煮出了这样好看的茶色。”长者谦和地指了指周翔解释说。接着长者笑吟吟地为每个人舀了一碗茶。

周翔见 4 个小伙子和长者的碗里均未放糌粑，奇怪地问道：“你们这不是喝晚茶吗？为什么都没有放糌粑，是粮站没有卖给你们口粮糌粑?”

长者叹了口气，说：“咱们村老百姓早就没糌粑吃啦。”

“那家里人吃什么呀?”周翔不解地问。

“吃干芫根。”坐在长者左边的那位眼睛有些外鼓的青年从身边一个用牛毛绳缝织的口袋里摸出一个乒乓球大小的干芫根，狠咬了一口，侧过脸去嚼了起来。

“啊，我明白了，你们是把粮站卖给你们的口粮糌粑都送回家去了，是吧?”

“是啊！若不让家里干活的人每天都能吃到半碗糌粑，心里哪能好受呀!”那位鼓眼青年难过地说。

“这我就不明白了，你们赶着这么多的驮牛来支援运输，每一趟少说也会领到 100 多个银元呀，难道转运站、兵站没发给你们运费?”周翔怀疑地瞪大眼睛问道，“有这么多的运费，你们就不能拿出点钱来，向头人多买些青稞送回家去?”

“你以为我们这些穷差巴和堆穷赶着牦牛是来发财的？咱们前世没修得这样大的福，你看看咱们的脚都磨破了。”那位爱说笑的青年还特意抬起脚来让周翔看。“再看看咱们赶的这些驮牛。”他气愤地指着在山坡上吃草的牛，近乎吵架般地大声说，“两个多月就有近半数牛的背被磨烂了，尽管这些牛都是寺庙、头人的，可是我们要为寺庙、甲本头人们支乌拉差役，赶驮牛为他

们挣运费，并且领来的运费一个不能少地全交给他们。而国家照顾我们的糌粑口粮，他们还要每人每月扣去1克（合28斤）作为他们来热亚办事的补助。”那位爱说笑的青年竟然毫不害怕地诉说了这么多。末了，难过地低下头，端起他的茶碗一口气喝完茶，生气地把碗丢到地上抽泣了起来。

“剩下的糌粑，还要送一半回家，让老婆孩子吃。所以我们只能每天早晨吃一碗糌粑上路，晚上喝两碗清茶吃几个干芫根躺下睡觉。唉！”长者难过地补充道。

听了他们的谈话，周翔心里真不是滋味。周翔从背包上拿起糌粑袋，抖了抖，叫他们喝完碗里的茶后，给他们的碗里抓了糌粑，说：“这个月在兵站、供应股吃了几顿饭，所以节省下这些糌粑，咱们交个朋友，这也是按咱们出门在外的规矩，有吃的大家吃饱，没吃的大家饿肚，对吧?”

“对对对，你们解放军真好！”他们激动地伸出大拇指夸赞道。然后端起碗来，一个个把嘴巴吧嗒得很响。这既是向周翔传达糌粑味真好，更是感谢和友好的表达。

长者对周翔也产生了好感，侧身从他的皮口袋里拿出糌粑袋，从里面抠出一坨金黄色的酥油，放进周翔的碗里，说：“我虽然相信命定，但我更相信好运，能见到你这样的好人，我很高兴。你能吃到我女儿送来的酥油，应该相信她的人品，她既漂亮，又贤惠善良。我看你还背着京胡，一定很聪明。就为了这，我要告诉你，我女儿唱歌比百灵鸟还要好听，跳舞连孔雀也不敢开屏，怎么样？给我当上门女婿吧?”一心想让周翔当上门女婿的长者，动情地赞美着女儿。

突然，山坡上传来吆赶牛群的嘈杂声，大家吃惊地猛站起来，竟看到了惊心动魄的一幕，只见从东面树丛中走来的驮牛群中，领头走在前面的两头黑牦牛昂起犄角，把正在山坡上吃草的一头花牦牛顶下了坡，花牦牛几个翻滚便“嗵”的一声掉进了江里，在波涛里挣扎、浮游……

四个小伙子大吼一声，便冲出围子向河边跑去。当他们赶到河边，只见江水滔滔，哪里还有牦牛。四个小伙子同时愤怒地拔出腰刀，冲上山坡，怒目横刀地“格嘿嘿”叫着围住驮牛队。此时，牛群后面闪出几个青年，也不示弱地拔出腰刀，“格嘿”“括热”地尖叫着冲过来，眼看一场械斗就要发生。周翔忙端起枪跑过去，站在他们的中间喊道：“我是松宗解放委员会的工作员，有话请跟我说，不准械斗！”这时松宗长者也气喘吁吁地跑来，指着对方吼道：“你们给我听着！听你们的口音像是倾多的驮牛队，竟然越过界线来热亚运输挣钱，却把我们的领头牛顶下河去，非赔不可！否则，砍死你

只见领头走在前面的两头黑牦牛昂起犄角……

们10头牛。”

“对，非赔不可！”四个小伙子挥舞着腰刀边叫边往前冲。

对方的愣头青们也毫不示弱，挥舞着腰刀迎过来叫喊道：“谁敢砍死我们的牛，我们就砍下谁的脑袋！”

刹时，“格嘿嘿”的吼叫声，光闪闪的刀影，如电闪雷鸣一般，无论周翔怎样大声喊话，都无济于事。周翔急了，推上子弹举起枪“砰”的一声，朝天放了一枪，这才镇住了疯狂的人群。周翔立刻喊道：“都给我站住，不准械斗！请倾多运输队在东面的坝子上住宿，把牛群赶过去，请松宗长者把人带回驻地，喝完晚茶双方长者请到我这里来商量解决死牛的事。”讲完，周翔欣慰地看到双方的青年都在长者的示意下，把刀插进了刀鞘，但都不肯离去，要周翔主持公道，解决纠纷。

无奈，周翔立刻疏散人群，带着双方长者坐在一棵高大的苍松下协商起来。松宗长者要倾多驮牛队至少赔两头牦牛，理由为，死的是松宗寺的领头牛；倾多长者说不能赔，理由是，途中相遇，牛打斗是常事，打斗时掉进江里那就是说，这头牛不是领头的好牛，更何况历来就没有牛打架死了牛，其主人向对方索赔的。再说哪，我们是倾多大头人的驮牛队，要赔你去找咱们的大头人赔吧。

直到天黑下来，也没能解决问题，周翔只好劝说他们都先回驻地喝茶，等气消了，再接着谈。没料到倾多宗的长者站起身竟说：“明天放行，哈达有一条；若是要赔，腰刀有一把。”拍了一下腰刀，瞪眼拂袖而去。

“好吧，咱们走着瞧！”松宗长者也不示弱地回敬了他一句，拂袖而去，把周翔这个调解人晾在了树下。

看来，这个问题今晚非解决不可，否则，一个要赔，一个不赔，明天天一亮，械斗就不可避免。周翔忧心忡忡地回到茶锅旁坐下后，自顾自地搅拌起糌粑糊糊一边吃，一边想着双方都能接受的办法。周翔瞟了四位“战神”一眼，他们闷坐在地上，还在生气。从长者的表情看，他也不轻松，眉毛愁

得都快遮住眼睛啦，拿着舀茶的木勺在茶锅里搅了一圈又一圈，就是不给大家舀茶。周翔伸过碗去向他讨茶，他也没看见，周翔只好欠身去拿长者手中的木勺，想自己舀茶，竟把身边背包上的京胡绊下来掉在了三石灶口里，周翔猛地一把从灶口里抓起京胡套，长长吐出一口气来——

有了！周翔脑子里突然闪出一道亮光，旋即吃完碗里的糌粑，放下碗拿起京胡便跑出了米包围子。趁着天黑前微弱的星光，周翔找来很多别人未烧完的枯枝、残棒，堆在两个驮牛队中间的空场地上，点燃篝火，坐在一截倒下的朽松树上拉起巴安弦子舞曲来。

周翔接连拉了几首曲子，也不见有人走来跳舞，便向左右两边的米包围子望去，只有几个青年好像在听他拉琴。心想，有戏，便索性先到篝火边，自拉自唱自跳起来：

格桑啦——
水源出自一地，
两河分流东西，
祝愿流进大海，
两河欢乐相聚。

当周翔重复唱后两句时，松宗驮牛队的新朋友们来捧场啦，他们跟在周翔身后没精打采地闷声闷气地与周翔一道合唱最后两句，气氛实在不太好。不过，藏族可是个能歌善舞的民族，尽管心中不快，一旦听到琴声、歌声，看到篝火、舞伴，哪里还有不来的？可不，周翔他们刚重复唱完后两句，倾多宗的四位小伙子按耐不住舞瘾的冲动，逆着长者的阻拦加入了他们篝火舞会的行列。

他们手牵手自成一队，并且按程序接唱前队的歌词（如果是男女两队，就是女队接唱男队领唱的歌词，而由男队伴舞），周翔心里别提有多高兴了。双方的长者也禁不住这山野篝火旁响起的节奏欢快的舞步声和倾吐心中郁闷、歌唱友情的歌声的诱惑，也走来加入了他们的行列，甘愿当舞尾。周翔此时

别提那个兴奋劲儿，随即又编唱一首：

山峰隔河矗立，
彩云能连一起；
驮队来自两地，
歌声赞美友谊。

他们听了这首歌，竟然一变郁闷而为欢心，打破圈舞规则，不分前队、后队地跟着合唱起这首歌来，舞步由慢到快、由轻到重，热烈而奔放。人们早已忘记先前的不愉快，沉浸在了欢乐中。

忽然，倾多宗的长者从怀里拿出一条洁白的哈达，抖开，托在手上，走到松宗驮牛队的长者面前躬身献上，说：“让我们用歌声化解我们的怨恨吧，请明天来我们驮队挑选两头壮牛作为我们的赔偿。”

松宗驮牛队的长者显然被感动了，也从怀里拿出一条哈达，托在手上恭敬地为倾多长者献上，说：“既然友谊把我们融在了一起，牛就不用赔了。让我回去向寺庙管家请罪，按照他们的规定，凡摔死一头牛，打 100 鞭子，不想挨鞭子就出银元 10 块。我没钱，就让他们打我 100 鞭子作为我没有照管好牛的处罚吧！”

倾多长者感动地说：“这不行，你们的牛是被我们的牛顶下江去的，按头人的规定，赔给你们两头牛，只不过抽打我两百鞭子罢了，是打不死我的。请让我接受这次没赶好牛的教训吧。”说完，他俩竟抱头痛哭起来。周翔听了大吃一惊，忙放下手中的京胡，拉着他俩的手说：“只有朋友才会说出金子般的话来，死牛的事，我暂作驮运死亡牛登记，等我回松宗解委会请示柳干事或转运站的隆云站长，如果同意，就让我们向松宗寺赔偿吧。同时向他们讲明赔了钱就不能再打你们鞭子了，不过你们一定要接受这次教训，看管好自己的驮牛，不可再发生类似事件。来！让我们再一次唱起友谊的歌，跳起欢乐的舞吧……”

第八章

周翔第二天回到热亚工作组，放下背包，打好地铺，便跑到河边顶着中午的太阳洗了个澡。回到楼上，习贤已为周翔做了一锅大米饭，盐巴、花椒凉拌水煮死牛肉。

拿习贤的话说："这是曲宗甲本泽仁多杰来报死亡驮牛时，专叫驮牛队小头人砍来的两根牛尾巴和一条死牛腿，让咱检查是病死还是偷杀的，然后按规定赔偿他。所以这腿死牛肉是国家买来慰劳咱们的，你就美美地吃吧！"那还用说，周翔端起碗饱饱地吃了三大碗米饭和一盘花椒凉拌死牛肉。不过饭后足有两个小时，周翔的嘴唇被花椒麻得没了知觉，舌头连说话都发不准音啦。这样，周翔当然要提出善意的批评了："你以为花椒是野生的，到处都有，就敢于这样糟践咱波密的野生资源，而且用来麻木战友，不让咱有滋有味地享受这国家用银元'买来'的死牛肉，该当何罪！"

"哈哈！你小子把咱们四人的一盘牛肉全给吃了，害得我还要去做一盘，你还敢耍贫嘴？听着，今后凡在运输途中看到驮死在路边的牛，一定要割一腿背回工作组来。必须办到，否则本公安员加事务长习贤代办就不会给你饭吃啦……"

"更没有花椒凉拌死牛肉供你享受啦，哈哈……"季忠走进厨房听到了他俩的话，趁兴补充了一句玩笑话。

"哈！原来这是你俩商量好了来铺排我给你们运死牛肉哇？要是……啊！对了，我可要声明在先，要是途中看不到死牛、死马，你们可别冤屈本'大

王’，把咱定成渎职罪！”

“哈哈……”又是季忠开心地笑了。

习贤跟着打完“哈哈”，才从衣兜里摸出一封折成“又”字形的信，举在空中晃了晃说：“就凭这封信，本公安员就可治你超前恋爱罪。快坦白交代，你是啥时候认识一位会唱歌，会跳舞，年仅 17 岁叫洛桑志玛的漂亮姑娘的？”

周翔一听，急了，一把夺过信，说：“你作为公安员偷看别人私信，是知法犯法，理应罪加一等，念你初犯，快说，信是从哪里拿来的？”

“这可不是私人信件，是站长夫人——卫生所长，还是你过去的战友，阿次姐送来调查你问题的。坦白吧！”

幸亏柳干事这时从转运站开会回工作组来，听见他们在说笑，便嚷着：“好啦，好啦，你们有完没完呀！”然后向大家一招手，“走，回寝室开会。”

柳干事一喊开会，当然就替周翔解了围。可是回到寝室（也就是工作组驻地），柳干事便叫周翔先汇报工作。周翔不敢怠慢，拿出记事本，首先汇报了这次松宗运输队的一头牛和倾多宗驮队的牛打架被顶下江去，以及后来发生纠纷问题和调解的情形。还说怕他们回去后挨头人的打和罚钱，许诺他们请示柳干事或隆站长批准后由热亚运输站去向松宗寺赔款。你们看，可否这样处理？

还好，大家听了，都赞许周翔的解决方法。尤其是柳干事当场批准了可以报运输死亡牛，由运输站赔款，但要作为一次教训，教育所有驮牛队，务必看好各自的牛，不可再发生类似的事。

周翔又翔实地汇报了雨季的到来给运输增加了许多困难，如路滑常有翻驮子、跑牛事件的发生；雨夜露宿荒野，缺少雨布遮盖，容易泡湿米包，造成霉烂，而且还增加了牛的负担，造成大批驮牛打背，感染以致死亡。更令

人生气的是，竟有一些地区的头人克扣运输差民的口粮糌粑，每人每月扣4市斤作为他们来热亚督运的薪俸补助粮。还有不给差民发工资，独吞运费的事。实际上，这些穷差巴和堆穷都是来为寺庙头人支乌拉的，生活十分困难。还有头人擅自私立规章，凡驮队摔死、丢失或病死一头牛，回去都要打小头人或带队的长者100鞭子，若想免打就要交10块银元。

“这实际上是敲诈或者叫变相剥削。”习贤见周翔说话直咳嗽，顺手把他的茶缸递到周翔手上，鼓励周翔慢慢说，别生气。

周翔喝了一口水，接着汇报：“曲宗甲本泽仁多杰常因驮牛打背或死亡按他的规定责打手下牧民，据说已有不少人逃走了，如不及时劝阻和解决这些问题，有可能严重影响运输任务按时完成，特别是前方施工部队又在闹粮荒了，再不及时运去粮食，就会影响施工进度，这样我们就不好交代啦。”

柳干事听完周翔的汇报后总结道：你的汇报很重要，进一步充实了我们最近在热亚了解到的情况。我们立即召集三宗驻热亚管事的头人开会，尽快解决这些出现的问题，宣传“十七条协议”，约法三章，不准头人克扣差民口粮，必须发给支乌拉的差民每人每天两个银元的工钱；运输死了牛，国家赔偿；不准鞭打带队长者或小头人，更不准收鞭打钱。对曲宗甲本泽仁多杰要进行说理教育或提出批评，要杜绝差民因挨打挨饿逃走的事件发生。为此，我的意见是：吃罢午饭，季忠同志立即去通知各宗留驻热亚的大小头人，今晚8点钟来工作组开会；周翔同志布置会场准备好酥油茶，向主人借十来个茶盅和坐垫；习贤同志给我当翻译，和我一道准备讲话稿。大家有没有意见，没有就散会！

三宗驻热亚办事的甲本、定本头人会议，晚8点准时开始。到会头人喝着酥油茶听柳干事宣讲“十七条协议”，报告修筑公路的进展情况，特别是表扬了一些地区的驮牛队在上个月超额完成了运输任务时，头人们听了个个喜

笑颜开。接着柳干事谈起近半个月接连发生的一些本不该发生的事，比如：克扣差民口粮作为来热亚办事时煮酒的补助粮了；运费归寺院或头人自己，却不给差民发工资了；还有的死了牛由国家赔了钱还要责打小头人或带队长者了；尤其是挨打的人想免打还必须交纳10块银元了，等等。说及的事与哪些头人有关的，那些头人轻者赧然一笑，干咳几声；重者面红耳赤，拿出擤鼻帕假意擤鼻或吸鼻烟来掩饰自己的难堪。唯有曲宗甲本泽仁多杰满不在乎。当柳干事批评有人经常醉酒借故打骂手下小头人和带队长者，造成多人逃走，延误抢运粮食时，甲本听出来是指他，便生气地把手上的酒壶往地上一放，起身醉醺醺地说起酒话来：“我管辖的人，不好好给我多背多运，照看好牛，不多拿回运费来，本头人打他们的鞭子，是给他们赏脸；没抠他们眼珠，砍下他们的手来，是我的恩典。知道吗，是我给他们的恩典！”

柳干事听了，生气地说：“你若是再不改错，我定要去向代宗本降巴扎西报告，说你破坏支援运输。”

这位“醉酒”英雄听到说要去报告降巴扎西代宗本，愣了一下，有点儿胆怯了。但为了顾全面子，哼了一声，摇摇晃晃地连酒壶也没拿便退出会场，下楼去了……

对于像曲宗甲本这样嗜酒如命又气量狭小的头人，柳干事也确实有点儿头疼，怪不得柳干事散会后回到寝室里还说，幸亏没点泽仁多杰的名批评他，不然，还不知会闹出什么事情来呢。可习贤同志不这样认为，他埋怨说：“为什么不当众点他的名，狠批一下他的专横跋扈，难道他还敢翻天不成？还让他藐视咱工作组，中途生气退场而去，真是……”

柳干事没作解释，洗完脚闷闷地躺下了。但是没多大会儿，又突然坐起来问道：“都睡了吗？”

“没有。”周翔、习贤、季忠因为生气，倒下也没睡着。

“那好，听着，明天季忠同志上路去跟曲宗二队，顺便从他们中间了解一下甲本泽仁多杰还有哪些鬼点子收刮差民钱财行为；周翔同志留下，上午洗洗衣服，先办一办姚队长叫你办的事，再去向泽仁多杰的弟弟旺加了解一些新情况，如甲本在，就再做做他的思想工作，如果他还敢耍横，我非去降巴扎西那里告他不可；我和习贤同志明天一早回解委会汇报工作，顺便为大家领津贴和副食品。晚上回来听你们汇报。”

“是。”周翔有气无力地回答道。此时的他们，一个个都累得精疲力尽，不一会儿便进入了梦乡。

由于这十来天从热亚到双登来回跑了三趟，周翔确实很累，加之昨晚睡得晚，所以今天睡过了头。起来时除火炉上茶壶里的清茶还是热的外，他们三位早已人去楼空啦。周翔赶紧洗完脸，早茶和午饭合在一起吃饱了肚子，还特意在衣兜里装了一小坨牛肉，然后把换下来的衣服往洗脚桶里一泡，等晚上有空再洗，把队长的信往兜里一揣，便匆忙下了楼。

本该按照柳干事的安排行事的，但周翔又想，此时去阿佳桑珠拉姆家找她们谈洛桑志玛参加宣传队的事还不是时候，会耽误她们干家务活的。于是决定翻过山坡去做曲宗甲本泽仁多杰的思想工作。

正如周翔所料，甲本泽仁多杰正坐在他的“宝帐”内喝闷酒，耍头人脾气，懊悔自己挨了批评，不该跟柳干事发脾气，而且是极不礼貌地中途退出了会场，这件事若是被告发到代宗本降巴扎西那里，会不会又要挨鞭子呢，再说他还只是个由寺庙管家封的没被噶厦认可和授权的甲本，如果降巴扎西生起气来，一拍巴掌，他的甲本头衔不是轻易地就被去掉了？啊，求万灵的护法神保佑我！唵嘛呢叭咪吽……突然女佣人进帐来向他禀报，周翔工作员向这边走来了。已有点儿醉意的甲本却紧张了起来，心想：这个汉族兵肯定

是来问罪的。哼！对待一个汉族兵，咱可不能不摆出甲本头人的架子来，看他如何言说。于是他叫女佣人去林中拾柴，不要答理周翔，他却端坐于“宝座”之上等待着。

周翔一路想着见了甲本该如何做他的思想工作，不知不觉已七弯八拐地来到村后山坡陡坎下甲本泽仁多杰的帐篷前。突然，那条熟悉的看门大花狗拖着链条大叫一声，愤怒地立起身向周翔扑咬过来，幸亏被颈上的铁链子给拽住了。这可是周翔没料到的，因为周翔不止一次抛给它糌粑坨和牛肉与它交朋友，这家伙今天竟然把周翔给忘了。

周翔急忙张开手掌，友好地唤它。当它听出了周翔的声音，还偏过头来凝神看了一眼，一下又兴奋了起来，伸出舌头，摇摆着尾巴向周翔表示亲昵与欢迎。它一定是记起了周翔每次来都要给它糌粑吃的，这一次当然也会有的。可它却没料到周翔这次给它吃的竟然是一坨煮熟了的牛肉。当周翔把牛肉伸到它鼻子下，让它先闻闻牛肉的香味儿，逗逗它，这个鬼精灵“嗖”地一下把肉咬住了，而且谄媚地使劲摇摆着尾巴望着周翔，求周翔松开手。

可它万万没想到，被走来的它的主人——甲本老爷狠狠地踢了一脚，它一声惨叫，吐出牛肉，伏在地上等待主人的惩罚。

周翔看见那双他熟悉的高腰长靴上拴着的黄色靴带，便知道了踢狗的人是谁。周翔没向他打招呼，而是捡起牛肉走过去抚摩着狗，把肉喂给了狗。

“我尊敬它的主人，才喂给它肉吃，可是它的主人藐视客人，当着我的面踢打他的爱犬，既然甲本先生不欢迎工作组的工作员，工作员只好告辞啦。”说完，周翔看也不看甲本一眼，转身便走。

这时泽仁旺加跑出帐篷拉着周翔的手说：“请不要生气，我阿哥早起又喝醉了，请原谅，请进帐篷里坐，我去给您端茶来。”

周翔见甲本泽仁多杰没吱声，当然不会走进帐篷去坐，于是友好地对旺

加说：“我是柳干事派来谈公事的，甲本先生不乐意，我就先去村里办别人的公事，请留步。”周翔仍然没看甲本一眼，迈开大步便走。没走几步，就听到身后的甲本咳嗽了一声，傲慢地说：“不要误会，我踢打狗是教训它不懂礼节。既然有公事要办，那就请进帐篷里说话吧。”说完，一甩袖，率先走进了他的帐篷。

周翔估计，甲本能说出这样挽留的话，很可能是因为自已说是柳干事派来办公事的，若不谈公事，叫柳干事去向降巴扎西代宗本告了他的状，说不定又要挨鞭子哪，故而才有这勉强的让步。既然不太乐意，倒不如再刺激他一下。于是周翔不随他走进帐篷，却故意拉着泽仁旺加的手大声问泽仁旺加学会了几句汉话。泽仁旺加高兴地伸出两个手掌连翻了两下说：“恰好 20 句整。”

“快说来，我听听。”

不出周翔所料，这时帐篷里传出甲本呼叫泽仁旺加的击掌声。旺加一伸舌头，拉着周翔的手用汉话说：“欢迎大驾光临，请进!”周翔伸出大拇指表扬他说得很好，但却大声说：“不了，等甲本先生教会他的爱犬懂礼节了，我再来!”说完，周翔转身大步流星地离开甲本帐篷，向山坡上走去。

快走到山梁时，泽仁旺加气喘吁吁地赶了来，拉着周翔的手告诉周翔，这一次可是阿哥甲本真心诚意地叫我来请你去说公事的，请看在我和你是好朋友的份上，跟我回去吧，我要打一壶上好的酥油茶请你喝。

周翔笑了笑，便跟着旺加往回走，路上两人有说有笑。周翔好奇地问道：“我不明白，你俩既然是兄弟，为什么他当甲本，你却当端茶跑腿的佣人，这是怎么回事呀?”

“这是因为他的阿爸是曲宗甲本头人，我的阿爸是他家的缝衣匠，就因为这个……”

“哦，他阿爸死了？”

“不是，是他阿爸嫌我阿妈老了，就赏给了我的阿爸，抵了3年的缝衣工钱。”

“这明明是卖给了你的阿爸，怎么又是赏给的呢？”周翔越听越觉得奇怪，于是又追问了一句。

“头人的太太下嫁给佣人就是赏婚，不叫买卖。抵消3年的工钱只是说说而已，是给我阿爸一些脸面，在外说起来光彩些。因为头人家的缝衣匠是朗生，是没有工钱的。”

“那你一生下来就成了他家的佣人？那么说，他阿爸没死泽仁多杰也能继承甲本？”

“阿哥15岁时，他阿爸死了，他就去寺庙当小扎巴（小和尚），由他阿叔照管。1950年，他阿叔当了寺庙的大管家，派28岁的阿哥当民兵连长，去昌都抵抗解放军进军西藏。阿哥到了昌都的江达宗听说解放军的大炮很厉害，因为害怕，便带着100多民兵逃回了曲宗，再没回寺庙，就这样接了他阿爸的职位成了曲宗甲本区的甲本。这一年我阿爸阿妈也搬出了他家，但生活十分困难，我只好跟着他，当了佣人。不过别人都叫我小头人，阿哥也没反对过。”

出乎意料的是，周翔跟着旺加走进甲本的帐篷，甲本泽仁多杰却没走下座位，而是以他们官场上惯用的上对下的一般手势和动作，向周翔略略偏了一下头，叫周翔入坐。周翔笑了笑，说：“甲本先生不生我的气了？”

“生气，我不敢；难过，我倒是有的。”甲本见周翔礼貌地坐在他的下首坐垫上，也毫不谦让，提起前衣摆伸了伸脚，安然自若地坐在比周翔高一层坐垫的座位上对周翔说了这样一句。但也不理会周翔的反应，径自拿出擤鼻帕方便起来。之后，不慌不忙地接着前面的话说：“你知道我为什么难过吗？”

“为什么？”周翔明知故问地反问道。

他并不立即作答，而是拍了三下巴掌，喊道：“上茶！”

按理说，周翔被甲本“请”回来，旺加应随后进帐为周翔敬茶，可是却要等着甲本拍巴掌叫茶才应声进来。周翔猜想甲本先生事先定有交代，要看他周翔值不值得他招待喝酥油茶。

这不，甲本拍巴掌叫茶，旺加在帐外应声而入，胸前抱着酥油茶壶，手里拿着龙花茶碗，走到周翔面前把茶碗往藏式矮桌上一放，斟满浓浓的酥油茶后，放下茶壶，双手捧起茶碗，弯腰敬到周翔手上，并揭开碗盖请周翔喝茶。周翔接过茶碗礼貌地吹开浓浓浮油，喝了一口放下。旺加又提起茶壶煞有介事地摇晃了几下，走到甲本面前，为甲本斟满茶，用同样的程序给他阿哥甲本敬茶，可算得上一个极其称职的温顺懂礼仪的佣人。

甲本泽仁多杰接过茶碗并没喝，而是重重地放下他那银包的茶碗，愤愤地对周翔说：“肯定是有人背着我去柳干事面前告了我打人的事，所以在昨晚的会议上，柳干事不顾我的面子批评了我，请你告诉我，是不是我下面的人……”

周翔连忙打断甲本的话，说：“我向你保证，曲宗的老百姓没谁敢告你的状。我倒听人传说，你每次打人的吼叫声像打雷一样，全热亚村的老百姓都能听到，是不是这样？”

“是这样的吗？”甲本偏过头去问站在旁边的旺加。

“声音是大些，不过没有雷声那么大。”旺加貌似公允的话，把周翔和甲本都说笑了。

周翔见甲本情绪略有好转，便乘机岔开话题：“请问，你们曲宗来了多少背米的人？”“21 个女人。”甲本随便应了一声，接着想谈他的事，周翔张开手掌压了压，叫甲本先听他说。“其中有大着肚子的孕妇吗？”

甲本一听，意识到又找出了他的问题，赶忙辩解道："我不知道，如果又有人传出这样的谣言，那一定是有人想逃差，故意编出一个借口来，想再请你替他们说情免差。请别上当，不然这一个月的运输任务，我又完不成了。"

"可是我亲眼看见一名妇女背着米袋在森林里生下了一个男孩。"

"那不是两个月前的事吗？我不是看在你的面子上免了她的差，派人送她回曲宗了吗？"

"您说是看了我的面子，那么请问：这位产妇的丈夫洛呷支差来为你钉桩、为你抱头，明明是好心让你减轻鞭打的痛苦，可是你却怪罪他抱得太紧怀恨在心，回到曲宗便命手下人去抓洛呷要打他的鞭子。洛呷闻风逃跑了，你还命他怀孕的妻子桑珠拉姆来给你背运粮食挣运费，赎罪。而且直到今天你仍不肯宽恕洛呷，还在骂手下人没给你抓到洛呷，甚至借故打他们，这是看了我的面子吗？"周翔有些生气地说道。

"啊，正是因为他们家的事情，柳干事在每个月的小结会上，才不肯表扬我，更不用说奖励茶叶啦。再说，这一次你为什么不去向柳干事反映我那些牛毛一样细小的缺点，叫我受批评？"甲本竟然强词夺理而且理直气壮地责问起周翔来。

"啊，甲本先生，请别以为我向领导反映了您像牛毛一样细小的缺点，使您受了像牦牛一样大的损失。请问：你该不该派差民，尤其是有孕的妇女来为你当差，挣运费；还有，运输死了牛，国家赔了你的钱，你为什么还要去打骂替你赶牦牛的小头人或带队长者，而且还索要打鞭钱和免打费？特别是你来热亚督运是为自己挣运费，为什么还要克扣国家低价卖给民工的口粮糌粑作为你们煮酒喝的补助，让他们吃着干芫根为你吆赶驮牛跑运输呢？"

"有这样的事吗？"甲本故意遮掩着侧过头去问站在一边听他们谈话的泽仁旺加。

旺加不知该如何回答，支吾其词地说他要去盛茶，抱起茶壶快步走出了帐篷。

为了缓解旺加的尴尬处境，周翔拍着甲本的坐垫语重心长地说：“我今天来，就是来向你转告柳干事昨晚对你的一番好意的。”

“他当着大伙批评我，是好意？”甲本气急败坏地低下头睁大本来就要鼓出的眼睛质问道。

“是好意。”周翔故意端起茶碗喝茶，不往下说了。

甲本更加着急地催问道：“是什么样的好意？你能不能说得明白些呢？”他下意识地也端起茶碗来，但又重重地放下，鼓着眼珠瞪着周翔，这倒叫周翔有点儿害怕，尤其是他激动得连连拔他的络腮胡子。

周翔怕他生气，放下茶碗笑了笑，说道：“柳干事批评你是好意，因为他怕你的小小的‘缺点’，比如乱派差哪，不发差民工钱哪，克扣差民口粮哪，乃至多报死牛，多领赔偿费哪，尤其严重的是你打骂差民，任意罚款吓跑了差民，完不成运输任务哪，等等。加起来可就是破坏支援修路运输的大罪哪！到时被代宗本降巴扎西查出，至少又要打你 100 鞭子，外加赔偿损失。到那时，你即便卖掉牧场上所有牦牛，怕未必能赔上。闹不好，还要判你坐两年牢。你想想，柳干事批评你几句，希望你改正，难道不是一番好意吗?!”

“有那么严重?”甲本听后似乎有点儿胆怯了。

“若是你当宗本，难道能判无罪吗？当然，如果你接受批评，改正了，或许就改变了你严重过错的性质，原谅你是‘小小的缺点’，不予惩办。”

“这……今天早晨柳干事和习贤骑马去了松宗，是不是为昨晚我喝多了酒，乱说了话，生我的气，去向宗本告我又犯了罪呢?”

看来，甲本先生真有点儿害怕了，于是周翔语气缓和地说：“所以说柳干事今天叫我来告诉你，只要你愿意改正错误，他们就不会去松宗向宗本报

告你的过错。但是，你必须认真组织好你的几个驮牛队，指派好小头人或长者带队务必完成运输任务。怎么样，这算不算柳干事又给了你一次面子呀?”

“若是这样的话，请转告柳干事，我愿意改正缺点，并且感谢他又一次给了我面子。”说到这里，甲本先生竟激动地又拍掌叫茶：“旺加，快拿好茶来!”

“拉玉（来了）。”旺加应声抱着茶壶跑进来为周翔斟茶。甲本竟破例为周翔端起茶碗，让其弟旺加斟满后，亲自递到周翔的手上。周翔欠身接过茶碗，喝了一口，礼貌性地放下，让旺加再斟满，趁旺加斟茶时，用眼神向旺加询问他们的谈话怎样。

聪明的旺加故意向周翔献殷勤地捧起茶碗，递给周翔时，也用欣喜的眼神和微微点头的动作，表示对周翔的感激和赞许。周翔端起茶碗一饮而尽，放下茶碗，向甲本告辞。甲本又破例起身送周翔走出“宝帐”，而且互用敬语：“请留步!”“请好走!”甲本还走过去按住他的爱犬，警告它不可无礼。

周翔高兴地爬上山坡，由于做通了甲本的思想工作，感觉特别的轻松愉快，站在山梁上打量起热亚新村来。啊！20多户人家的热亚村变化真大呀！建转运站以来，各家都扩大或新修了跨院，用来租借给一些新组建的单位搭帐篷住宿，或用来当办公室、诊所，还有的人家把新跨院租借给商人开设小商店。新搭的白色帆布圆顶帐篷，远远看去，就像从地里长出的朵朵白蘑菇。还有村外傍山坡和东西两头那一片片田地里长出的青稞，绿油油的像给热亚村穿上了一件绿色氆氇呢的大坎肩，令人赏心悦目。

再看三个宗驻热亚管事的甲本、定本头人们的各色花样的帐篷，支撑在离村子不远的山坡、树林间，简直就像盛开的山花在争芳斗艳。谁见了不夸他们日子过得美气。尤其是他们煨桑燃起的烟，在阳光晨风中飘拂着。啊！好一幅美妙和谐的自然画卷！周翔身心愉悦，兴致勃勃地去办他仿佛觉得有

些甜蜜的公事。

周翔兴奋地从兜里摸出昨天阿次姐托刁贤转交的队长来信，眺望着即将造访的那间木板房跨院里宛若蘑菇似的帐篷，考虑着是先去看望阿次姐，问问情况，还是先去探询桑珠拉姆的阿昵（姑妈）央宗，摸摸桑珠拉姆的阿爸对洛桑志玛参加宣传队是什么态度。

关于队长的信，周翔看了不下 10 遍，总觉得姚钧队长对他的推荐不那么重视，甚至还有那么一点点不相信的味儿。信上简简单单写了 16 个字：叫她来松宗跳一跳、唱一唱、看一看再说。不过话又说回来，队长毕竟还是同意让洛桑志玛去宣传队看一看她的舞姿，听一听她的歌喉，瞧瞧她的身段嘛！所以周翔的推荐还算是成功了一半，更何况队长见了洛桑志玛肯定是百分之一百的成功呢！

想着想着，周翔边走边得意地吹起了《莫斯科郊外的晚上》。他走下山坡绕过一株高大的核桃树，拐进村子便到了蘑菇帐篷院子外的木板门边。这里就是阿次姐向桑珠拉姆的阿昵租借来的跨院，阿次姐撑起了圆顶帐篷，挂上一块写着“卫生诊所”的小木牌，便算是转运站临时的医务室。周翔熟练地抬起小院门往里一推，跨进了大院。

突然，又怒又大、威慑力极强的吠声把周翔钉在了原地，一动也不敢动。一只黑毛藏獒对着周翔，怒目圆睁、张牙舞爪地一个劲地扑咬，拉扯得颈上的铁链哗啦啦直响，着实把周翔吓了一大跳。

藏獒因秉性刚毅，凶猛善斗，是看家护院、牧马放羊的得力助手。放牧时，它敢从豹子口里夺下山羊、牛犊来；看家护院时，它敢把拿刀的强盗扑倒在地，等主人回来处理，如果盗贼敢反抗，它准会撕下他的皮肉来。

周翔庆幸没被它咬着，慌忙往门外退。这时，女主人阿昵央宗听到藏獒叫走出来，见是周翔来了，忙跑过去抱起藏獒的头贴着自己的脸，像哄孩子

一只黑毛藏獒对着周翔，怒目圆睁、张牙舞爪地一个劲地扑咬。

似的抚摩着它。“咱家来了尊贵的客人呀，他是好人工作员，你记住，以后见了他，要像欢迎咱家客人一样，不可吓住了这位先生。啊啊，请您进院里来吧，工作员先生！这是桑珠拉姆前天从曲宗家里牵来给我家看院子的藏獒，叫呐呐，它不认识你，请你走过来，让它闻闻你身上的气味，记住了，就再不会咬你了。”

周翔边说着感谢的话，边小心翼翼地走到凶猛的藏獒身边摸了它一下，

试看它是否像女主人说的那样乖巧。它还真的一变凶态而仰起它的肉鼻子来嗅周翔的气味，并友好地向周翔摇摆了几下尾巴，像是向他致歉。于是周翔大着胆子蹲下去抚摸起它来，表示愿意和它交朋友。

这时，桑珠拉姆抱着孩子从木屋里走出来，见是周翔，高兴地向周翔道乏，“洽佩，洽佩!”

周翔也很高兴地连声说：“拉玉，拉玉!”便过去看桑珠拉姆怀里的儿子。这时洛桑志玛从她姐姐背后露出一张笑脸，低声向周翔说了句“嘎热、嘎热（辛苦，辛苦）”后，又害羞地低下了头。

周翔高兴地对她说：“洛桑志玛，告诉你，我们队长来信了，他同意——”

洛桑志玛害羞地捂着脸转身跑回屋里去了。

周翔乐呵呵地向桑珠拉姆问道：“这就是你在森林里生的宝贝儿子吧，哇，一晃都长这么大啦！可我几次回热亚想来看看他，你阿昵都说，他走亲戚去了。你家的亲戚真多哩！”周翔拍着手想抱抱这个宝贝儿子，小孩子认生，哇哇地大哭起来。

桑珠拉姆亲吻着儿子，说：“泽仁罗布啦（长命宝贝），你降生后他可是第一个看见你的那位有福气的汉人舅舅呀！快叫阿相舅舅，乖儿子哟!”

周翔连忙从衣兜里摸出事先买来的云南碗碗糖，说道：“阿相舅舅是个当兵的，没有银元，更没值钱的礼物送你，只是给你买来一个碗碗糖，来，舔一舔。咿咿，尝到甜头了吧!”周翔见小孩子舔到味儿后，故意挪开糖逗小孩子玩，小孩子张大嘴伸出舌头，摇晃着小脑袋寻找糖吃，这可把大家都逗笑了。

桑珠拉姆喜欢地从周翔手中接过糖，这对她来说，可是儿子最好的礼物呐。她先舔了一下又放到儿子嘴唇上，说：“呵呵，这可是阿相舅舅最好、

最甜的礼物，谢谢阿相啦！”说着，把儿子递到周翔的怀里，礼让地摊开手，请周翔进屋。

所谓屋里，不过是一间昏暗低矮的厨房，就连周翔这个身高只有一米六八的人也要低头方可进去。由于从光线很强的外院走进昏暗的厨房，突然眼前变得漆黑一团，周翔怕摔跤吓着了孩子，站着不敢迈步。

这时，热情的女主人阿昵央宗在火塘里投进一把干柴，一下把厨房照得通亮。周翔这才看清厨房的上首坐着正在捼糌粑的阿次姐，尤其是她头上的那顶白布卫生帽很引人注意。周翔开玩笑地大声问道：“是叫你卫生所长呢，还是称你站长夫人?”

“马热，马热哦果！（不是，不是的呀！）就叫我阿次姐吧。”阿次姐竟羞得捂住了脸。

这时桑珠拉姆给周翔拿来一张鞍垫放在了阿次姐的下首，请周翔坐下，把儿子从周翔手上接过去，顺手又把洛桑志玛拉到周翔身边坐下来。这才说：“请你们谈谈洛桑志玛的事吧，谢谢啦！”

阿次姐从她的碗里捏出一坨糌粑递给洛桑志玛，又捏出一坨递给周翔，正想开口说洛桑志玛的事，却被周翔抢先开了口：“上月你在松宗结婚，为什么不通知我去参加你们的婚礼呢？连喜糖也不给一颗，这还像老战友吗?”

大姐听周翔这样质问她，丢下碗捂着脸便抽泣了起来。

周翔一下傻眼了，这才想起刚说的话犯了大姐的忌。因为阿次姐在宣传队的两年中和他的好友富安同志悄悄恋爱了，在当时这是违反了“二八、五团”（即年满二十八、参军五年的战士和团以上干部方可恋爱结婚）的军规。可他俩却爱得如胶似漆，一个非她不娶，一个非他不嫁，信誓旦旦地等待着解除禁令的那一天喜结良缘。不料被人告发，叶友指导员狠批了他俩。他俩无奈挥泪分手了。不久，阿次姐被调离宣传队，到卫生队去学医。此间，又经人介绍才与隆云站长结为夫妇。于是周翔诚恳地向阿次姐道歉，发誓绝没有讥讽她的意思。阿次姐这才擦干了眼泪，问周翔姚队长的信看到了没有，周翔点了点头拉起洛桑志玛的手对大姐说：“队长说，叫她先去松宗看一看。”

洛桑志玛虽没听懂他俩用汉语交谈的内容，但意识到他们是在说她的事，便羞答答地抽回手，把脸侧到一边去了。

大姐见了，笑着对周翔说：“昨天下午她阿爸嘎朗来了，说让洛桑志玛去松宗参加宣传队的事，他们全家人都商量过了，同意她去。但有一个条件。”还没等大姐说完，周翔一下紧张了起来，“什么条件?”

“他说，他们怕洛桑志玛去外地参加解放军，当宣传员，没人照顾，会吃苦……”

“你没对他说，咱们革命部队的领导比父母还亲，有什么不放心的!”周翔抢着解释道。

“我说了，他还是不放心，提出条件说除非你娶他的女儿。只要同意，他明天就为你俩办喜事，后天就让她去松宗。”

“这这……”周翔听了，很是为难地看了洛桑志玛一眼，对大姐说：“尽管现在禁令解除了，我可以谈恋爱结婚啦，可是她毕竟只是个刚满 16 岁，虚岁也才 17 岁的女孩子，不等两年是不可以结婚的呀！请告诉他们，我是看她具有成为一个好的舞蹈演员的条件，比如身段、舞姿都像你一样柔和优美，唱起歌来像曲拉一样高亢、动听，若是有机会送她去内地舞蹈学校学习一年、两年的，保准她能成为一个出色的演员。”说到这里，周翔像兄长似的又拉起洛桑志玛的手，拍打了两下，笑着对阿次姐说：“坦白地说，根据我现在大兵一个的条件，我还没有想过要找对象谈恋爱，更不用说结婚哪。没想到我动员她参加宣传队，被她父亲误解了我的意思，还提出要为我俩办喜事，这是不可能的。”

由于周翔说话的神态、情绪有些激动，桑珠拉姆像是看出了什么，忙抱起茶壶走过来为周翔和阿次姐斟茶，低声请求阿次姐把她与周翔谈话的内容翻译给她听。

阿次姐详细地把与周翔的谈话向桑珠拉姆做了翻译和解释，而且声音较大。看来，她想让阿昵央宗和洛桑志玛也能听明白周翔的初衷。

阿昵央宗和桑珠拉姆姐妹俩听了，都皱起了眉头，尤其是洛桑志玛，泪水已在眼里闪烁着亮光。

阿次姐叹了口气对周翔说："你不了解这里的风土人情，你动员洛桑志玛去参加宣传队和你一起跳舞、唱歌当宣传员，她一家人听了都非常高兴。特别是阿昵央宗和她阿爸嘎朗听了，按当地风俗习惯把你的动员看成了求婚，加之桑珠拉姆感激你在森林里救助过她的恩情，还有洛桑志玛对你也有好感，她又爱跳爱唱，所以对你是一见钟情，愿意嫁给你，所以一家人才希望你同意办喜事。"说到这里，阿次姐捏了一下洛桑志玛的鼻子，接着说："这不，阿爸嘎朗和桑珠拉姆的丈夫洛呷一大早便去牧场上买羊准备为你俩办喜事，如果知道你是这样的态度，老人还不知是怎样的不高兴呢，说不定洛桑志玛去松宗参加工作的事要告吹。这都啥时候了，他们还没回来呢？唉！……"

"你没阻止她阿爸，告诉他即便我同意，还得先报告宣传队和办事处组织部，等批准后才能办的呀！"周翔不由得焦急起来，"更何况国家《婚姻法》有规定，男大20、女大18周岁，否则是不能结婚的。"

"可是她阿爸却以当地的习俗说：'凡有婚约的男孩、女娃，长到16岁必须先结为夫妻，才可以一块在地里干活种青稞，才可以在一个锅里煮茶喝突粑。'"（突粑：用糌粑和蔬菜等煮成的糊糊饭。）

聪明的桑珠拉姆听到阿次姐说青稞、突粑，便明白了他俩是在谈论昨晚

阿爸嘎朗告诉阿次姐他和洛呷商量的事儿，又见周翔为难地摇头，便傍着阿次姐跪坐下来，捧着阿次姐的手对周翔婉言相告："你不要怪阿爸嘎朗急着为你俩办喜事，因为他这几年看到和听到许多解放军待老百姓好的事情，他认为你们'新汉人'（当时老百姓对解放军的称呼）是世界上最好的人，如果能和你结亲，就有了一个牢固的靠山，他从今以后就不再怕头人乱派他的差，把他随意当牲口使唤啦——"接着桑珠拉姆还讲述了他阿爸的一段可怕的往事。

18 年前，大兴寺举行"古庆"跳神、驱鬼、念咒经仪式。桑珠拉姆的阿爸——年轻时的嘎朗，被曲宗老甲本（即现在的甲本泽仁多杰的阿爸阿旺多杰）派去大兴寺为他当替身还愿，为"古庆"跳神、驱鬼当他岳（厨房服务员），专为念经的喇嘛煮茶和打酥油茶。

先一天专职管茶水的喇嘛从头人送来的茶叶和酥油中拿出 3 尊茶叶（1 尊重 4 市斤）、两包用牛肚子包的酥油，责成阿爸嘎朗第二天分早、中、晚 3 次煮茶水，打酥油茶，供应全寺喇嘛。并且说，一定要让每一个喇嘛、扎巴都能喝上，喝够，喝得满嘴都冒出油来。否则，先鞭打 50，后罚藏银两品。

阿爸嘎朗听了，吓得直伸舌头，惶恐地收下茶叶和酥油，晚上睡在厨房地板上，头枕茶叶，背靠酥油包，生怕丢失了茶叶和酥油，还用腰带穿连起来系在自己的手腕上。但是因为白天背水累得倒下便睡着了，连打雷也惊不醒他。等天亮醒来，头枕的茶叶、背后的酥油都被人偷走了。

阿爸吓得哭着跑去报告管事的喇嘛，管事喇嘛不问情由，说阿爸监守自盗，命铁棒喇嘛（寺院执法喇嘛）把阿爸绑在木桩上，"噼里啪啦"直到打得阿爸闭了气。管事喇嘛这才叫劈柴烧火的扎巴曲松把阿爸背出去丢进波曲河喂鱼。扎巴曲松背起阿爸便往河边跑去，一路上他总觉得阿爸的身子在轻微地颤动，便仔细观察四周，见没人跟来监视，扎巴曲松便绕道把阿爸背回

了他的住处，救活了阿爸。

不久，阿爸的伤稍微好了些，便偷跑回了家，发誓要报答扎巴曲松的救命之恩，但苦于支不完的差，赚不到钱。自等到阿妹洛桑志玛长到 13 岁那年，他几次狠心想把洛桑志玛卖给商人，换回 200 银元去大兴寺报答他的恩人，但都因为阿妈和我们姐妹的哭求才作罢。

洛桑志玛听到这里，“哇”的一声扑在阿昵的怀里伤心地大哭起来。周翔虽然非常同情老人嘎朗的遭遇和洛桑志玛的命运，但还是不得不用藏话声明：“我是个小小的宣传队员，每月只有 2 个银元的津贴，只够我买一块洗脸毛巾或吃半包四川的沙琪玛，所以 10 年后，我也拿不出 200 个银元来。”

桑珠拉姆擦着眼泪，拉着周翔的手说：“阿爸嘎朗不会向你要钱，要彩礼的。他之所以同意把阿妹洛桑志玛嫁给你，很有可能是因为听我说了你救过我的恩情，和洛桑志玛对你的好感，特别是他想老来不再受人欺凌，才作出这样的决定。希望你回工作组去，向你的本波啦柳干事请求，请他破例，不要等我妹妹长到 18 岁才准结婚。求他了，让我阿妹去松宗参加宣传队吧，好吗?”

“不行，不行，这绝对不行！这样我会犯大错误，是要受大处分的。更何况我向柳干事才递交了入团申请书，就应该像团员那样要求自己遵守国家法律，不行，不行!”周翔一个劲地摇头，可把洛桑志玛羞得满脸通红，紧紧地抓住阿次姐的手，不停地哀求她想个办法，即便周翔不和她结婚也能让她去松宗参加宣传队。

当然，还有桑珠拉姆也在哀求大姐：“您是知道的，我阿爸的脾气可大呢，他说的话就像山上滚下来的石头，谁也挡不住的。您快想个两全的法子，既让工作员不犯错误又能让阿爸允许我阿妹去松宗参加工作。”

阿次姐见此情景，怜悯之心油然而生，她把洛桑志玛拉到怀里，抚摩着

洛桑志玛的发辫看了一眼拨弄火塘里木柴的阿昵央宗，用藏话对周翔说："我看这件事你先去向柳干事汇报，告诉他，你动员洛桑志玛去松宗参加宣传队惹出了麻烦，请他想个好办法把这件事敷衍过去。如他不愿，我再去找隆云叫他去找柳干事。一定要研究出一个既不欺骗组织，又能使阿爸嘎朗面子上过得去的办法。或用他俩的名义给姚队长写一封信，让洛桑志玛拿着信去松宗找队长，请他收留她当个队员，你看可以吗？"阿次姐的话刚说完，几双期待的眼睛齐刷刷投向了周翔，周翔抗拒不了这些期待的眼神，无可奈何地默许了。阿昵一见，高兴地从桑珠拉姆面前的火塘上抱起酥油茶壶来，嚷嚷开了，"索加嗵！索加嗵（请喝酥油茶）！"

周翔抱着试试看的心里站起来，默默地走出了厨房。

就在周翔走后没两个小时，阿爸嘎朗手摇转经筒和背着一只整羊肉的大女婿洛呷，一前一后走进了妹妹央宗的院子，那拴在圆顶帐篷后面的藏獒兴奋地跳了起来，就像向它的女主人报信似的把项上的链条抖得哗哗直响，喉咙里发出"噢噢嘶嘶"欢喜、亲昵的声音，舞动双脚去刨抓老主人嘎朗。老主人嘎朗今天的心情特别好，见到了由自己调教养大的爱犬"呐呐"，就像见到了自己的孩子一样，不停地唤着呐呐、呐呐，并弯下腰和它逗起乐来。而背着整只羊肉走了老远路的洛呷有些累了，独自背着羊肉走进了厨房。

央宗见洛呷进来，连忙起身替他接下羊肉放好后，跑出屋去迎接她的觉啦嘎朗。央宗拉开呐呐的纠缠，搀扶着觉啦走进了厨房，请他在火塘上方的垫子上坐下来，赶紧拿过茶碗倒茶，"觉啦嘎朗啦，您累了，好好坐下喝碗酥油茶，听我给您讲讲洛桑志玛的事儿。"

"好哇！好哇！我看应该去请那些亲戚和朋友来参加我女儿的婚礼了。"

"请客的事以后再说吧！先喝碗茶。"阿昵央宗双手把茶敬到觉啦的手上，还替他揭开碗盖。接着说："刚才，转运站的本波啦和工作组的本波啦带口

信来，请您在家里等着他们，他们要来和您面谈洛桑志玛去松宗参加宣传队的事。”

“啊嘞，啊嘞！你这个只会打酥油茶不会办事的女人呀，怎么可以答应两个汉官甲本到你这个破烂木屋里来和我们商谈女儿的婚事呢？不行，还是让我去见两位长官。啊嘞，啊嘞！……”老人嘎朗说话的语气虽有些急，但内心深处还是有那么点荣耀、喜悦味儿的。嘎朗老人放下茶碗，往外走去。央宗怎么劝他喝了茶再走，也没能劝住。

第九章

周翔很是感激柳干事和隆云站长轮番做阿爸嘎朗的思想工作，也辛苦了阿次姐多次为他俩当翻译，才好不容易说通了老人，先让女儿洛桑志玛进波密宣传队工作一段时间，看看宣传队领导、周翔和同志们是不是真心关爱他女儿，帮助他女儿学文化、学本领。如果是，就等他女儿年满 18 周岁，再为他俩举办婚事；如果不是真心对他女儿，他就去松宗查儿岗，把女儿从宣传队接回来，各走各的路。

嘎朗老人听了，觉得这主意好，便勉强同意了。但还是提出了他认为是一个小小的要求：就是请两位汉官甲本（指解放军连级干部）务必照顾他的老脸，让他女儿和周翔举行一个订婚仪式，免得亲戚、邻里们背地里讥笑他女儿像笨鸟想歇高贵的紫檀树，结果却被檀香熏晕了头掉下来，没歇上。(喻指他女儿想攀解放军这门亲事被拒绝了，没攀上。)

老人说到了这个份上，隆站长和柳干事商量了一下，便有条件地答应说："为周翔和洛桑志玛简单地举行一下订婚仪式，是可以的，但必须只在本家几位亲戚和工作组几位同志的范围内举行，决不能请喇嘛打卦念经祝福，因为我们解放军不兴这个；也不可以宴请亲朋、邻里来祝贺送礼，因为咱们没那么多的钱。"如果乡亲们来了，要祝贺，最多只能请大家吃点云南的"布朗"碗碗糖和喝一碗清茶。

老人听了，连连点头称是。事情总算有了结果，老人高高兴兴地念着六

字真言回到阿昵央宗的家中，把隆云站长和柳干事商谈为周翔、洛桑志玛订婚的事告诉了阿昵央宗、洛呷、桑珠拉姆和洛桑志玛。不过，他们对如何举行订婚仪式，如何请客办招待有他们自己的主张。两位甲本说了，只要不请喇嘛念经，不喝青稞酒就行，小范围地请几位亲戚朋友来热闹热闹还是可以的。甲本还说，他们还要请客人吃云南的“布朗”碗碗糖哩。

于是，阿昵央宗、阿姐桑珠拉姆唱着祝福的歌为洛桑志玛洗澡、梳头、穿上喜庆的盛装，在亲朋邻里的簇拥下，跟着送亲的阿爸嘎朗和洛呷来到工作组窄小的房间内。柳干事一见来了满屋子的人，一下愣住了，但又无可奈何，只好叫习贤和季忠出来接待张罗，把周翔叫出来与洛桑志玛并排坐在毛主席像前的两口木箱上，接受亲友们给他俩献哈达表示祝贺。由他带着阿爸嘎朗、阿昵央宗和洛呷到热亚头人的厨房，请头人的女佣人打酥油茶招待。

由于这样一折腾，反而给勉强应承的周翔心里增添了亲情的暖意和爱的脉脉情怀。陪着洛桑志玛给祝贺或看热闹的亲戚、朋友、邻里们分捶散的云南碗碗糖时，周翔的心灵深处悄然涌出一缕甜蜜的幸福感。

一直沉浸在幸福之中的洛桑志玛此时笑吟吟的脸上也泛起了红潮，难掩内心的喜悦，她高兴地应酬，劝请邻里、亲友们吃喜糖，特别逗趣的是洛桑志玛在为宾客抓糖时，时不时用两个指头捡起糖来送到周翔的嘴里，随即抽回手来把指头伸进自己的嘴里吮吸沾在手指上的那点根本看不到的糖末儿，而且津津有味，仿佛此时的糖末吮吸起来别有一种风味似的。尤其是亲友邻里飞舞而来的哈达，如同彩虹落在她和周翔勃颈上时，她那双表示敬谢而合十贴鼻的手，不时放下来，喜滋滋地去拉扯周翔的衣服或衣袖，一次次逗得看热闹或献哈达的人们哄堂大笑，她还傻乎乎地向人们点头致谢。不难看出，此时的洛桑志玛是何等的幸福。她刚来工作组时那少女的羞赧，竟在这欢乐的氛围里不知不觉地消失了。

突然，吃着喜糖的一伙少男少女大声嚷嚷开了："天黑了，天黑了！跳舞去了，跳舞去了！"笑着、叫着一拥而上，簇拥着洛桑志玛和周翔下了楼。

洛桑志玛硬是把周翔拉到了篝火舞场。

尽管周翔一再推辞，说明天当班要外出押运粮食，今晚要在家做些准备，但爽朗大方的洛桑志玛一把拽住周翔，也不顾习贤、季忠刮脸羞她，硬是把周翔拉到了篝火舞场上。

此时舞场上已有一群中老年人围着篝火，跳着祈福圈舞，边跳边唱道：

哦哦也——

一棵树呀发三桠，

开出三朵黄色的花，

一朵花呀献给天上度母神，

请保佑风调雨顺长庄稼。

二朵花呀献给山上土地神，

请保佑丰收青稞和奶渣。

三朵花呀献给三宝佛法僧，

请保佑阿妈天天煮窝粑。

哦呀！哦呀！巴扎哇！（谢谢啦）

舞者之虔诚，歌声之哀婉。特别是膜拜的舞蹈动作是那么的形象逼真，几乎就是在跪拜天地，祈求神灵保佑来年丰收，人人不愁吃喝，这叫富有怜悯心的周翔听了，怎能不为之动容呢？也由于这样的歌声太凄凉了些，为欢乐而来的少男少女们想跳舞也没了情绪。

此时，阿次姐被桑珠拉姆挽着挤进人群，对周翔他们说：“我明天要送洛桑志玛去松宗，想顺便去卫生所领些药品，想请周翔和洛桑志玛去卫生所帮我清点一下，看阿司匹林感冒药还有多少？外伤药红汞和碘酒还有多少？怎么样孩子们，可以让他俩去帮我查看和清点一下吗？”

阿次可是大家心目中最好的门巴（医生）大姐，她说的话当然是一说一个“哦呀”了。于是她把周翔和洛桑志玛推搡出了人群，又借故要回转运站家中拿手电筒，便拉着桑珠拉姆去了转运站，周翔只好带着洛桑志玛先去阿次姐的卫生所。

周翔和洛桑志玛摸黑高一脚低一脚地走到阿昵央宗的院门口，“哗哗哗”的铁链子响声由院内传到院门外，只听得阿昵家的藏獒呐呐汪汪有声跑来欢迎，像一朵巨大的黑色绣球紧贴着院门缝隙，伸出舌头来舔舐洛桑志玛的手。此时，周翔犹豫起来，因为他想起阿昵央宗、阿爸嘎朗还有洛呷都还在柳干事的陪同下，坐在热亚头人的厨房里喝酥油茶聊天，此时屋里没人，要是和洛桑志玛走进黑洞洞的卫生所，被人看见那像什么样子？周翔越是这样想，脸就越是滚烫，越觉得不自在，不知是返回篝火边去跳舞呢，还是就这样站在院门外等阿次姐的到来？

周翔的不安，被聪明的洛桑志玛看出来了，她睁大眼睛把黑糊糊的村子打量了一下，低头侧耳细听周围有无行人走路和说话的声音。在确信无人妨碍时，她便壮起胆子，硬拉着周翔，推开院门径直走进阿次姐的圆顶帐篷，凭着记忆摸到地铺边扯着周翔一同坐了下去，故意问道：“坐下来等大姐，你害怕吗？”

“害怕。万一有人走进来，那像什么样子呀？”周翔一边说一边挪着屁股，想与洛桑志玛拉开距离。洛桑志玛不但不让周翔挪动，反而把头靠在了周翔肩上，深情地说：“今天不是当着全村的人，还有你们工作组和我坐在一个木箱上，接受祝福了吗？这就是说你已经娶了我，还怕人撞见吗？”

周翔连忙挪开，说：“不对，不对，是订婚不是娶亲，而且只是想让阿

爸嘎朗放心后高兴地送你去松宗参加我们的宣传队，我才答应和你……”聪明的洛桑志玛听出了周翔还想说什么，便抢先说：“请不要往下说了，是订亲还是娶亲，反正阿爸对柳干事，还有隆站长都说明白了。从今天起我就是世界上最幸福的人哪！等我进了宣传队，一定好好跳舞、唱歌，让解放军、工人师傅都为我鼓掌！”

“嗯，第一次，最多两次看你跳舞，听你唱歌，兴许为了礼貌或者新鲜感，人们会为你鼓掌的；到了第三次和以后每一次就都不会再为你鼓掌啦……”周翔感觉到洛桑志玛天真可爱得像个孩子，为了让洛桑志玛在思想上有些准备，故意把话题岔开。

“为什么?”洛桑志玛惊讶地问道。

“因为你们老是围一圈跳同样的舞步，就那么几个动作，特别是唱的曲调又都是那么低沉、凄婉。即便一场舞跳到结尾，舞步由慢到快，由低到高，一直到气喘吁吁停下来休息，也看不出跳舞的人们真正从内心深处激荡出一点儿欢乐的情绪来。比如我们刚才在篝火旁看到的那场舞，就让我听了心情很是压抑。因而使我想起我俩的事，如果我们就像现在这样，等两年后结了婚，生了孩子，拿什么养活？靠我们每月供应的 45 斤糌粑、1 斤酥油和每月的津贴两块银元能养活吗？那是绝对不会幸福的。”

“觉啦周翔，请不要想得太远、太难。”洛桑志玛把头移到周翔的胸前轻声地恳求似的说，“我阿妈死得早，是我阿爸带着我和阿姐桑珠拉姆为别人打短工，或帮人刻石经挣些口粮把我俩喂养大的。在我 13 岁那年，有一个商人出 200 个银元要买我，阿爸为了报答一个生病的穷扎巴的救命之恩，就准备把我卖掉，要不是阿姐哀求，我就被阿爸卖掉啦！从此，阿爸常梦见阿妈

在梦里责怪他，所以，阿爸总觉得对不起我，想让我嫁一个有吃有住的男人，于是他选来选去，选上了你这个可以让他放心的‘新汉人’当女婿……”

“你阿姐不是说你们家是种地、放牛的堆穷户吗？怎么又帮人刻石经挣口粮哪？”周翔疼爱地把脸贴到了洛桑志玛的额头上，随意地问了一句。

“小时候听我阿爸说，咱们家是从外地逃来的堆穷，靠给当地富裕人家打短工，也为他们刻石经挣些口粮，主要还是靠给头人和寺庙种‘切玛地’（就是他们出地、出种子，我家出劳力，秋收后各分一半）和放‘不生不死’牛羊（就是头人或寺庙给我家牛和羊，永远不增不减一头，按头人或寺庙给的牛羊给头人或寺庙每年缴送一定数量的牛羊肉、酸奶、奶渣和酥油）。另外，为了感谢主人的收留和寺庙给念平安经的恩典，每年还必须为主人和寺庙各支不是差巴的差役 20 次，做不是朗生（农奴）的朗生活 20 天。所以我阿妈和阿叔没几年就累死了。”说着，洛桑志玛一把抱住周翔伤心地哭泣起来。周翔同情地把洛桑志玛紧紧地抱在了怀里，替她一遍又一遍地抹去眼泪。

“我还要告诉你我心中想说的话，阿姐桑珠拉姆每次提起我俩的婚事，你几次说话的样子都很为难，连说几个不行，不行。就凭这一点，我看出你是个很诚实的人。因此我要向你讲出脖子以下的心里话，请你不要为难，一切按你的意愿办。我愿意去松宗参加你们的宣传队，和你一块跳舞、唱歌，除了我真心喜欢你之外，还为了让我阿爸和阿姐高兴，不再为我的婚事操心和担惊受怕。我听同村的女友说，曲宗有一个头人向我阿爸放出话来，要用 3 克（合 84 斤）青稞把我买去当佣人。我猜想阿爸准是为了这个缘故，才急着把我托付给你的，所以我希望你要像我一样装出很高兴的样子送我去松宗。我俩以后的事，一切按照你的意愿办，不论成家或不成家我都不会怪你，因

为你没有骗我，你永远都是我最喜欢的觉啦。”说完最后一句话，洛桑志玛紧紧地偎在了周翔怀里，周翔的内心深处也深深地被震撼了。

周翔和洛桑志玛泪眼相对地紧紧地拥抱在了一起……

第十章

1950年进军西藏时，部队行军有个顺口溜，“一、二、三——雪封山；四、五、六——淋破头；七、八、九——正好走；十冬腊——学狗爬。”我们热亚转运站抢运粮食就正处在五六月这个雨季的当口。驮牛队就是白天一身湿，晚上满铺泥的折腾得够呛！特别是驮着米包走长途的驮牛队，一天风里雨里走不出30里路，如果“七八九正好走”的日子，从热亚到双登兵站最多3天，一般两天到两天半就可以到达，可是在这样“淋破头”的雨季竟然需要5至6天才能运一趟。以至前方部队给养告急，粮食也快断顿了。特别是在山腰老林中施工的部队，一天辛苦施工下来，还得沿途寻找可食用的菌子、椿树芽或野菜来掺和主食充饥。无奈，有的连队干部带领着一个排、一个班地到热亚来背粮食。既劳累，又延误了工期的进度，因此波密办事处裴益书记和降巴扎西副主任赶到热亚召开三宗头人会议，做头人们的思想工作，请他们亲自带领驮牛队抢运雨季运输，保证前方修路部队的给养供应，因而松宗驻热亚转运站督运组的四大员，像走马灯似的白天晚上往各宗头人的帐篷里跑，通知开会，组织学习讨论，最后订计划，表决心，甚至帮助领粮起运。所以一个个疲倦至极，倒下就想睡，睡着了就喊不醒。

周翔就是这样的，已睡到了早上10点，还懒洋洋地不想起床。柳干事一早跑了好几处头人的帐篷返回工作组来拿米，打算去做午饭，见周翔还在睡觉，就有点儿不高兴地说：“看看，太阳都晒着屁股啦，还不想起床呀！”

“太阳真的出来了吗？啊！谢天谢地，我的衣服和被子都要发霉了，再不洗洗，晒晒太阳，怕是要霉烂掉了。”说着，周翔把被子一掀爬了起来，把脸

往木窗格子上一贴，瞧了一眼，缩回头，“哎”了一声，倒下又笼进被子里去了。

柳干事走过来揪住周翔的耳朵往外拽着说：“快起床洗脸，吃些糌粑到泽仁多杰甲本那里去看看，我回来时听山后坡吵吵嚷嚷的不知发生了什么事。我和习贤听不懂牧区的话就没有去看，你快去看看，看那位嗜酒如命的头人是不是一大早又喝醉了，在发酒疯呢。我这就去做午饭，你回来吃了午饭就作准备，估计季忠同志今天回来，你换他的班，上路去督运。雨季忙运输，大意不得，也耽误不得。”说完，提起米袋走了。周翔哪敢怠慢，忙爬起来打好背包，绑上京胡套，取下步枪和挎包，带了毛巾和搪瓷碗便去厨房洗脸，吃了一碗糌粑。周翔望着忙碌的柳干事琢磨起来：组长今天出去做头人的思想工作，他听到什么或者是看到了什么呢？我们工作组最近几天分头走访各地来热亚督运的头人，与他们一块学习“十七条协议”，商讨雨季如何保证完成和超额完成运输任务以及竞赛的奖励办法，难道说这些工作都白费力气啦？特别是他周翔几天前还专程去拜访曲宗甲本泽仁多杰，把倾多、松宗几个头人如何到工作组来，向柳干事口头保证把消瘦、打背的驮牛统统赶回去，调换健壮的驮牛来参加运输，力争超额完成任务，夺光荣的奖旗，领奖赏茶叶的情况向泽仁多杰透了口风，而且立马得到了甲本的回应，说他一定要赶在这些头人的前面，把瘦牛和打背的牛立马赶回去换回最好的牛，派出他最信任最能干的人当驮队的小头人，在六、七两个月一定要超额完成运输任务，拿到奖旗和茶叶。难道他泽仁多杰说的这些话又变了卦？

吃罢早饭，周翔闷声不响地跑到后山坡下的曲宗甲本驻地去查看究竟。但走到泽仁多杰甲本的帐篷前一看，除了甲本的大花狗“查查”友好欢迎的吠声外，就只见一位趴在帐篷边的核桃树下新垒起的茶灶前吹火的中年妇女。这位中年妇女见有一位解放军走来，便礼貌地站起来，摊开右手请周翔进帐篷去，并问道：“先生，您是来见甲本先生的吗？他不在，他被一位甲本请

去掷色子喝酒去了。”

“我不想见甲本，我是来找泽仁旺加问话的。”周翔有点儿生气地说。

“啊嘞！阿库（叔叔）旺加被甲本派去当小头人带队跑运输了。这不，他带着人牵着马去了转运站。”

周翔听出来了，这位妇人是才从曲宗牧场上来的甲本夫人，旺加的嫂子。特别是听到旺加当了小头人带队跑运输了，周翔此时才稍感欣慰。周翔向女主人道了谢，便转身跑回工作组，向柳干事报告了甲本已换牛，派旺加当了小头人带队的喜讯，还说自己要去帮助旺加当好这个小头人，并且跟着旺加好了解更多的情况，也能体验生活。柳组长微笑着点头同意了。

周翔兴冲冲地把两个帆布包十字交叉往胸前一挂，背起背包，扛起枪，高兴地吹着口哨出了工作组。到了转运站门前，没看到旺加，周翔便走进转运站，由于熟人熟事，周翔找到会计一边领糌粑和茶叶，一边用眼睛瞟着进出扛米包的人，还是没见到旺加。领完糌粑和茶叶，周翔纳闷地提着粮袋走出转运站，向甲本帐篷前的核桃树下的冒烟处望去。

可不，只见泽仁旺加正埋着头，手拿着小石子在烧茶的三石灶旁为几位牧区装束扛大米包的人放石子，记米包数哩。周翔一高兴，便跑过去想和旺加开个玩笑，吓他一下。说来也巧，当周翔来到旺加身后，弯下腰正要冷不防地大吼一声时，被一个埋头扛着两袋米的牧民撞了个趔趄，差点儿扑倒在旺加的身上，但还是把旺加摆放在地上记数的石子踢了个满地滚。

泽仁旺加生气地把手上的石子往地上一摔，吼道：“没看见我在记数吗?”随着吼声，泽仁旺加跳起来猛一转身，头差点儿碰到周翔的鼻子。旺加一见是周翔，马上抱住周翔大笑起来。“真是天菩萨护佑，我一边记数，一边想着你的时候，你竟然扑到我的身上来了。”旺加高兴地为周翔解下背包、接过糌粑袋。

“对不起，是我背着米袋，没看到，撞了工作员，请小头人原谅！”

“没关系，没关系。你去搬运米袋吧。”说完，周翔蹲下身帮助泽仁旺加捡起被踢飞的石子，然后和旺加一起清点米包，重新记数。

周翔看了看场坝上的驮牛，心里暗数了一下，觉得泽仁旺加把米包领多了，于是问他：“从你套住的牛看，不过 30 头，你为什么放了 60 多包大米，还在往外搬呢？是不是甲本先生又想出了赚钱的新主意，除了驮牛挣运费还让赶牛的牧民每人也要背一袋大米去双登兵站为他多挣运费呀？”

“不是，不是。阿哥泽仁多杰说你在上星期对他的帮助很大，加上前些天学习时听了办事处书记和副主任降巴扎西讲话，他的心里好像亮起了 9 盏酥油灯，明白了许多道理。因而他想把上个月没完成的任务在这个月里补上，挽回他的面子，拿到政府奖励的茶叶。于是他又拿出了上次你们不同意的那个加驮大米的主意，并且说，要让你们看看他的牧场上放养的牦牛都是吃过狮子奶的，别说驮 3 袋大米，即使驮上 4 袋也照样能驮到双登去！”说到这里，旺加顿了顿，又接着说：“为达到超额完成运输任务拿到茶叶，他还特意派人回牧场调换来 30 头壮驮牛和 6 位勇士，并命令我代表他当带队的小头人。我不敢违抗他的命令，就带着他们来领大米包，但我还是害怕跋山涉水会累死很多牛的，就想到了你。因为你对我说过，咱俩已经是好朋友了，我有困难，你会帮助我的，是吗？”

“对，对，我们已经是好朋友了。但是你阿哥的这个加驮量，又不加驮牛，决不是好主意，难道他忘了，对于他要给驮牛驮 3 包大米跑长途运输，柳组长不是在会上还批评过他吗？走，我和你一道去找你阿哥泽仁多杰甲本，叫他收回命令，退还多领的米包。”

“可是，他一大早被松宗克珠甲本请去摇色子喝酒了。”

这时，一位典型高原牧民打扮的小伙子抱着 1 袋大米有意走近他们，听到了他俩的谈话，插话说：“甲本临行前还特别召集我们，说这件事谁也不准向工作组报告，谁敢报告就割掉谁的舌头。”

“就因为这，我求求你，可不能让他知道，不然我的舌头真要被他割掉了。”旺加恳求道。

“他这是为什么呢？”周翔望着旺加不解地问道。

“就在你做通他思想工作的第二天，我阿哥泽仁多杰和几位我不认识的头人在柳组长的带领下去修路的解放军工地参观回来，要我拿头道青稞好酒给他喝，他喝着酒扯着胡子考虑了一阵后，突然捋下他手腕子上的念珠掐算着数字自言自语道：‘我若是派人去牧场挑 26 头壮牦牛，4 头领头的犏公牛，共 30 头驮牛，每趟每头牛给我驮 3 包大米，赶紧点，跑快点，到月底可运 6 趟到双登兵站……’他双手拿着念珠串掐了好一阵子才算出数字来。‘嘿嘿！这样就可以为我运 540 包大米呀，不仅可以补上上个月没完成的任务，而且还可以超额完成这个月的任务，多运 100 袋大米。哈！除了多拿运费外，还可以当支援运输的模范，我也要走上领奖台，戴上大红花，领到奖旗和奖励的雅安产的上好茶叶 10 条。10 条，你知道有多少斤吗？那是 40 克茶叶，折合 1000 多斤呢，懂吗？仅这 10 条茶叶运回曲宗至少可以换回两头壮牦牛来，哈哈，快给我倒酒！’”

泽仁旺加学着他阿哥说话的样儿，差点儿没把周翔逗得大笑起来。但周翔又有些生气地对旺加说：“这就是你阿哥甲本打的如意算盘，他为什么就不想想，在这样的雨季还加驮米包跑长途运输，牛是受不了的，可能会大量死亡的呀！啊，对了，他一定想到了累死的牛越多，国家赔给他的银元就越多，岂不是赚的银元就更多了吗？所以他就立马派人去牧场调来 26 头壮牦牛、4 头领头的犏公牛。”

旺加同意好友周翔的分析，接着说道：“所以，我希望你帮助我解决这个大难题，既不死牛，又不怕阿哥甲本回来说我违抗了他的命令割我的舌头，或打我的鞭子，而且还能保证完成这个月的运输任务。”

“你以为我是大活佛，有那么聪明，有那么大能耐，说出一句话来就能解

决你那么多的难题呀！”周翔很是为难地说，“看来，你的阿哥甲本是有意去摇色子喝酒，要想阻止你们这样一个加驮重又快跑的突击队上路，是不行了，不然，你们这个月的运输任务就会落下得更多。可不可以先让几头牛驮3袋大米做试验，看看你们挑选来的这些吃过狮子奶的牛能不能驮到双登不出问题。如果不出问题，下次就全驮上3袋，否则就像往常一样只驮2袋。”

旺加好像听出门道来了，抢过周翔的话说：“你和我想到一块了，不过，我打算先用一半的牛做试验，如果驮不动，中途可以对换来驮运，这样即使阿哥知道了问起来，我就说有很多牛刚从牧场上来，不适应驮3包，便可搪塞过去，你看行不？”

“你是小头人，又是你阿哥甲本指定的带队人，就按你说的办吧。”说完，周翔便拉着旺加去看他们牧场上挑来的驮牛。

“不是我不听你的话，是因为阿哥甲本说出的话就像山上滚下来的石头，是挡不住，也反抗不得的。但是，只要你肯帮我跑两趟，一切困难都是可以解决的，即便死了牛，他也不敢打我的鞭子，因为你是松宗解放委员会的工作员，又是我的好朋友。这一点，阿哥心里是有谱的。”旺加小头人拍着周翔的肩得意而且自豪地说。

说着话，旺加和周翔来到了坝子中央拴牛的地方。周翔一头牛一头牛地抚摩着它们，同情而委婉地对旺加说：“我虽然敢于为你们运输的事说话，但你阿哥泽仁多杰毕竟是曲宗的甲本，是管曲宗几个运输队的头人，当然是他说了算。这个时候，即便请来柳干事也是无济于事的了，更何况你这个突击队已经领出了米包，马上就要上路了呢。不过，看到你们挑选来的这些驮牛确实膘情很好，很壮实，我祝愿你的试验成功！”说完，周翔使劲儿地握了握旺加的手。

“谢谢！你在我的眼里，就像久旱出现的雨云、冬天温暖的阳光，我心中的护法神！”

“哈哈，你也学会用《格萨尔》唱词来奉承人啦！好，我答应你，跟你的牦牛队跑两趟运输，给你当伙计，学点照管驮牛、上驮子的本领。怎么样，满意了吧?”

“高兴，高兴。”说着，旺加伸出大拇指与周翔顶碰大拇指发誓，“永结好朋友，相互多关心!”誓毕，两人爽朗地大笑起来。周翔乘机拉着旺加，要旺加把拴在坝子中央套绳上的30头牛，指出哪些是犏公牛，让自己也长长见识。

“这很容易，你只要记住咱民间的一句俗话，就能分辨出来，俗话说：‘别看不起小毛驴，它可是大力士骡子的父亲；别小瞧了矮黄牛，它可是高个子犏牛的阿爸!’你看这两头，还有那边的两头，它们的犄角向两边分开来，就像蓝天上滑翔的山鹰翅膀，角尖如锥；再看它们的体形，个个身高体壮而不肥硕，四蹄如响箭而不细挑，行走灵便有力。如果是公黄牛与母牦牛交配生下的母牛，那就是咱牧民最喜爱的犏奶牛了，这样的犏奶牛产奶多，酥油最好，金黄金黄的，打出来的酥油茶又香又爽口，管叫你喝下肚里去，嗒出响舌来!”

“嘿！我都快要流口水啦，不过我还想知道这种犏公牛除了力大还有什么与其他牦牛不同的特点和优点呢?”周翔不失时机地进一步向旺加请教。

“犏公牛比其他牦牛聪明，它能犁地，能听懂人使唤它时的喝叫声和话语。比如，叫它向左转弯，它决不会向右侧身；叫它站住，它决不跨步；再就是长途运输让它当领头牛，它可负责任呢，决不让它带领的牛超过它，或不跟着它走，否则它准会气势汹汹地喷打出带威吓性的响鼻声，甚至偏过它的犄角冲过去惩罚不走正道的伙伴。尤其神通的是，再黑的夜它不会引错道，再深的雪它不会走迷路。”

周翔听了旺加这样行云流水般地赞美犏公牛，很是高兴，对旺加也更有

了好感。在周翔看来，旺加决不是一个甘为阿哥甲本当佣人的一般青年人，若是……突然在核桃树下烧茶的牧民高声喊道：“甲通粑煞削！（来喝茶吃糌粑哪）……”

“所以我说，咱藏区的犏公牛和犏奶牛，是菩萨赐予咱藏族人的宝贝。”旺加余兴未尽地拉着周翔边向前跑边伸出大拇指来在他眼前晃着、说笑着。

“啊哈，所以你就引我来听你对它们的赞美之词，是吧？可是我要说，你是天老爷赏赐人间的一块有待雕琢的宝贝玉石，是我可以深交的好朋友。”周翔不由得也赞美起旺加来。

“达嘎朗热（确实是的），你也是我可以深交的汉族朋友呀，哈哈……”旺加简直就像个小弟弟似的拽着周翔的手往核桃树下跑去。忽然他又扯住周翔低声地说：“这次从牧场叫来的牧民就是前几个月阿相带到松宗救阿哥的那伙牧民中的6位。和我们家不是远亲就是近邻，我们的关系也比较好，路途上希望你把他们当做好朋友对待。”

“我希望你叫他们不要分汉族人、藏族人，也把我当朋友对待，好吗？”周翔也高兴地向旺加提出了希望。

关于这一点，旺加伸出了大拇指。于是他俩又高高地举起大拇指对碰了一下，在欢快的笑声中来到了茶锅旁。坐在茶锅旁的6位青年牧民纷纷站起来像欢迎头人似的，抓耳朵，吐舌头，给周翔拿坐垫，让座位。周翔不好意思地说：“从今天起，咱们就都是朋友了，再不要讲这样的礼节啦！”

“对，我赞成，从今天起，咱们就都结成了好朋友，既不要把我当小头人对待，也不要把工作员当长官来侍候，随便些。”

“哦呀！”6位青年朋友高兴地应承了。

当周翔放下背包、糌粑袋，拿出搪瓷碗接茶时，出乎意料地听到扛米包撞着他的那位年纪稍长点的青年朋友问旺加，“您把30头驮牛分成了两个小队，每队15头牛，那么这70袋大米怎样分驮呢？”

周翔一听，觉得不对数，就在心里默算了一下，明明该领75包，怎么只有70包呢？便不解地跟着问道：“按你确定的半数是15头牛每头驮3包，15头牛每头驮两包，就应该领75包，怎么只领70包？这……”

“啊，对了，这是我没向他们说明白。是这样的：为了这第一次试驮成功，我又留下了两头牛，帮助驮阿哥指定叫他们6个人背的炊具、帐篷、牛套绳和糌粑、芫根、茶叶袋等，这样他们就可以方便地去照管驮牛和驮子了。若是途中死伤一两头牛，也就有牛替换，这样不是成功的把握性更大些了吗?”

“啊，很好，很好，你真是个细心的人哩，这就叫‘有备无患’嘛！好，就这么定了。”

“但是，咱们谁也不准去告诉甲本。”旺加要求道。

“哦呀！”又是一阵欢笑声。就这样，大家谈笑风生地喝好了茶，吃完了糌粑，一个个高兴地吧嗒着响舌起身去上驮子。

太阳已从东方的雪山后面冒出老高了。旺加的驮牛队终于离开了热亚转运站，进入到原始森林中。一路上，人们“咿咿哦哦”地吆喝着号称“雪域之舟”的牦牛群向林海深处奔涌而去。

这些刚从高寒牧区吆赶来的牦牛，驮3包大米也好，驮两包大米也罢，还真没当回事儿。你看它们穿林越沟，时跑时站，一路上没少为争路抢道而拥挤打堆，人们怎么也驱赶不开；尤其是它们为争走前头常常喷响鼻以泄愤，仰犄角相威吓，互不相让。即使“乌儿朵”（牦牛毛编织的投石器）掷出的石头和一声声怒叱、责骂的吼叫也无济于事，照样我行我素，你追我赶！周翔跟在它们后面，虽参与了怒叱吼叫的行列，但不仅不为这些凶猛好斗的“勇士”担忧，相反却一次次竖起拇指以欣赏者的姿态为胜利者叫好。

周翔的这些举动被泽仁旺加看在眼里，喜在心上。旺加觉得周翔对牦牛如此喜爱而且有感情，对待他泽仁旺加肯定更有朋友乃至兄长般的深情厚谊。

想到此，旺加对走在身旁的表哥久阿泽仁说：“觉啦久阿，你帮我去把工作员的背包解下来拴在我的骑鞍后面。”久阿没费多大劲便解下周翔的背包，拿来拴在了小头人坐骑马鞍的后面，当然还有那一头装糌粑、一头装大米的粮袋。虽有些不太美观，但也不妨碍他乘骑。不过这可美了周翔，自来热亚当“牦牛大王”——押运员，还是第一次只斜背一把小京胡，肩挎一支步枪，手执松树枝条，学着牧民的样子吆喝着牦牛选择好一点的路向前走，有时还跑前跑后帮助扶鞍正驮。啊！这不是响应了 1951 年进军誓师大会上，王其梅将军所号召的：“为了帮助藏族同胞建设好西藏，我们要下定决心去西藏当牦牛大王!”

“对，我要下决心当好牦牛大王!”周翔竟陶醉得大声喊叫起来，喊声在原始森林中回荡着。不明所以的好友旺加瞪着惊奇的大眼睛走过来问道：“你吼叫什么呀，是看见了狼还是狗熊?”说时，还警惕地向四周观察着。

“不是，是我高兴当上了‘牦牛大王’。”

“‘嫫热达旺’？没有女人达旺呀?”旺加还煞有介事地手搭凉棚向树林里张望。

周翔哈哈大笑着向旺加解释说：“是高兴我当了‘克杰波’，懂吗？‘克杰波’就是汉语说的牦牛王。”周翔扬起手中的松枝条，指着前方的驮牛群说：“看！一头头野性十足的壮牦牛，它们目光如炬。”啊！周翔兴奋地大声朗诵了起来：

犄角双挑俨如刀，
身高体硕衣长毛。
皑皑雪原不迷路，
莽莽林海任逍遥。
春耕冬贸最耐苦，

日劳夜草一晚足。

性温恋群人之友，

雪域天赐运输舟！

“很好听，你是在唱歌还是在念《格萨尔》?”和周翔并排走着的旺加碰了一下周翔，问道。

周翔这才发现，自己摇头晃脑地顺口溜出的这几句诗，把这个不懂汉语的藏族朋友弄得就像“看皮影愣听戏哪”。

“都不是，再猜猜。”反正牦牛走得慢，周翔也不急地叫旺加猜题。

“我看你的样儿，好像寺庙里的大喇嘛在祈祷颂经。”旺加此时的心情好，也乐猜谜语。

“不不不，我是在为你的牦牛唱赞歌。”

“那一定很好听吧，能给我讲讲吗?”

“可以……”正在此时，周翔发现前面领队的一头犏公牛估计是听到了流水声，想喝水，便偏离了路，伸着舌头往河边方向径直钻进了青冈林，接着它后边的牛队也跟着钻了进去。乱了群的驮牛们有被树枝挂歪了驮子的，有被划烂了米袋大米一路撒过去的……

“不好!”周翔大声喊道，“嘎玛，快过去截住驮牛!”

听得正入迷的旺加见此情景，也焦急地大声喊道：“嘎玛，桑登，快跑过去拦住!”

这时，嘎玛和桑登已一人抓住一头歪了驮子的牛正在卸驮正鞍。当听到周翔和旺加的喊声，便急忙松手跑过去抓领头的犏牛，结果他俩刚一松手，驮子又歪了下来，吓得这两头驮 3 包米的牦牛竟拖着歪下的驮子跳窜进密林里去了。

周翔和旺加见此情景，急忙追赶上去帮忙，不料又有一头领头牛不知何故突然转身往回跑，冲进牛群接连撞翻了几头牛的驮子。这时分成两批照管驮牛的人们都在喝骂吼叫，场面一片混乱。只见泽仁旺加小头人和巴戈、保乌冲过去，旺加向翻了驮子蹦跳的牛摊开右手掌，就像幼儿园阿姨拿糖哄孩子似的，一步一步靠拢过去，猛一把抓住牛的犄角，然后交给保乌和巴戈卸下吊在牛肚子下的鞍具和米袋，接着旺加又用同样的办法去靠近另一头翻了驮子还在蹦跳的驮牛……

这时分成两批照管驮牛的人们都在喝骂吼叫，场面一片混乱。

周翔见这样的办法很管用，便学着旺加摊开手掌像拿着糖哄孩子似的向牛靠拢，想抓住牦牛的犄角让嘎玛、桑登卸驮子。没想到这头牛见到生人就害怕，竟吓得拖着鞍具、大米袋向密林深处冲去。一旁的嘎玛见此情景，担心受惊的驮牛出事，便冲上去拼命地用力扳住牛犄角，而且整个身子也被吊了上去，就这样这头牛还拖着嘎玛跑出一段路，最后还是让桑登降服，给它卸下了驮子，解开了鞍具和米袋。

周翔走近一看，大米挂烂了两袋，撒了一路的米粒。跟着领头牛跑进密林里的牛，有好几头的驮子歪向了一边，但没翻到肚子底下。它们兴许是折腾累了，没再乱颠乱跑，站在原地一动不动地等主人去为它们卸鞍。

周翔再不敢走过去帮忙了，怕又惊吓了它们引起更大的麻烦，迟疑了良久，还是无奈地退回到路边靠着一棵已经干枯的老树为伙伴们当瞭望哨，看到有翻驮子的，也只是大声报告，而不去伸手帮忙了。

不大会儿，旺加卸完驮子，叫人把牛吆赶到大路上。旺加从怀里摸出几个鸡蛋大小的干芫根给卸完驮子的牛喂进嘴里，让它们立在路边香香地嚼干芫根，这些驮牛才安静了下来。

这时，嘎玛从青冈林里走出来报告："钻进青冈林的 9 头牛就有 6 头驮 3 袋米的牛翻了驮子，拖烂了 4 个木鞍、挂烂了 7 个米袋，撒了不少大米。"

周翔一听急了，拉着旺加便往青冈林里钻。可不是嘛，撒在青冈林里的米粒就像画线似的横一道竖一道地画了好多道道。周翔心疼地脱下外罩裤，露出破烂发黄的军棉裤，也顾不得体面，拴上裤脚，蹲下去一把一把地抓起米往裤腿里放。

周翔这样爱惜粮食的举动感动了旺加他们几个人，大家纷纷脱下自己的衬衣学着周翔，把衣袖拴起来，赤着胳膊坐在地上把撒了的米一把把抓起来装进袖筒里。末了，还把巴在地上的米粒连同沙子、草屑和树叶一起抓进另一只袖筒里，直到看不见地上有一粒大米为止。旺加愧疚地站起来对周翔说：

"请您别生气，是我们没照料好驮牛，翻了驮子，挂破了米袋，弄脏了粮食。等到了双登兵站，我们要一粒一粒地把大米捡出来，或把米簸得一点儿灰尘也没有了再交给兵站过秤，少了重量就扣我们的运费，好吗？"

周翔听了很受感动，眼含热泪，连连点头说："谢谢你们对解放军的深情厚谊，我代表筑路部队向你们表示感谢！"说完，周翔深深地向他们鞠了一躬。

当周翔向他们鞠躬时，这些憨厚的牧民兄弟个个眼含热泪，连连向周翔鞠躬还礼。周翔动情地安抚了大家几句后，便和旺加交换了一下意见，由旺加安排今天的住宿。

旺加拍了拍手，宣布道："今天不走了。觉啦久阿泽仁、米玛、桑登，还有巴戈，你们四人把牛吆赶到路边空地上套起来，然后把大米包、鞍具等搬过去，垒成围子，特别要小心地把破损的米袋放在一块。办妥后，就分工修鞍子缝补挂破的米袋，务必在天黑前完成。另外，觉啦嘎玛、保乌背上水桶，随我一道去河边寻找放牧的草地，之后背水回来煮茶。如果大家听明白了，各人去做各人的事情。"

"哦呀！"大家敬重地应了一声，便散开了。

从热亚出发，走了不过二十来里路，就出了这许多的事，大家都沉浸在愧疚与郁悒之中，可是年轻的泽仁旺加竟然能如此从容不迫、有条不紊地指派他们去做宿营前后的诸多应该准备好的事情。周翔由衷地佩服旺加的稳重、干练，便伸出大拇指来赞扬他，并开玩笑地说："如果你也能像洛桑志玛一样去松宗解放委员会参加工作，以后如有机会再去内地上学读几年书，回到松宗来，肯定是个很有才干的藏族干部……"

旺加听了，瞪大眼睛盯着周翔问："我能当你们汉族人的大官？"

"不是当汉族人的官，是当国家的干部，咱们的国家有汉、满、蒙、回、藏等多个民族，各民族的人都有权当国家的干部，为祖国、为人民办实事。"

“这么说，我只要参加松宗解委会工作，就可以像你一样成为工作员?”旺加半信半疑地看着周翔又问了一句。还没等周翔回答，他就高兴得拉着周翔的手钻进青冈林向河边跑去，好像还想说点什么，几次张口又都忍了下去，终究没向周翔说出来。

快到河边了，远远望去眼前凸显出一块沼泽地，绿草茵茵，这又把旺加高兴得双手合十祈祷起来。周翔问他是不是在感谢菩萨的恩典，旺加放下手笑了笑，给周翔讲了一个故事：

“这是听阿相舅舅讲的，就发生在我阿哥泽仁多杰带着他的几十号民兵去昌都不久，牧场上来了一班藏兵，说是奉上司的命令来牧场牵 10 头牦牛驮运枪支、子弹去昌都打仗。他们要阿相舅舅去把所有男人找来，把所有牦牛都赶来，让他们挑选一些壮驮牛驮运枪支去昌都阻止‘红汉人’入藏。阿相舅舅对他们说：‘牧场上能干活的男人和能驮东西的牦牛都被寺庙派远差了。’藏军打了阿相一个嘴巴，便到处去抓牛，追赶了半天，只抓到 5 头听话的犏牛，没抓着的 5 头牛，要折成五五二百五十个银元作为买这 5 头牛的钱，立即交出来。阿相舅舅说：‘牧场是寺庙的，你要钱请去找寺庙里的堪布喇嘛要。’藏军听了很生气，又打了阿相舅舅一个耳光，便带着一班藏军一个帐篷一个帐篷地去抄家。把所有的酥油包、羊毛捆和一些好点的皮衣和女人头饰都打好包，用抓来的 5 头牛驮上就走，任凭妇女们怎样哭求也无济于事。这真是哭叫天菩萨也没人理睬啊!

要知道这 5 头犏牛是咱曲宗最好的耕牛，它们听得懂人的话，认识路，被藏军赶走时，还望着啼哭的女人们流出了眼泪。真是天菩萨保佑！第二天一大早，这 5 头牛竟然驮着被抢走的 5 驮东西又回到了牧场，这可把大家乐坏啦！咱们的头人为了奖励它们，还专门熬了酥油，每头牛喂 3 牛角酥油，并且说这 5 头犏耕牛从此作为牧场上的‘吉祥牛’养起来，不准宰杀它们，老了就全放生。”

周翔听了很高兴，但还是疑惑地问旺加为什么要在这个时候给他讲这么一个有趣的故事？旺加笑了笑说：“你没见今天闯祸的4头犏牛吗？它们也是咱牧场上最聪明的牛，如果不找好一块空地把它们的鼻子用长绳拴好，再把绳子系在树上，它们也有可能带着所有的牛连夜跑回牧场去。”

“到明天，咱们就只好自己扛着米袋一趟一趟背运了，哈哈……”

周翔早已把这位细心的小头人看成了自己的亲兄弟，打心眼里喜欢他。为他的前途和命运着想，周翔几次想动员他像洛桑志玛一样去松宗解委会工作，去内地读书或学习。

“要真是那样，叫它们逃回去了，还说不定路上会不会被偷牛贼牵走，给杀了卖掉。”旺加有些担忧地说。

“要是那样，你准会被阿哥甲本打烂屁股；我呢，也会因为没帮好你的忙，反倒丢了牛，影响你阿哥的运输任务的完成，说不定被他告到柳干事那儿，就不要我当‘牦牛大王’啦，哈哈……我可喜欢和你一道当‘牦牛大王’呢，嘿嘿……”

他们说笑着来到一棵横倒着的枯朽而粗大的松树旁，旺加纵身跳了上去，侧身把周翔也拉了上去，两人摇摇晃晃地就像孩子似的手牵手一起往下跳，结果摔了个四脚朝天，你看着我，我看着你，同时哈哈大笑。突然，旺加抓住周翔的胳膊神秘兮兮地低声问道：“你不是说，如果我也像洛桑志玛一样去松宗解委会参加工作，那我也一定能去内地上学读书，真有这样的好运？”

“不仅有这样的好运，说不定，你读书回来还能当上宗本，啊，我们叫县长。对，说不定你还能当松宗县的县长，哈哈……”

这时，嘎玛和保乌背着水桶，拿着水瓢、套绳来到他俩的身边，正想坐下来，旺加欠身坐起来对他俩说：“你们放下水桶，快去砍些枯枝把沼泽地两头拦挡起来，再去东头架起一个进出的树枝门，然后把4根长绳拴在周边的树上。等会儿把4头犏牛赶来，拴住它们的鼻藤环，放它们去吃草，其他牛赶进来，圈住就行了。这里就是我们最可靠的牧场啦！等把这里的事做完了，就叫久阿泽仁表兄烧茶，巴戈和保乌搭帐篷，其余人由嘎玛你带着把牛吆赶来圈住放草。好了，我要和工作员一道去检查鞍具修好没有，米袋补好没有！啊哈，我的口讲干了，想喝茶，肚子也饿了想吃糌粑啰！”他等嘎玛和保乌走开后，往草地上一躺便又接着前面的话说：“说真心话，我并不想当工作员，更不想去内地读书。”

“为什么?”周翔很是奇怪地问。

“因为我从小就常听我阿爸和阿相说，他们一天不喝四川雅安的砖茶就头疼，后来我也是，不喝茶就头疼得难受。因此，我从小就想，长大了一定要去四川雅安学种茶。看看我们曲宗、松宗许多像查尔岗一样的小山，像热亚一样什么都长的宝地，不是都可以种茶的吗？如果你能帮助我坐上你们的汽车去雅安，等我学会了种茶，我一定买最好的茶树苗回来栽种。说不定再过10 年，你再来我们曲宗、松宗，肯定能喝上我们种的茶叶，保证不要你的钱。”

他说话的那股子憨实认真的样儿，叫周翔看了既欣慰又想笑，便不失时机地鼓励他：“好哇，好哇，你既然有这样的志向，就应该找机会去内地学习呀。这个忙，我是可以帮的，谁让我们已经结成了好朋友呢?”

旺加一听，傻劲儿又上来了，他伸出了大拇指要和周翔“推波逗”（发誓)，周翔也爽快地伸出了大拇指与他用力地顶了一下，同时发誓说：“觉瓦仁波切（佛祖作证)！”接着他俩同时仰在草地上发出爽朗的笑声，笑声回荡在寂静的山谷。

周翔拉着旺加有说有笑地参加到嘎玛、保乌的行列，把周边可以砍到的枯树枝和荆棘条几乎都砍来了，把大约半亩地面积的沼泽地给拦挡成一个面向南边波曲河的“门”字形的天然牧场。然后又把剩下的枯树枝砍成烧柴，用皮绳捆成两背柴由周翔和旺加背上，这才在背水的嘎玛、保乌的带领下一

路说说笑笑地往路边帐篷走去。

尽管一路说笑，但周翔心里老是有个疙瘩未解开。他总在想，把牛赶到离驻地约 1 里多的河边去放牧，万一狼群来了，岂不是不用它们费多大劲便能随意挑选一头或两头牛来美美地饱餐一顿，怎么能只考虑驮牛会不会逃走而不顾及它们的安危呢？

于是周翔拉旺加放下柴捆，坐在地上向旺加讲出了自己的顾虑。没料到旺加听了很得意地像孩童时做游戏般地把双脚缩回来，往屁股下一放，盘腿正襟危坐，双手合十如同大喇嘛讲经一样对周翔说："关于牛会不会被狼吃掉，这一点请工作员先生不必担心。"旺加瞟了周翔一眼，见他蛮认真地在听他说话，便放下手来，笑着对周翔说："我把 30 头驮牛，外带我的坐骑——骅骝马一同圈进这不大点的草场里，就等于把它们组成了一个很有自卫能力的群体，若是真有那么一群饿狼来攻击牛群，这些牛会跟随着我拴在四方的犏耕牛后面，勇敢地用它们头上的两把'弯刀'把进攻者一一挑翻在地，再用头顶死恶狼。我们即便住在很远的围子里，也能听到绝命的狼的嚎叫声，哈哈！唵嘛呢叭咪吽，塔拉、塔拉热……"

这个顽皮的小伙子竟然还为周翔唱起《格萨尔王传》了，周翔用胳膊肘捣了他一下，说："别唱啦！你的牛真能斗过狼群，真有那么大能耐？"

"有没有，明天一大早去河边便能见分晓，说不定哪，咱们还能剥下几张好狼皮拿去松宗商人那里换回许多四川布匹和茶叶来哩！"

"看把你美的！"周翔也被旺加给说乐了。

这时，在他俩旁边的枯树旁休息的嘎玛听了他们的谈话，插话说："这可是我们常用的捕狼方法，但愿天神保佑有那么几只狼来，我正愁没有皮裤穿呢！"

"这么说，我明天一定跟着你们来吆牛，看有没有这样该死的狼。走！快回驻地烧茶，肚子真饿了。"说着，周翔把步枪吊在脖子上，你拉我扶地相互

帮忙，背起柴捆和水桶，踏上返回驻地的路。

当拐过青冈林，周翔一眼便看到了今晚的驻地，好像是用大米包和鞍具垒起来的围子。不知何故，围子上方竟然拉架起有点儿像“个”字形的绳索，上面挂满了经幡样的东西，蛮像原始森林中新堆起的一座横空的玛尼堆。

周翔疑惑地走到围子前，放下柴捆，把步枪往背后一推认真地打量了一下。乖乖！这又是谁的杰作呢？设计得如此巧妙而且安排得如此合理，令他见了直叫好！

请看，他们把牛皮包装的大米包两包一并放在底部，上面垒起麻袋大米包，且南北相对，就像用卵石砌起的两堵围墙，墙外各栽一根木桩，上横一根青冈木的细檩条，顶撑起两根老粗老长的牛毛绳子用来铺放帐篷布，这样的围子既防雨又稳固。

最让人赞叹的是，一根老长老粗的牛毛绳竟从东头的一棵大松树根部拱露在地面上的根茎空隙间穿过，绕松树拉到围子西头垒放着鞍具的上面绕住鞍子再往下斜位到紧靠着的一棵大树根部，再从拱露在地面上的根茎空隙间穿过，又绕回到东头的松树根部系上绳，再从中部横托起一根檩子，顶杆立在围子外面，这样便把两根牦绳顶撑起来。真是既有茂密的叶子遮雨，又树根系绳，不怕风雨来袭。

再看围子里，又是一番景象，正中的檩条上吊着一根铁链子的吊圈，兜着一口烧茶的铜锅，锅底下已放着等待点燃的干青冈枝条。看来林中无大石，顶帐篷的檩条当然也要兼做吊锅杆哪。

进门靠右的北面米袋包下并放着两叠各有 3 张较新的牛毛厚鞍垫，一叠上放着旺加小头人的骑鞍和山羊皮袍；靠里的一叠上放着周翔的背包、京胡和米面袋。再往里又是两叠各有 3 张粗牛毛的驮鞍垫；再看左边又是一排 4 叠粗牛毛鞍垫。唯有东面围子门两边堆放着好多个皮口袋，西面鞍具下却摆放着一捆帐篷，一捆长短、粗细不一的牛毛绳和皮绳。

按照汉族人的说法，这样的摆法倒像是一个“八卦阵图”。周翔正要走出围子，问是谁指挥摆放的。这时，旺加乐呵呵地用树枝挑着周翔的外罩裤走进来开玩笑地说：“工作员先生，请把您的破棉裤遮起来，别让人说您装穷，不然哪，准会有人说您是毛主席不要的解放军战士。哈哈……”

“嗯，嗯，这一点我倒没有想到，谢谢你的提醒。”周翔说着接过外罩裤，拉过厚垫往上一躺，从兜里摸出裤带穿上裤腰襻儿，便往腿上一笼，随着挺身而起，边往外走边系裤带。

他刚走出围子，就看见久阿泽仁、巴戈、桑登和米玛各背着一捆青冈干柴，往围子的东头门边一放便跑过去和等在牛群边的嘎玛、保乌一道把牛脚套绳解开，“噢呜、却却”地把牛群赶向河边。

还是旺加精细，想起了烧茶，便大声叫回久阿泽仁进围子去生火、烧茶。

旺加这才领着周翔一前一后绕着围子，仔细地清点了一下米包。其实，周翔是在找牛翻驮子后拾起来的带有草屑、灰渣的米袋，想拿出去簸干净，但没找着。旺加又拉着他一道去查看有无未修好的驮鞍和未补好的米袋。

他俩查看着走进围子，周翔问蹲在火塘边吹火的久阿泽仁，那些捡起来的带灰渣的米放到了哪个袋子里？放在了什么地方？

久阿泽仁向门边指了指，继续趴下费劲地吹起火来。

细心精明的旺加解开绑着木鞍的绳子，好不容易从中间拉出一个驮鞍来，前后看了一下，举起来，大声问久阿泽仁：“觉啦久阿，这个驮鞍上为什么只有后鞦，而没有前鞦呀？”

“从牧场上来时就有好几个鞍子没有前鞦，这不影响驮米包的。”

这时周翔才看清久阿由于趴着用嘴吹火，已被烟熏得泪水直流。

“不行！一定都要安上，哪怕是一根粗牛毛绳也行。万一要翻山、爬坡，没有前鞦怎么行。”旺加很是严肃地说。

旺加把驮鞍往火塘边一放，见满围子的烟，便把周翔拉出了围子，来到

森林中。旺加抬头看见松树枝上挂满了松萝，跳起身来狠抓了几把，跑回围子往火塘里的青冈枝条下一塞，取下腰间的火镰，凑着火绒打燃后，伸到干松萝下轻轻一吹，干松萝和枝条便燃烧了起来。

久阿伸出大拇指来赞扬了旺加小头人后，傻笑着抱起水桶往茶锅里倒水，然后又忙着拖过门边的皮袋，解开取出茶叶，小心翼翼地掰下一小块捏碎在锅里，把剩下的茶叶像包藏钱币似的包好放进袋子里。刚忙完锅里，又把驮鞍拿在手里，为它绑上一根前鞦绳。

旺加侧身从门边的一个半大不小的牛毛口袋里拿出一个捆绑成半月形的铁圈兽夹，兴致勃勃地拉着周翔便往青冈林里跑。他猫着腰寻找到一个很窄而且有清晰的野兽痕迹的地方，拔出腰刀挖了一个脸盆大小的凹坑，拉开铁夹，安好踏绳绊，捧起一把把树叶、杂草往上一盖，说："碰碰运气，兴许菩萨保佑会有一只倒霉的狐狸被我夹住，那样我会唱着歌赞扬它的毛皮，庆贺你有好运气。"旺加竟然像个顽皮的孩子跟周翔逗起乐来。

周翔听了，很是纳闷地问："夹住狐狸，你为什么反倒来祝贺我呢？"周翔边说边替他拍打着头发上、肩背上的树叶、草屑。

旺加拍了拍膝上的泥土对周翔说："这铁夹是从牧场上专为你驮来的，我发誓要送给你一顶狐皮帽子，瞧你的耳朵上还有冻烂了才长好的伤痂，冬天一定很疼吧！"

"不太疼，只是烤火时有点儿痒，我就要用手挠，一挠准流血，才感觉有点儿疼。我真羡慕你阿哥戴上狐皮帽，说起话来，狐狸尾巴在头上一抖一抖怪神气的。不过，我们解放军不准戴狐皮帽，即便夹住狐狸，我也不能要你的狐皮。"

周翔和旺加说笑着往回走，旺加还像小孩似的不依，非要周翔答应接受他的狐皮帽子不可，就好像已经夹住了一条火红的狐狸似的。

走回围子时，发现伙伴们已齐集在茶锅前，盘腿席地而坐等着他俩喝茶了。周翔和旺加高兴地走过去，久阿泽仁忙给他俩各拉一张粗牛毛背垫，请他俩坐了下来。

周翔坐下后，拿出搪瓷碗，解开糌粑袋，边往碗里抓糌粑，边看久阿泽仁舀起的茶色。与其说是茶，不如说是略有变色的开水。他赶忙从挎包里摸出自己的砖茶，掰下一半便往茶锅里捏，“请再煮一会儿。对不起，我回来迟了，没放进我的份儿，真对不起了！”周翔的话一出，本来围子里很是热闹的气氛一下安静了下来。他吃惊地看了大家一眼，问道：“是我说错了话吗，还是不欢迎我凑份子烧茶？”

“都不是。”久阿泽仁有点儿动情地说，“工作员，您太好了，您把自己的茶叶拿出了一半凑份子，这样多的茶叶，足够我们煮三次茶的啦！”

“这可是他半个月的茶叶的一半。”旺加有些激动地说。接着他又郑重其事地对周翔说：“以后不管什么时候烧茶，你都不用再出茶叶了，都算有你的份子。”他接过久阿手中的勺子，在锅里搅了起来。

“对对。这样，我们的心里会好受些。”久阿泽仁说。

“难道你们对我就不讲出门在外搭伴走路的规矩吗？我听人说，骡帮、驮队出门走长途，凡是同伴或是相遇讨住宿喝茶的过路人，只要在一口锅里煮茶，同在一个帐篷里住宿都要不分彼此，各人拿出各人的可吃喝的食物来共同分享。但是，拿不出的也可以，不用害羞或难过。对吧？”

“对对，是这样的。”大家同声应答。气氛一下又活跃了起来。

不过，久阿泽仁和巴戈听了周翔的话，脸上却露出了疑惑的神色，总是拿眼神在向其他人询问着什么。

旺加见了，笑了笑拿过他的糌粑袋解开往中间一放，叫久阿给每个人抓满一碗糌粑。他的这一举动，却不被大家接受，嘎玛把旺加的糌粑袋提起又

绾上，放在他面前说：“小头人，您不能这样，您的糌粑也是您阿哥甲本先生一碗、一碗量给您的，您想每顿吃饱肚子都不够，所以我们不能吃您的糌粑，何况我们领到的糌粑还只吃了一顿呢！”

“可是，你们已经把一半糌粑托人带回牧场上去了呀，今天这么累，只喝茶不吃糌粑怎么行？”旺加坚持着要为大家抓糌粑。

“我们昨天在热亚村头的那颗大核桃树下，割来两腿牛肉，连夜煮好装了一皮口袋带上了。我们的糌粑不够吃，但有这么多牛肉，就不会饿肚子了。觉啦久阿泽仁啦，快拿出肉来按出门人在路途上的规矩，每人分一块。”嘎玛没征求大家意见就叫久阿拿出牛肉分给大家，看来他这是对久阿、巴戈疑问的眼神的回答。

突然一阵大雨点夹杂着冰雹从密林枝叶的上空哗哗地横扫了过去，也落进了他们的围子里。接着忽闪出一束电光，把阴森的密林照得通亮，紧跟着轰隆隆一声炸雷，把大家震得抖颤了一下。

“不好，要下大雨啦！快，嘎玛和我出去把晾晒的驮毡鞍垫取下来，桑登、巴戈快去给围子挖排水沟，保乌、米玛还有久阿泽仁，你们快把帐篷布抬出去，搭盖在围子上，尤其要遮盖好大米包，别忘了揭开天窗布。快，快！”旺加话音一落，只见他们几个绾辫挽袖地忙碌了起来。

周翔呢，没分给他任务，他总觉得不能闲坐着呀，便主动为旺加和嘎玛接取下的鞍垫，叠放起来。可旺加又说：“不用叠起来，给每人的座位上放3张毡鞍垫，让他们睡觉当盖被。”

周翔疑惑地问道：“他们都没带盖被吗？”

旺加冲周翔笑了笑说：“带了，都穿在身上呢，只是晚上抱着膝盖睡觉，盖不到脚，挺冷的。我怕他们把脚冻了，明天走不了路了。”

他们把大雨前的防范工作都做完后，又围坐到了茶锅边。久阿泽仁一看

茶锅里的茶汁熬出了颜色，高兴地拿起木勺来搅了一圈为大家舀茶：“快拿碗来，茶汁熬出来了，多好看，多香呀!”

旺加忙阻止道：“先别舀茶，大家把碗递过来。”他提起糌粑袋为每人抓了一大把糌粑放进碗里，这才对比他年纪大的觉啦们说：“快按紧，舀茶。甲通粑煞啰!”他仰身拍了拍手孩子气地笑着又说：“放心吧，吃完了我回去偷吃阿嫂糌粑袋里的带奶渣的糌粑。”

这时，外面的大雨打在牛毛帐篷上噼里啪啦响成一片，和围子里几个高兴的小伙子吧嗒出的响舌声合在一起，就像在为旺加的男人气概鼓掌似的。

当大家把茶接在碗里，香香地喝了一口放下时，久阿泽仁从装牛肉的皮袋里拿出一坨牛肉，说：“这虽然是从死牛身上割下来的，但没坏。每人一坨，这一坨先敬给‘奔穷啦’（小头人)。”

“不对，应该先敬给客人——我们的汉族朋友——工作员。”旺加接过牛肉就往周翔的手里塞。

周翔点头道谢后接过牛肉一看，半生不熟，一捏还能捏出血水来。赶紧告诫大家：“这样的肉请大家暂时不要吃，因为它是运输途中累死的驮牛肉，一定要煮熟了吃，否则会得病的。”他把肉退给了久阿，拿出他带来的肉，从中挑出一大块煮熟的牛肉和一小包野生花椒粉说：“请你们尝尝咱们工作组用花椒、盐巴煮的牛肉。请别介意它是从累死的驮牛腿上割下来的肉，而且略带一丝丝臭味，不过，用野花椒煮了一晚上的熟牛肉，保证吃了不会肚子疼的。请觉啦久阿泽仁切开，每人分一份。”

周翔把肉抛给了久阿，久阿接在手里却不肯拔出他腰间的小刀分肉，而是扫视大家，看大家同不同意。

“听从觉啦工作员的，今晚吃他的，明天再吃咱们的。”旺加一说话，接着是大家欢快的赞同声。于是久阿把肉分了 8 份。看得出，久阿把最后一块

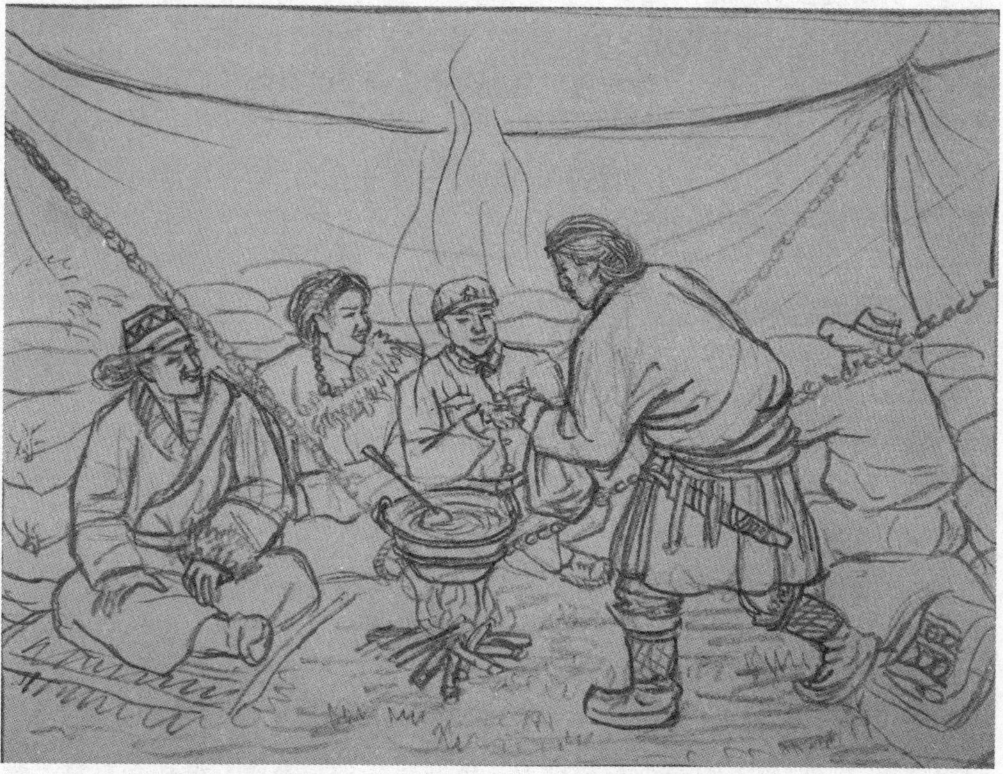

周翔点头道谢后接过牛肉。

切得要比前面的都大一些，并且特意拿起来给大家看了一下才递给周翔，周翔当然不肯接受这特殊的待遇。

又是旺加开口了：“接着吧，你不仅是我们大家的朋友和尊贵的客人，还是我们这次试验运输的见证人，更是失败后能保护我们不挨鞭子的政府工作员。何况这牛肉本来就是你带来的呢，多吃一点儿，我们高兴。”

“对，请您吃了吧，‘奔穷啦’之所以敢说话，敢带领我们跑这趟多半要挨甲本鞭子的运输，完全是因为有您这样一位不怕甲本又敢为我们说话的好工作员，和小头人交了朋友当他的保护神。”嘎玛还用手遮住嘴凑到周翔耳边说：“这可是‘奔穷啦’悄悄对我说的。”他憨厚老实地说出了小头人旺加的心里话。

周翔听了很激动也很欣慰。他向大伙致谢后，接过牛肉撕下一块来，蘸了些花椒面，放进嘴里大嚼起来，而且吃得有滋有味，还给大家讲起了他练吃死牛肉的经验和体会来。

“不怕你们笑话，我之所以敢用死牛肉蘸花椒吃，不怕麻嘴，其实是想让嘴麻得失去知觉，只知肚子饱，不知牛肉臭来解决想吃肉的困难。因为在这样雨多任务重的季节里，经常会有死牛倒在路边来保证牛肉的供应，如果不练出吃带臭味的牛肉的本领，便会一见就烦，一吃就吐，那么就只能靠吃一点糌粑喝两碗清茶过日子啰，那样身体准会吃不消。所以我们采摘到处都有的花椒磨成粉来蘸肉吃，就解决了没肉吃的困难，以至一次比一次吃得高兴，一次比一次吃得有味，决不能辜负了嘴巴的恩典而受馋肉的罪，请看……”周翔举起手中咬剩下的一小坨肉蘸上花椒面想往舌头上放，没料到竟然已麻得伸不出舌头来，连张嘴也不灵便了，憋得他很难受，一时丑相横生，引得大家哄堂大笑。

围子外面的风还在呼呼地刮着，雨仍在哗哗地下着，巨雷在闪电的照耀下不时轰隆隆炸响着。围子里面的人们热热闹闹地吃着、喝着，旺加小头人

还唱起了情歌。

这顿晚饭不应该说“喝晚茶”，大家又吃又喝，从未有过的高兴，也闹不清什么时候了，总之大家都吃饱、喝足、说笑够了，便各自起身走出围子去方便。不多会儿，一个个打着哈欠，回到围子里来。桑登带领巴戈、保乌和米玛，从火塘左面朝里走到鞍具前站成一排，嘎玛带领周翔、小头人旺加和觉啦久阿泽仁，从火塘右面朝里也走到鞍具前立定，形成第二排。大家各自拉过身边米包下的牛毛鞍垫往地上一丢，用脚摆摆正，就算定了自己的铺位。于是就这样人分两排头朝火塘，脚蹬米包，一个个脱掉靴或鞋就像朝山磕头似的跌跪在垫子上，猛趴下去，一转身便笼进了宽大而厚实的但不太长的旧山羊皮袍里，又抽身坐起来，把发给每人 3 块半湿不干的驮鞍背垫，一一往自己的双脚上盖，压压紧，侧身笼进羊皮袍里，才算真正睡下了。

周翔等旺加他们都睡好了，才从背上取下步枪靠身子放下，把分给他的 3 张又粗又厚的牛毛背垫当铺垫摆放在有几片树叶的地上，然后解开背包，拿出行军毡垫抖开放上，就算有了铺位。然后把行军被叠成 3 折，拴上脚部，往里一钻，既不透风又保暖，再抖开前不久换来的半新不旧的军棉大衣往上一盖，裤子当枕，棉衣盖脚，军帽扣脸。嘿！别提有多惬意、多舒服啦！

一个哈欠，便把周翔的眼睛给迷糊住了。不多会儿，隐隐约约好像围子外面来了腰鼓队，“咚哒，咚哒，咚咚咚，咚哒……嗵！”一声炸雷把周翔给惊醒了。躺在他旁边的嘎玛、桑登好像没睡着，尤其是嘎玛，一会儿翻过来朝着周翔，一会儿又翻过去朝着桑登，还时不时发出倒吸冷气的咝咝声。周翔抬起头来借助微弱的火光扫视了一下伙伴们，辗转不眠者竟有四五人。他坐起来向火塘里投进两把干青冈树枝，火渐渐地旺了起来，又在上面放了两筒粗木柴。

“有人想听《阿古登巴》的故事吗?”旺加突然大声地问道。

“我想听、我想听……”竟得到了大家的欢呼声。

周翔想把火再烧大一点，好让大家暖暖和和地休息睡觉，没料到反叫冷得睡不着的人们都抬起了头，要听旺加小头人讲《阿古登巴》的故事。他只好默默地充当加柴拨火人了。

“很久以前，就在拉多地区的一个牧场上，”旺加把头伸出老山羊皮袍外讲道，“发生了一次牛瘟，除两头身强体健的犏公牛外，其他犏公牛、犏奶牛几乎全死光了，到处都听得到牧民的哭声。当地大头人的管家骑着快马，带着随从来到牧场上收差，看到遍地是死牛非常生气，令随从把牧场上的男人、女人、老人、小孩统统像赶羊似的吆到管家的马前跪下。大管家生气地说：‘你们给我竖起耳朵听着，这个牧场发生了牛瘟，是菩萨对你们这些不肯为头人好好放牧的贱奴们的惩罚！所以，即便是牛死光了，也不能少交学恩酸奶（未提炼酥油的奶做成的酸奶）和用犏奶牛的奶提炼出来的金色的新鲜酥油。大头人不能没有学恩酸奶喝，更不能没有新鲜酥油搓捏糌粑和打酥油茶，听明白了吗?’

牧民们一听，于是都向管家老爷作揖磕头，求他开恩免除这一年的酥油和酸奶差，说：‘管家老爷呀，牧场上的牛除两头犏公牛外，都死光了，哪还有奶可挤呀，没有奶，哪有酥油、酸奶奉献给头人吃喝呢?’

‘要我免了你们的差，绝对不可以！你们不是还有两头犏耕牛吗？不是还可以挤奶吗……’”

“哈哈……”几位没睡着的伙伴们一听，不禁大笑起来，“想不到这位管家大人要用公牛挤奶啦，哈哈……”

“可是管家大人接着说：‘听着！这两头公牛一天早晚两次至少可挤4桶奶，4桶奶至少可提炼出4克酥油、4桶学恩酸奶……’”

“哈哈……公牛可以挤奶，提炼出酥油后的奶子还能做学恩酸奶，哈哈……”大家笑得直拍打山羊皮袍。

旺加接着说：“而且管家还规定，从第二天起，必须每天给头人送去

4 克酥油和 4 桶学恩酸奶，否则，便派人来，每人每天抽打 20 皮鞭，他说完看也不看牧民一眼，便带着随从走了。”

“得嘞（还有呢？）”嘎玛、桑登同时催促旺加继续往下讲。

“也算牧民们走运哪，这天阿古登巴去牧场上买奶渣，见牧场上一片哭声，便问起原因来。当听了牧民的哭诉后，阿古登巴笑了笑说：‘这点小事用不着哭，我有办法帮助你们。’

‘你有什么好办法呀？’牧民都这样问。

‘俗话说：和喇嘛辩经靠说理，与专横者抗争靠谋略。等管家明天来要酥油和学恩酸奶时，看我怎样帮你们交差吧。’说罢，便带着大家先去埋掉瘟死的牛。

第二天，太阳刚从东方的山巅上露出头来，管家带着随从来到牧场收酥油、酸奶啦。可是，他没看见有人抱出酥油和酸奶来，而是围着两头犏公牛大喊大叫着，‘用力！用力！’

管家用马鞭敲了敲阿古登巴的背问道：‘喂！你带着大家喊叫公牛用力、用力，是要它用力干什么呀？’

‘你没看见，犏公牛生不出小牛来吗？我们是在为它鼓劲，叫它用力把小牛生出来。’

‘你在说什么鬼话呀？谁见过犏公牛会生小牛呀？’

‘可是有一位管家大人要牧民从犏公牛身上挤出奶来提炼酥油、做学恩酸奶呀！如果犏公牛生不出小牛来，哪来的鲜奶提炼酥油、做学恩酸奶交管家大人您的差呢？’”

“哈哈……”满围子的人都笑了。

聪明、能干的旺加小头人，年纪不过二十一二岁，他竟有如此善良的好心肠，用平时听来的故事帮助伙伴们驱除寒冷，当然也包括周翔在内。可是，事与愿违，由于他这样开了个好头，伙伴们的睡意被一连串的“哈哈”给笑

没了。一个个精神焕发、争先恐后地争着讲《格萨尔王传》《阿古登巴》等故事，而且渐渐地转入到讲他们各自的偷鸡摸狗找女人的趣闻逸事上来。还不时地拍打皮袍被子，相互捶打，爆发出一阵阵欢笑声。不过，周翔也特别爱听他们讲故事时引用的那些格言和谚语俗话，是那么的诙谐、准确，形象而且生动。真是妙语连珠，使他大饱了耳福，大开了眼界，发出了“与君一夜语，胜读十年书”的感慨来。

火塘里的火不知什么时候暗淡了下来，伙伴们也不知什么时候进入了梦乡。

第十一章

周翔恍惚觉得没睡多久，怎么太阳就出来了呢？而且暖融融地照在自己身上，眼前晃动的似乎像人影，还清晰地听到小头人旺加在说天大亮了，茶也烧好了，该起床甲通粑煞啰……又似乎觉得旺加是拍着自己的被子，唱《格萨尔王传》，还逗得朋友们大笑不止。心想，这些朋友怎么就不知道困倦呢？周翔费好大的劲才把头伸出被子来，睡眼惺忪地劝说道："朋友们！你们怎么就不知道困呢，明天还要上路运输哩！睡吧，睡吧……"说着说着他又把头笼进了被子里，引得大家哄然大笑。周翔此时才猛然意识到，是自己没睡醒在说胡话，他羞愧得一挺身坐了起来，望着正在大笑的朋友们抱歉地说："真对不起哪！看来我昨晚睡得太好了。谢谢你们给我讲了那么多又好听又好笑的故事。"

周翔揉着睡眼环顾四周，不由得莫名起来：篷顶没了，米包鞍具这边一堆、那边一堆地放在被套绳套住了脚的并列成三排立着的驮牛身边，再低头看看自己，竟然独铺、独人睡在原始森林中的帐篷卷、皮袋堆之间，只有头前的火塘依旧燃烧着干柴；茶锅也不是吊着，而是煨在火塘中了；伙伴们不是躺着，而是围坐成一圈，望着他友好地傻笑，等着他一道喝茶。

唯有旺加就像弟弟一样帮他戴上帽子，披上大衣，还拿起衣裤放在他的身边，说："一切都安排好了，就等你起来喝茶，上路啦！真没想到，我连叫了你 3 遍，你竟然还睡得香香的，说着梦话。看来，昨晚你为大家加柴拨火没睡好觉。"

“你叫了我 3 遍?”周翔一听，忙跳起来，三下五除二边穿衣服边疑惑地问道。

“前两次奔穷啦不是叫你，是在试探你睡得好不好，听不听得到他在叫你。”嘎玛说道。

“是奔穷啦学麻雀在你耳边为你唱催眠歌……”

“哈哈……”大家笑了。

“本来就不需要觉啦工作员去帮咱吆牛、拆帐篷、鞴驮鞍嘛!”旺加认真地声明道。

周翔听了他们的说笑，既感激又惭愧。他急忙打好背包绑好京胡，背上枪，拿起搪瓷碗便到桶边舀起一碗水来，并着 4 个手指勾起水浇在脸上，顺势抹了两把，拉起衣袖一擦，又从左边上衣兜里摸出用布片裹着的半截把儿的猪鬃毛牙刷，蘸上水，伸进嘴里来回刷了几下，便算漱洗完毕。

周翔装好牙刷，端着碗来到火塘边，往朋友们为他留下的位置上盘腿一坐，拉过自己的米面袋，解开来抓起一把糌粑想给旺加他们每人一把，但是晚了，他们的碗里都已抓上糌粑，就等着久阿泽仁舀茶哪。

这不，周翔坐下后刚抓出糌粑，久阿泽仁舀茶的勺子便第一个伸进了他的碗里，大伙对周翔如此友好相待，让周翔感觉处在一种温馨的氛围之中，非常愉快，而且也更加喜欢上了他们。

茶喝 3 碗后，小头人旺加拿出周翔送他的记事本开口啦：“昨夜下了一晚上的大雨，今天的路肯定不好走，为了不再像昨天那样翻驮子，挂破米袋让工作员心疼得流眼泪，让我感到害羞，因此我把 30 头牛划分为 3 个久本队(班)，每个久本队 10 头牛，由两人当久本（班长）。”旺加指着不远处套住蹄子的 3 排驮牛说。

“第一排 10 头牛为第一久本队，久本是嘎玛，久本寻巴（副班长）是桑登；第二排 10 头牛为第二久本队，由巴戈、保乌当正副久本；第三排 10 头

牛为第三久本队，由久阿泽仁、米玛当正副久本。我和工作员当总管。”

他望着周翔笑了，见周翔笑着接受了他的“任命”，便接着说：“请大家听明白了，各队驮大米的牛分成一半驮 3 包，一半驮两包。今天第一次分队上路，第一队由嘎玛牵犏牛廓嘎玛领头走前，第二队由巴戈牵犏牛岗嘎玛领头走前，第三队由久阿牵犏牛查查玛领头走前。凡是穿林过沟走坡路，如果路况不好，弯多，危险难走的路段，必须是久本牵着领头犏牛走前领路，久本寻巴押后照看；凡是路况好的路段可以放开领头的犏牛，让它自由地带着牛队走前，两个久本一边一个照看就行了。”说完，旺加把记事本一合端起碗喝茶。

几个久本“哦呀”了一声也端起了茶碗。

“上路后，各队相距不能太远，要相互照看。”周翔竟然也像总管似的提出了要求。

“哦呀！”一片欢呼声，让周翔都有点儿不好意思了。

“我还要强调说明一下。”旺加郑重其事地说，“除三队有两头牛驮帐篷、棚杆、皮袋和绳索工具外，其余的牛都驮大米包。凡驮 3 包的牛，一定要让牛皮米包在下，麻袋米包在上，决不能放错了。”

“哦呀！”又是一片欢呼声。

喝好了茶，吃完糌粑，6 位新任命的久本一个个兴高采烈地跟着旺加小头人认领自己久本队的 10 头驮牛。为表示他们的责任心，都认真检查自己的驮牛，拍拍背上的鞍具，紧紧驮牛的肚带，提一提驮鞍的前、后鞦之后，又去分领自己驮运的大米包，而且用木炭打上各自的明显记号，这才抱起来为每一头牛捆上驮子，尤其是负责牵牛领头的久本还为自己领头牛的额前系上一束红缨或一根靴带作为醒目的标记。

周翔和旺加看了很是满意。周翔这时才觉得旺加刚才的“任命”不是做娃娃游戏，是一个很有经验、得人心的举措，不是吗？这些来自底层的贫苦

牧民一旦得到小头人的信任，成为久本，分管10头牦牛和几十包大米，能不觉得光彩而欢喜吗?

所以今天一上路便表现了出来，3个久本队自觉拉开距离，但相互保持在大约20步以内。在路况不好的地段，便由一个久本牵着犏牛在前领路，一个久本押后，吆喝着另9头牛随后，若有牛歪了驮子或翻了驮子，后面的人便立马上去扶正或相互帮忙抓住牛角、捆绑好驮子再往前赶路。驮牛真的不再拥挤、争道，更不乱跑乱钻树林。

周翔跟着走了好长一段路后伸出大拇指称赞旺加："你真聪明，这30头牛被你这样一编队，竟然这么听话。"

旺加却捂着嘴哧哧地笑了，说："这是从修路的解放军那里学来的。前些日子我在热亚为阿哥甲本烧茶时，常利用拾柴的机会到解放军的工地上去看热闹。有一次我看见一个本波啦带着几个久本模样的解放军为他们划分修筑的路段，还背着手对他们说了几句我听不懂的话，就听到这些久本打着立正、举起拳头喊起口号来。末了，他们都带着自己一班人拉开距离，举起十字镐、铁锹，热火朝天地挖了起来。所以今天一大早去河边赶牦牛时，我想起了修路的解放军。"

"所以你就想出了把驮牛分成3个队管理的办法，是吧?"

旺加笑着点了点头："这主要是因为有你来押送，不然，我不会有这么大的胆子，敢叫他们当久本，尽管这是临时的，随便说说的事，但一旦被甲本阿哥知道了，那还了得，不打100也要打50鞭子的。"

"啊啦哟……"走在最前面的嘎玛唱起了山歌：

啊啦哟……

小子我没有父母亲，

走到哪都是当佣人；

走在后面的桑登接上唱道：

啊啦哟……

当佣人我呀不难过，

看不到主人好脸我伤心。

第二队的久本巴戈听了大声问道：“今天你俩都当了久本，为什么不唱好听的山歌？听我给你们唱吧。”他一仰脖唱道：

啊啦哟……

我恋人被长官叫去了，

咱俩的恋情没有断；

保乌也不示弱，亮开高亢的嗓子接唱道：

就像那长长的鹿皮绳，

把咱俩的心儿紧相连。

周翔喜欢听山歌，不过周翔老是琢磨着这些憨厚朴实的牧民兄弟当差往往远行雪山之间，或在旷野密林之中，为什么多半都是唱这类既酸苦又悲怆的歌？是为了解除心中的郁闷一吐为快呢，还是想乘机向老天爷祈祷对来世不再如此生活的祈求？但是，今天可以肯定地说，以上两种原因都不可能，因为他们正处在一种难得的从未有过的愉悦之中，想用激荡的感情、高亢的歌声来表达他们此时此刻对小头人的感激与畅快心情，其中更包含着对旺加这次运输试验的一种无言的支持。周翔想到这里，高兴地对旺加小头人说：“我这次选择跟随你们驮队跑运输，能和你们这样一群朋友一块劳动，一块唱歌、讲故事，真是莫大的幸运和福气。”没料到被走在身后牵着犏牛查查玛的久阿泽仁听到了，久阿泽仁冲着周翔傻笑道：“我们能和你，和不贱看堆穷、牧奴的小头人一块跑运输，才真正是我们前世修下的福哩！不是吗？像昨天发生的事，要是甲本先生在场那是要挨鞭子的。”

听久阿说到昨天发生翻驮子、挂烂米袋的事，周翔想起了前不久松宗的犏牛被倾多的驮牛挤下江去的事，有些害怕地对旺加说：“你早晨出发前说

得对，昨晚下了一夜的大雨，有些地段会很难走。我最担心的还是癞头坡那一段黄胶土路面，由于雨水的浸泡，肯定会上软下硬，牛踏上去是很难把稳不滑蹄的，所以我建议到了癞头坡，宁肯一头牛、一头牛地牵着过，决不能以队吆喝着走。”

“对对，我说不好走的路段，就是指的大家传说的那个癞头坡地段。你提的建议是对的。到了那里，就按你的意见，牵着牛一头一头地过。”旺加听了周翔的建议很高兴地同意了，正想向前面的嘎玛喊话，却听到了嘎玛舒心而愉快的歌声：

嘎啦呀卓啰—
想起家乡巴色（树名），
花开香透六月；
心想摘下一枝，
又怕刺尖流血。
阿妈啦哟……

桑登接上唱道：

嘎啦呀卓啰—
别说巴色刺扎，
就是雪峰银塔，
只要我肯赏脸，
准能把它融化。

声大嗓粗的保乌听了，轻轻地笑笑，便大声朗诵起他随口编的歌词：

别夸自己枪好，
枪响还冒火烟；
听声不如近看，

哈哈……

却是火铳一杆！

“嚯嚯嚯……”森林中突然飞起一串笑声。特别是泽仁旺加笑得直捶打胸口，周翔也笑出了眼泪。桑登当然不甘心被保乌嘲弄，转身用三二三的山歌节拍大声“回敬”了一首：

云端里轰轰是雷声，

森林里啾啾是鸟声；

你噢噢大叫算什么，

是狼嚎还是狗吠声？

“哈哈……”又是一阵笑声，把树叶震得沙沙作响。

突然，走在最前面的嘎玛大声向后喊话：“格咿快把牛拦住，别往前走啦！”原来是前面山体滑坡把路埋了。

只见嘎玛牵着犏牛廓嘎玛，领着他的牛队退了回来，旺加大声问道：“怎么回事呀？是不是到了癞头坡？”

周翔一听，向四周打量了一下，可不是到了癞头坡嘛！周翔拉着旺加向前跑去。嘎玛把犏牛拴在路边的一颗小松树上，和桑登一道把牛吆赶回来，对周翔和旺加说道：“前面好长一段山体滑坡啦。路被埋没，牛不敢走。让我下到河边去，看能不能走过前面的涧沟，如果水浅可以过，就能顺涧沟爬到那边的大路上，那就太好了！”

“好的。”旺加赞同地答应了。

嘎玛把山羊皮袍的两个袖筒往腰上一拴，脱掉靴子往腰带上一掖，便滑溜着下到河边探路去了。

旺加大声向巴戈、久阿两队喊道：“前面塌方啦，把牛赶到下面草坝上去，卸驮子，休息，准备烧茶打尖。”

桑登上前解下犏牛牵绳，把3个队带到下面的草坝上。周翔拉着旺加到

塌方的路边察看究竟。

看来，昨晚一夜雷雨非同小可，造成高山淌水，引起了山体滑坡。岩石、泥土掩盖了长长的一段傍山骡马道。但愿嘎玛能探出一条绕过去的路来，否则，就不仅是旺加的30头驮牛过不去，还有后面3个宗的近600头牛，往返都会因此而受阻，粮食不能源源不断地抢运到双登兵站，这给修路部队会增添更大的困难。周翔把这一担忧告诉了旺加，旺加听了也担忧起来：“是呀，如不尽快解决这个问题，肯定会影响运输任务的完成。”

“这不是任务完成多少的问题，而是前方修路部队饿不饿肚子的大问题。”周翔有些着急地说。

旺加手搭凉棚向山下望了望安慰周翔：“你别忧心，只要世间有亮光，路总是可以找到的。河边无路走，咱就爬山过。走，到草坝上去烧茶打尖，等嘎玛回来再说。”

周翔惊奇地觉得旺加不像个二十一二岁才从甲本身边派出来领队的娃子。从他的言谈举止看，倒像是出身牧主家庭，富有经验的行商老板。

周翔望着卸完驮子的牦牛已散开去吃草了，忙大声喊道：“请看好牛，别让牛吃了青稞苗!”

周翔和旺加来到卸驮子的草坝中央，看见久阿泽仁并排把两口锅放在梅花五点的卵石上，形成两眼茶灶，周翔不解地问久阿：“久阿啦，你今天架起两口锅是不是要熬野菜突粑喝呀?”

“我们想请工作员吃煮熟的牛肉，这不，一口锅烧茶，一口锅煮肉。”说着，久阿解开身边的一个皮袋，把没煮熟的半生不熟的牛肉拿出来放进锅里，接着说道：“昨天，我们想请您吃肉，您说没煮熟的肉不能吃，所以刚才我们把牛赶到坝子上，大家要我一定要煮熟了招待您好好吃一顿。”

旺加听了后，表扬了久阿：“觉啦久阿说出了我来时想说的话，很好。但一定要烧大火煮熟，别叫工作员吃了生肉，肚子疼。桑登，你和巴戈去把

牛赶到这边来吃草，你们看见没有，牛都快吃进青稞地里去了，工作员刚才的话，你们没听见吗？”

“哦呀！”桑登把已倒在大拇指上的鼻烟往鼻孔上一按，猛吸一口，张嘴哈出一缕烟来，接着全身颤抖地打了个喷嚏，把牛角鼻烟壶往旺加手里一递，抹去眼泪鼻涕，拉起巴戈去赶牛了。

与桑登他们坐在一块的米玛、保乌同样被鼻烟呛得像比赛打喷嚏似的接连又是几个喷嚏，打得震山响。末了，一抹眼泪，往草地上一躺，惬意地哼起了山歌。

“吸了鼻烟，呛得又是流泪又是打喷嚏，就那么安逸、舒坦？”周翔从口袋里摸出小半截香烟，不解地问道。

“安逸不安逸，我想，大概和你吸这香烟一样吧？你吸香烟，安逸吗？”久阿从火塘里抽出一根燃烧着的枝丫为周翔点火，笑着幽默地说。

“奔穷啦，嘎玛回来啦！”久阿喊道。只见嘎玛一手拄着一根树叉，一手提着已浸湿的裤腿向火灶旁走来。

保乌忙跳起来，替嘎玛解开腰带，让他背过身去脱下湿裤，坐到火灶边来烤火。坐下后，嘎玛讲起了探路的情况。

“我沿河到了溪涧边一看，水虽不太深，但水流很急，我好不容易涉过溪涧，试着往上爬，人可以三弯八拐地从丛林里转着上去，但驮牛是绝对吆不上去的，所以我就回来了。”

周翔听了，心想，只有上山去请求修路部队派人来抢修癞头坡塌方地段，别无他法。于是周翔对旺加说出了他的想法，旺加听了很高兴，立马要和周翔一道穿林上山去请解放军，却被周翔阻止了。

“你是小头人，现在是雷雨季节，说不定下午或是晚上又会有雷雨，这里没你坐镇指挥是不行的。不过你们只能在这里烧茶、煮肉，吃了饭后向上挪个地方搭帐篷、垒围子住宿，晚上把牛赶回树林里拴好绳子套住牛脚，以防

晚上山洪下来淹了围子、冲走了驮牛。”

旺加听了周翔的忠告，一下紧张了起来，连应了3个“哦呀”。

这时，突然从上面的塌方处跑来一位身穿白氆氇藏袍的年约50的长者，他像遇见老朋友似的拉住周翔的手，连一般见面礼节性的话都没说，便叫起来：“宾旺勒杰巴啦（背京胡的工作员），这里塌方埋了路，我的驮牛队前行无路可走，绕道无路上山，叫我们怎样按头人的命令两天送到双登站呀，还说大米及时运不到双登，修路的解放军饿了肚子，就抽我的鞭子。难道叫我把大米驮回热亚，叫头人打鞭子？”他一口气说到这里，把头一歪，盯着周翔，等着马上回答哩！

这倒叫周翔一下认出他来，周翔高兴地拉着老人的手，惊喜地问道：“啊嘞，您不是倾多宗驮牛队的长者吗？谢谢您给我取了个好听的名字，‘宾旺勒杰巴’。好，以后你们都叫我‘宾旺勒杰巴’吧。”周翔高兴地向旺加和久阿泽仁一努嘴，接着安慰老人说：“您别着急，我这就去请修路的解放军来帮咱们抢修癞头坡，不过，看样子今天你们得在这里住下了，当心今晚会有雷雨和山洪，可不能像上次那样，又让你们的牛把曲宗的牛挤下江去呀，哈哈……”说完，周翔紧了紧鞋带，背起背包、米面袋，扛着步枪向密林走去。

第十二章

背着背包、米面袋，扛着步枪时而穿行在森林里，时而艰难地爬山，真难为周翔了。逢树要绕，遇岩要攀，踏着多年积累起来的腐叶、杂草，就像走在厚厚的海绵垫子上一样，不但步步凹陷难走，而且一股股枯枝烂叶的霉味直冲脑门。幸亏爬上了一个陡岩，可以大口大口地呼吸新鲜空气，才算没被熏得昏过去。当缓过气来，向深谷望去，发现眼前是一幅多么难得的美妙图画呀！

远处，蒙蒙的雾霭把整个河谷林区盖了个严严实实，宛若云海一般，那远处的雪峰又像在海上航行的帆船，一座，两座……几只雄鹰翱翔在湛蓝的天空中，好似翻飞在海浪之上的海燕，是那样的矫捷而优美。

近处，从云海里探出头来的苍松翠柏像一顶顶翠绿的华盖宝伞在海上漂浮着。周翔低头看了看自已处在这浓浓的雾霭之中、华盖宝伞之下，不是更像云游天下的仙子吗？“华盖罩顶必走好运！”周翔不知想起了哪位活佛的话，幸福地大声喊了出来。

“对！我周翔这次能来热亚参加支援修路的转运工作，结识了这么多的首长、同志和农牧民朋友，不是走了好运吗？”想到这里，周翔浑身来了劲儿，一拍大腿，又继续往上爬。爬着，爬着，忽然听到哗哗的流水声，他侧身向左望去，竟然看到一条溪涧，还隐约可见一条被人踏出的弯曲的小路。

于是周翔猫着腰，慢慢地往上爬，约莫又爬了 50 米山路，来到一个被大石挡住的山嘴拐弯处，呼的一阵冷风卷着树叶、草屑猛刮过来，若不是周翔反应快抱住了一棵路边桦树，就被风刮下了溪涧。说来也怪，就这么一阵风，

好像特地考验周翔一下似的，再不见有阵风刮来。周翔这才拍了拍桦树表示谢意，又迈步向上爬去。

爬着爬着，总觉得头上仿佛有树枝压住了他的头，怎么也摆不掉，周翔一生气，一把抓住树枝猛力往下一拽，只听得头上有人“哎、哎”地惊叫着向他扑下来，周翔急忙抱住那人，不让他滚下山去。这时周翔才看清，原来是一位穿着蓝色工人服的青年师傅在和他开玩笑，却被他拽下岩来。这位师傅笑着对周翔说：“我在上面拾干柴，看见你背着京胡上山来，就知道你们宣传队来慰问咱们啦。于是我一高兴便和你开了个玩笑。告诉我，你们这一次来了多少人，我好去给你们做饭？”

“不多，人只有 8 个，但驮牛却有 30 头，怎么样，你敢办招待吗？”周翔开玩笑，故意不说出是运粮的驮牛队。

“啊！这次是来给我们演大戏？”

“是呀，是要演大戏。”

青年师傅一听是要演大戏，竟高兴得一把夺过周翔的背包、米袋扛着，还拉着周翔的手往上爬，并得意地问：“哈！你们这次来慰问，演啥子大戏呀？是演川剧还是演京剧？”

周翔故意装作喘气，不马上答复他，把这位师傅急得连声地催问要周翔讲出演啥子戏。周翔仍故意卖关子说：“等会儿你就知道我来给你们演啥子戏啰……”

上了陡坡，周翔便看到了一个用松树枝扎的高大彩门，彩门左边挂着一块大木牌，木牌上写着“第二施工局桥工一队”。周翔忙问道：“这里没有解放军的工地吗？”

“怎么，是来慰问解放军的？我们施工局就不慰问哪？”这位热心的师傅竟然有点儿难过又像是生气地说。

“不是……”

“不是。我们施工局孙局长在这里开会，你去问他答应不答应？”说完，把周翔往中间的一顶白帆布大帐篷拉去，但没走多远，又放下周翔的手，说：“不行，首长们在开会，请你在这里等一会儿，等首长开完会出来，你再去问问孙局长，看他让不让你们过去。”说罢，他放下周翔的背包、米袋，说他要返回去背他拾的柴，还笑着说：“只要你们为我们演戏，我今天就好好煮一锅牦牛肉犒劳你们。”说罢，他飞快地跑下坡去了。

周翔提起背包、米袋往木牌下一放，便坐下来歇歇腿，等首长开完会。他习惯性地伸手去兜里摸烟蒂，才想起吸没了，便一抹脸闭上了眼睛，想养养神，但满脑子都是牦牛和人们焦急等待的眼神，特别是那条山体滑坡横躺着的恶魔——癞头坡！

周翔摇了摇头，打量起这搭撑在多弄峡谷阴山腰上“门”字形面沟的白色帆布帐篷营地，一围 13 顶大帐篷竟然不见人影。中央草坪上堆放着一堆一堆粗细、长短不一的原木，特别显眼的是并列两排放着两路一段段去皮原木，好像一条条巨鲨咬尾相连伏卧在滚木上，即将鱼贯而下涧沟，飞身至横跨多弄沟 30 余米的建桥工地……

忽然，从帐篷里传来越来越近的脚步声，周翔猛地站起来，向走出来的一位首长行了个军礼。“首长好！”这位首长看了周翔一眼，没还礼也没问话，径直走到帐篷边的巷口处喊道：“小马，快送一壶开水来！”这才转身问周翔：“你是来送通知的吗？看见小马没有？”

“报告首长，小马背柴去了。我不是送通知来的，是来请求首长帮助修路的，下面的癞头坡路被塌下来的泥石埋住了，牦牛运输队过不去，前面的部队急等着粮食呢。”

或许是见了大首长紧张吧，周翔把想说的话没头没尾地急着往外倒。

“帮助修路？什么癞头坡塌了？”首长不解地问。

“啊，是下面拐弯处的斜坡路由于山体滑坡被埋了，运粮食的牦牛过不

去。我是来求首长派人去帮助抢修骡马大道的。”周翔又结结巴巴地说了一遍。

“我们这里是桥工队，只会伐树架桥，不会修路，你到前面工地上去找修路部队，兴许解放军可以帮你们去抢修骡马道的，你找错门啦！”

“我看，没找错门。”一位披着军大衣的首长走出帐篷严肃地说。这位首长打量了一下周翔，走过来握着他的手问道：“你是松宗解放委员会派来督管这一路运输的工作员吧？”

“是的。首长好！”

“下面山体滑坡面积大不大，要多少人？”

“有百十米地段被泥土埋了，虚土，工程不大，一个排，几个小时准能挖出一条驮牛能走的路来。”周翔蛮有把握地说。

“听见没有，队长同志？你今天从山上撤下一个分队来放木料，不是正好用上吗？我看，木料明天放下去，今天抢修好骡马道，方便运输嘛。要知道，前面修路部队在闹粮荒啦！”首长和蔼地对桥工队长说。

“请局长命令桥工二队派一个分队去抢修吧，不然您要求我们明天下午务必把原木和木板运到建桥工地，那……”

“那又怎么样啊？那也要按时完成。你没看天气吗？如果叫桥工二队去，就要延迟到明天了。”首长指了指天边涌过来的厚厚的阴云接着说：“看这满天的雨云，估计今天晚上还会像昨晚一样有雷雨。说不定有山洪下来，那就不好办了。你们明天一大早把原木放下去，只要组织得好，下午准可以完成任务。我看，就这样执行吧！”局长命令道。

“是！”桥工队长接受任务后，大步走到西面中间的一顶帐篷前，敲了几下帐篷，大声喊道：“一分队起床了，10分钟后集合！”说完，桥工队长便去搜罗帐篷前后的铁锹、十字镐。

别看这是个地方上的施工局桥工队，还蛮有部队作风的呢！这时，从帐篷里又走出几位首长来。其中一位个子矮但很健壮的中年首长，走过来拍了

一下周翔的背说：“听见了吗，工作员同志？”

“听见了。感谢首长的关心与支持！”周翔挺胸打了个立正，向几位首长行了军礼，转身背起背包和粮袋，扛上枪，想赶回去向旺加他们报告喜讯。

“你等等。”矮个子首长拉住周翔的背包带，侧身对局长说：“关于做大兴寺堪布要等到过节才肯打卦决定修复大兴桥的思想工作，我看，可否请工作员代劳去做呢？”

“嗯，我看可以。不然，堪布会怀疑我们告了他的状。”局长低头思考了一下后，又看了看手表问道：“你吃过午饭了吗？”

“没有，但我有糌粑，只要有水，随时都可以吃饭的，请首长指示！”周翔指着粮袋乐呵呵地说。

桥工队长一听周翔还没吃饭，立即向背着柴走来的小马大声说：“猴子，快带工作员去吃午饭，开一个肉罐头，好好招待一下！”

小马一听，高兴地把柴往帐篷后一放，便跑来要替周翔解开背包带，周翔笑着拒绝了，对首长说：“请首长交给我任务吧，只要我能办到的，我一定努力去完成！”

“嗯，很好。不过别急，午饭一定要在这里吃，这个艰巨的任务你也一定要去完成。是这样的，10天前我去松宗开会，你们宗的军代表同志请求我们桥工队，帮助把大兴桥南头塌了的廊房修复好，同时换下桥上的20多块已踩坏的长木板，以方便运粮食的民工和驮牛队从桥上通过，节省时间。可是我回来后派人去大兴寺联系，堪布推说一定要等到什么节日先念经求神打卦，菩萨同意我们修才能施工，不同意汉人修，就由我们拿钱，由他们派差民来修。不想，他们一推就过去了一个多星期，还没影儿，这要等到哪年哪月呀，于是我派人去松宗反映此事，这不，地区解委会降巴扎西副主任给他们用藏文写了一封信，还盖上了章。你来得正好。”首长从兜里拿出一封折叠好的信递给周翔。

“你拿到大兴寺去，告诉堪布，这是代宗本降巴扎西写给他的信，请他立即打卦决定。前面解放军修路需要工具和粮食，他们如果 10 天内能修好，就请他们修，我们出工钱，出木料、木板；如完不成，就由我们的桥工队 10 天之内修好桥、换好桥板。当然，他们必须派出 10 个民工协助我们，如果他们还要借故拖延，我就派人去向代宗本降巴扎西报告，后果由他负责。”

“是，我马上去大兴寺，尽最大努力说服他，何况有代宗本的亲笔信，我想，他会同意的。如果他一定要推说等什么节日打卦，我就说这是代宗本的命令。肯定地说，代宗本在松宗怒打曲宗甲本，堪布先生是听说了的，所以请首长放心，我一定办好这件事。”周翔接过代宗本的信往挎包里一放，便向首长们行礼告别。

几位首长听了周翔的话，很满意地点头笑了，他们一一和周翔握了手，又进帐篷开会去了。

这时桥工队长集合好了一分队，走过来问周翔还有什么要求。周翔激动地握着桥工队长的手，再三表示感谢。

桥工队长却热情地对周翔说：“真正要感谢的是你们工作组，几个月来，我们沿途机械作业伐树搬运，常常要雇请人，没少麻烦你们。特别是十几天前我们在河边放料，不慎伤了两名工人，若不是季忠同志及时动员来十多个民工，日夜兼程地赶送到扎木医院，说不定两名工人已经没命啦。等你回到热亚时，一定要替我们向他道谢。好了，猴子，快带工作员去吃饭，我们下山修路去了。”小马师傅一听不由分说就把周翔往帐篷里拉。周翔忽然想起应该给旺加写封信，于是他侧身一把拉住队长的手说：“请您稍等一下，让我给曲宗运输队的小头人写封信，请帮我带去。”说完，周翔拿出记事本，扯下一页给旺加写了一封藏文信，信中说：桥工队是来帮助抢修道路的，一定要多动员些人参加修路。另外，我被施工局的首长派去大兴寺办事，不下山去了。听首长说，今晚有大雨，要谨防山洪暴发，一定要注意人畜安全！落款是：你的汉族朋友、松宗工作组工作员周翔（名字用藏文拼写）。写完信，周翔把信折叠成“又”字形，交给了队长。这才在小马师傅的带领下，去厨房吃午饭。

吃饭间，周翔问小马师傅沿修路的公路线过多弄沟有没有去大兴寺的路？小马师傅告诉周翔，从这里经桥工队工地过沟，就有一条缓坡小路可下到骡马大道上去，可以从骡马大道直去大兴寺。周翔高兴地记下了。

吃完饭，周翔好不容易让小马师傅收下了他的饭钱，这才满心欢喜地背起背包、粮袋，把步枪往背带上一横，挺胸哼着歌踏上小马师傅指给他的路，大步流星地向建桥工地走去。

由于工地和营地相隔不过一公里多路，周翔很快便到了工地，却不见一个人，周翔奇怪地向傍山的桦树林里扫视过去，忽然从树下坐起一个人来，这人看见周翔背包左边竖绑着的京胡套竟惊喜地叫喊开了：“快起来，宣传队来慰问演出啦！”只见桦树林里“呼呼啦啦”地一下站起来20多个架桥的工人，一拥而上，把周翔围了个严严实实。有问来了多少人的，有问演出几天的，还有的问演不演大戏的。周翔忙行礼鞠躬解释说：“我不是来联系演出的，是奉施工局孙局长之命，借你们的工地过沟，去大兴寺送信的。”这可使工人同志们大失所望。突然一个戴眼镜的中年工人提议道：“我提议，请宣传员同志为我们唱一段京戏好吗？”

“赞成方工程师的意见，请唱一段京戏吧！”全体工人的喊声一片。

周翔盛情难却，便放下步枪拄着，向大家行了个军礼，清了清嗓子，张口便唱起《男起解》来：“将身儿来至在大街上，小弟言来听从头……”唱完，赢得了工人同志们的热烈掌声。周翔向工人同志们行了军礼后，继续赶路。

一路上，周翔都在思考着如何去做大兴寺堪布喇嘛的思想工作。他作为一个大寺庙的堪布会接待我这样大兵一个的工作员吗？他不接待，我又怎么

办？接待了我，却坚持要等到什么节日才打卦，或者看了代宗本的信，不理睬，我又怎么办？真要去请降巴扎西副主任来命令堪布？他有空来吗？会来吗？但又转念一想，对待一个宗本的指令，一个大兴寺的堪布喇嘛敢不听？敢阻拦修复大桥，延误运送修路物资和主副食品，万一影响了修路这还了得！降巴扎西代宗本决不会宽恕他……

兴许是这后一种声音给了周翔勇气吧，尽管背着背包、粮袋和步枪，而且一路爬坡越坎、穿林过沟，但他就像去赶赴宴会似的心情愉悦，步履也轻松起来。

从这一点看，周翔还应该感谢被誉为第二个淮海战役的“昌都战役”，让他背着七八十斤的行装，从四川走到西藏，特别是围追堵截藏军时那些千辛万苦的行军中，才磨炼出今天这样的脚力与体魄。这不，从乌云里好不容易钻出来的斜阳告诉他，现在应该是午后 4 点左右，他就来到了离大兴寺不远的河边。

远远望去，大兴寺坐落在一片深绿色的松柏相间的丛林里，两只秃鹫低低地盘旋在寺院的上空，不知是炊烟还是煨桑升起的几缕青烟，在微风下徐徐向西南方的大兴桥飘去。

离桥不远处的河边有十多头驮牛，在乌儿朵的鞭声和人们的吆喝声中蹚水过河。星星点点背着米包的藏族民工走马灯似的往返穿梭于摇晃的桥梁之上。他们是哪个宗的驮牛队？为什么牛卸鞍垫蹚水过，人背米包鞍垫桥上走呢？周翔于是加快脚步向大兴桥走去，却被几处刺丛拦住，弯来绕去费了不少时间，等他赶到泅渡处，只见驮牛队驮上米包已转过山嘴去了，河那边的山崖上回荡起高吭的山歌声。

“唉！”周翔惋惜地叹了口气，心情一下放松了，可惜的是错过了一个了解情况的极好时机。这时他才觉得有些口渴，而且肚子也有些饿了。

好在这里方便，趴到河边就喝水，放下背包便开饭。他用手和着糌粑，

眼睛却凝视着大兴桥，眼前真是一幅极好的剪纸作品：桥的两头，是两个高大、方形的木笼，木笼里堆压着大大小小的卵石。由下至上，向外延伸的若干大头向下斜插着、小头向上顶撑着一根檩条的木桩，在这根檩条上再向江心延伸出去一排，顶撑着檩条的木桩，如此一排排、一层层垒压延伸出去，直到托住桥身为止。尤其是南北两头各建一间可遮风雨的廊房，便成了一座古朴典雅、雄伟壮观的藏式大桥。在周翔看来，这简直就是一幅造型绝妙的剪纸作品。

此时，从桥下的河面上呼呼刮来一股阵风，卷着沙尘向周翔扑来，他急忙背过身去，捂住饭碗。心里却在纳闷，河面上怎么会有风沙刮过来呢？等风过后，他转身从桥下望过去，看到一位头戴撮箕形红布遮阳帽的牧羊女，赶着羊群一边走，一边把衣摆里兜着的沙土撒在冰面上，把羊群安全地赶过了岸。却没想到沙土被风吹入了周翔的碗里，唉，唉！倒霉！周翔象征性地吹了几下，一碗和好的糌粑照样被他吃进了肚子里，然后舀起半碗江水漱了漱口，把剩余的水两大口喝下肚去，收拾好糌粑袋和碗，拍拍手，不慌不忙地站起身来，背上背包、步枪，向桥上走去。

走到桥上，周翔向下看了看，那融化得已很薄的冰面竟然能承受住一群羊的重量，他真为这位女羊倌庆幸！再打量桥身，那些朽坏的桥板已被揭开，横竖堆在一起，露出的空间一闪一闪地亮着流水的折光。这可是他周翔前几次过桥没有遇到过的景象。

周翔小心翼翼地扶着堆放在一边的已经朽烂的桥板走向南头。廊房西半间斜倒在那里，龇牙咧嘴地横竖伸出许多小原木，从这些小原木中间又被人们踏出一条道来，真难为了过路的人。周翔满腹狐疑地蹲下来察看了一下桥面的情况。心想，最多半个月我没从这里走过，桥上怎么会破损得如此厉害了呢？明明记得，长年累月经骡马驮牛踩踏磨损而显露出的一些凹槽，虽有多处朽损和裂口使牲畜害怕，但只要有人牵着，还是可以过的呀！可眼下的

桥面很多木板都好像被巨齿兽啃咬过一般。周翔气愤地又走回到北桥头，观察了一会儿，才走下桥向寺庙走去。

突然，又有一阵风卷起漫天尘土向周翔刮来，顿时，天地之间混沌一片。周翔揉了揉满是沙尘的双眼，眼前竟幻影般地显现出一个手摇转经筒、背上斜挎着一个鼓鼓囊囊口袋、步履蹒跚的老人，正向寺院走去。周翔再次揉了揉双眼，感觉那老人的背影很熟悉，便大步地追了过去。在寺院门口，两人同时惊喜地“哦呀”“啊嘞”招呼起来。

“阿爸嘎朗啦俄杰（俄杰：藏语意思是辛苦）！您从哪儿来呀？”周翔真没想到会在这里碰见洛桑志玛的阿爸——嘎朗老人，他欣喜万分。老人也是既惊讶又高兴地捧着周翔的手说：“不累，不累。我是去转山朝佛，为你和洛桑志玛求福，顺便来看望恩人曲松喇嘛。啊，你是来寺里借宿，还是有别的什么事情要办？”

“我不借宿，是来给堪布送信的。”

“这可是菩萨的恩典呀，让我在这里遇见了你。正好，你和我一道去见见恩人喇嘛，也好向他报个喜讯，请他为你摸顶祝福。走，跟我来。”说着，老人拉着周翔便往后院走，见周翔想说什么，忙用手掌挡住周翔的嘴，说：“你听，寺庙里的喇嘛正诵经念佛哩，没人接待你的。今晚就住在我的恩人喇嘛那里，明天再去送信。”

周翔仔细一听，可不是嘛，经堂里传出时高时低沉酣的念经声，伴着咚咚喳喳的鼓钹声、浑厚低沉的蟒号声以及悠扬悦耳的唢呐声。此时，天空正飘洒着小雨，在经堂内外送茶、送肉和烤麦饼的扎巴们，与来敬献酥油灯的香客们争先恐后地进出时相互碰撞或礼让，而引发的各种烦躁不安的眼神和手势，让周翔忍俊不禁地笑出声来，吓得阿爸嘎朗伸舌摇头忙阻止他，怕犯禁。阿爸嘎朗拉着周翔加快脚步来到后院，跨进了曲松喇嘛低矮、狭窄而又昏暗的禅房，这才松开周翔的手，提起衣袖擦去头上的雨水和吓出的冷汗。

周翔站在房中好一阵子才适应昏暗的光线，朝里看去，一个宛若泥塑菩萨样的人，跏趺而坐，双手摊放于膝上，双目紧闭，全然进入了禅定状态。周翔他们的到来他竟然毫无察觉。

阿爸嘎朗刚进来时也不适应，站了一会儿，才慢慢走过去抚摩了一下正闭目参禅悟道的曲松喇嘛，说："长命百岁的活菩萨，您贵体好吗？老头子嘎朗来给您磕头呐!"说完，把手中的转经筒往曲松喇嘛身边一放，解下背上鼓鼓囊囊的牛毛口袋，解开来摸出一个装有食物的小袋，端端正正地摆放在喇嘛的面前，退后一步，长揖伏地，顶礼膜拜了 3 次，虔诚地躬腰、双手合十前行和喇嘛行碰头礼。之后，才坐在参禅悟道的曲松喇嘛身边，指着禅房墙角，叫周翔去拿干树枝生火。

周翔放下背包和步枪，去抱来干树枝，面朝着他俩蹲在火塘边，摸出火柴点燃树枝，干树枝噼里啪啦燃烧了起来，禅房里一下变得暖和又明亮了许多。这也让周翔看清了面前这位很受尊敬的主人：一位头发、胡须都已花白，裸露着干瘦的右臂，斜披着一件非常破旧发黑的氆氇袈裟的喇嘛。

曲松喇嘛趺坐着，眯缝着眼听阿爸嘎朗说话，"我这次出门，是因为女儿洛桑志玛和这位解放军工作员订了婚，我去转山朝佛为他俩求福，顺便来给您送些糌粑、酥油、干牛肉。这不。"老人拍了拍喇嘛膝前的小口袋，接着说："您可要多吃些。我的解放军女婿，他叫周翔，是给堪布送信来的。没料到我们在寺院门前碰到了，我就把他带来让您看看。今晚，还请您为他颂经摸顶祝福。"说完，阿爸嘎朗从怀里摸出一个紧盖着的木碗，好半天才抠开盖子，拿出一坨捏好的酥油糌粑，捏下一点送到曲松喇嘛的嘴里。

周翔把火烧得更大了一些，认真地打量了一下这间曲松喇嘛住了几十年的禅房，竟是如此空荡荡的。除了曲松喇嘛趺坐着的一块光板无毛的山羊皮垫和坐前扣在地板上的一个木碗外，就只有傍墙而立的小小一口土坯双眼灶和上面放着的一口带木勺的小石锅。如果硬要凑数的话，也只有燃烧着的这口小火塘和墙角不知是谁送来的一背干树枝。

周翔记得在倾多宗的月儿贡蹲点发放农贷、救济粮时，听巴塘的藏族同志许众福讲过一个苦行僧的故事：说他们巴安一个寺庙里有一位十分虔诚的老喇嘛，径自爬到高山上的一个石洞里，独自一人在石洞里面壁悟道，趺坐了一年，从未挪动过身子，吃饭、喝水全靠香客信徒们送，最后终于得道仙游而去。

看来，眼前的这位慈悲、虔诚的老喇嘛，和那位苦行僧有点儿相似之处：把物质生活降到最为简单的程度而追求精神上的解脱，摆脱无尽的现世纷扰

这时，一位十多岁的小扎巴抱着酥油茶壶走进来，翻过曲松喇嘛座前的木碗，倒了一碗茶。

和来世轮回之苦。此时此地周翔十分感慨。

这时，一位十多岁的小扎巴抱着酥油茶壶走进来，没和任何人打招呼，径直翻过曲松喇嘛座前的木碗，倒了一碗茶，转身准备出去。阿爸嘎朗叫住了他：“格啦（小师父），请再倒给一碗茶吧。”说完，阿爸嘎朗忙端起茶碗来，曲松喇嘛伸手接过一饮而尽，把木碗又扣在了地板上，向小扎巴合十道谢，示意他可以走了。之后，曲松喇嘛用手背擦拭了一下嘴唇，声音极低地问道：“你带这个当兵的来见我，想让我为他摸顶祝福？不用，不用，一看就知道是个有福气的人。”曲松喇嘛瞟了一眼周翔放在灶边的背包上的京胡，接着问道：“你是个会拉胡琴的‘热巴兵’？”

“我们不叫‘热巴兵’，叫文艺战士，就是会唱歌、跳舞作宣传的兵。不过，我今天来的身份是松宗解委会的工作员，是来给堪布喇嘛送信的。”

“你既然是来送信的，为什么不来向我禀报？”突然，周翔身后传来恶声恶气的斥责声，而且还伴着铁器捣地板的声音。

周翔回身一看，是两个身高体胖、满脸怒色、手持铁棒的喇嘛走了进来，阿爸嘎朗吓得跪在地上向他俩直磕头，站起来后又合十作揖，赔礼认错。曲松喇嘛也吓得双手合十口颂经文不敢抬头。

周翔忙站起身拿出降巴扎西副主任的信给他俩看，为首的铁棒喇嘛把周翔的手推开怒斥道：“你来送信，为什么跑来后院说话？你懂我们寺庙的规矩吗？‘红汉人’，跟我去见堪布喇嘛！”然后威风凛凛地横抄起铁棒一摆，又对阿爸嘎朗怒喝道：“跟我们走！”

阿爸嘎朗见铁棒喇嘛一摆铁棒，竟吓得咚的一声跌跪在了地上，连连磕头作揖，唱喏“啦嘞嘶，啦嘞嘶”。几次想站起来，都没站住，又跌跪在了地上。

这时，周翔背好背包，提起枪，赶忙趋前扶起嘎朗老人，搀扶着他走出曲松喇嘛的禅房。让周翔烦心的是，身后的两位铁棒喇嘛就像驱赶妖魔似的

每走一步都要捣杵一下手中的铁棒，把地板捣得让人听来胆战心惊。

走出禅房小院，淅淅沥沥的小雨还在下着。阿爸嘎朗被其中一个铁棒喇嘛拉着拐向南边。看得出，嘎朗老人被那位横眉怒目的铁棒喇嘛吓得浑身颤抖着连路都走不了，是被推搡着一拐一瘸地向前挪动。

周翔则被另一个五大三粗的铁棒喇嘛押着走进北面小院的一幢二层楼房，周翔扶着楼梯扶手，踏着既陡又窄的楼梯小心翼翼地爬上了二楼，走出遮风挡雨的楼廊门一看：一位内穿金银线锁边并刺绣着花纹的华贵马褂，外裹着绛红色袈裟的喇嘛，盘腿坐在显露出神龛的经房门边一叠金色绸面的厚厚坐垫上。

喇嘛见周翔走出楼梯门，便偏过头去，佯装看主殿前院经杆上那迎风招展的经幡，没有主动和周翔打招呼。周翔拿出降巴扎西代宗本的信，擦了擦头上的雨水，主动走上前，礼貌地说：“堪布先生，我是松宗解放委员会的工作员，是专程来给您送信的。”

“什么信？公家的信还是私人的信？”堪布看都不看周翔一眼，慢悠悠地问道。

“是波密办事处副主任、代宗本降巴扎西先生写给您的信。”说着，周翔把信呈递到堪布先生面前。又接着说：“请您不要责打嘎朗老人，是他教我遵守寺院念经规矩，不要在诵经念佛时来打扰堪布您的。因此，我到禅房院里去躲雨等待您做完法事之后……”

“是吗？”堪布生气地从周翔手中夺过信，打开来看。

周翔虽然心里很不痛快，但为了替阿爸嘎朗说情，他还是压着性子用敬语说：“我还要请求您，这位曲宗的老人，他没做错事，请您不要责打他，放了他吧。”

“他没做错事？他把女儿嫁给汉人后还送到松宗参加汉人的宣传队，去当汉人的宣传员，这之前他为什么不到寺庙来求神打卦，他没做错事吗？”堪布先生气愤地举起手中的信吼道：“修桥这样的大事也不要求神打卦啦，还要

我们这些为菩萨神灵传话的干什么，他降巴扎西还算佛门弟子吗？啊？”他把信掷在了地上，愤愤地站起身来，在周翔面前走来走去。走着、走着，他又拾起信来看了一遍，转身对站在旁边的铁棒喇嘛大声命令道：“你去派人把这个汉人带到村里去见洛扎定本，叫他看着信办事吧！”说完，堪布把袈裟往肩上一甩，怒冲冲地走进了他的经房。铁棒喇嘛正想走，经房里却传出了拍掌声。铁棒喇嘛立马趋步向前躬身把头伸进经房，听堪布训示，接着只见铁棒喇嘛连连躬身唱喏，后退两步才转身向周翔摆摆手，带他下了楼，叫来一个叫次寸的小扎巴，把信递交给小扎巴，指着周翔低声向小扎巴交代了几句话，便杵着铁棒向押送阿爸嘎朗去的那个南面小院走去。

周翔见铁棒喇嘛向南院走去，联想起经房传出的掌声和铁棒喇嘛的躬身唱喏，刚才还为阿爸嘎朗被关押，说不定要挨打而悬着的心，此时一下落了下来。周翔猜想，一定是堪布怕铁棒喇嘛把老头子嘎朗打伤了，周翔肯定会去向宗本大人降巴扎西告发，到那时，他一个小小的堪布说不定会像曲宗甲本那样当着众人……想到这里，周翔差点儿笑出声来。

周翔在小扎巴次寸的带领下，冒雨进了村里，按顺时针方向绕着围有两座活佛灵塔的玛尼堆往前走，小扎巴指着前面路边的一间小院对周翔说：“那就是定本洛扎的家。他的全名叫洛松扎西，不过没人叫他的名字，都叫他‘酒头人’。”

“为什么？他家卖青稞酒？”周翔有意拉近乎，问道。

“不知道。”这位小扎巴十来岁，可能不是近村的人。他领着周翔走进了定本不太大的院子，见没人，便学寺院大喇嘛叫人的样子击了两下掌，没人应声。他便领着周翔径直走进了定本洛扎的厨房，只见定本洛扎坐在火塘边，正端着酒碗在教训他的老婆：“你知不知道村里人为什么不叫你姜古秀（太太），而叫你‘酡姆’（酒女人）吗？因为你酿的青稞酒好，很香，很好喝，还很有劲儿……”

看来定本已有些醉意了，说话时舌头也不太灵便，不过自斟自饮显得很畅快。他老婆一边在石锅里搅拌突粑糊糊，一边轻慢地说："如果不是我煮的青稞酒好，有人买，你这个酒头人就会被改名叫穷酒鬼啦！"

周翔听了不由得笑了起来，上前故意调笑道："女主人说得对吗？定本先生。"

定本回头想看清说话的是什么人，可能因为醉眼蒙胧吧，他用力揉揉眼睛，才瞪着周翔大声斥责道："看样子，你只是个小兵，我是什么？是定本先生。知道吗？进屋来不施礼问候，就敢和我说话，凭这一点就该掌嘴。即使是你们的连长来我这里办事，见了我都是先行军礼，后和我说话，你知道吗？这是解放军讲礼貌。你是不是解放军？……"

定本结结巴巴一口气说了这许多话，要不是领周翔来的小扎巴向他伸过信去，不知道他还要说多久。小扎巴告诉定本："他是降巴扎西宗本大人派来给堪布送信的。堪布说了，叫你按宗本大人信上的指示办事。还说了，叫你不要喝醉了酒，胡说酒话！"

"啊嘞，请不要生气。我刚才说的话，是说给我女人听的，请不要生气，不要生气。"

他手撑地好不容易歪歪扭扭地站起来，从小扎巴手里接过信在眼前晃了晃，又说："啊嘞！真是宗本大人亲笔给我定本写来的信哩，古泽仁！"他对着火塘里的火光煞有介事地看起来。小扎巴在他背后藐视地嗤了一下鼻子，便转身离去。

定本像看出了什么，惊恐而着急地抓了一把柴投进火塘，让火烧得更旺些，才又对着火光看信。看着，看着，他的手开始颤抖起来，不住地"阿卡，阿卡"嗟叹起来，仰头望着灶上天窗说："怎么回事？怎么回事？派民工帮助桥工队修桥是我的职责，可是桥修好了命我负责看管，要保证运输的骡马、牦牛畅通无阻。这我怎么保证得了呢？"他的手抖得厉害。

这时，突然一道闪电带着一声落地炸雷，定本竟然被吓得把手中的信抖落进了火塘，他猛抓了几次也没抓住，只见信轰地一声被烧掉了。定本抓起

纸灰来，捧在手上，吓得“噢呜、噢呜”地直哭叫。

周翔见了，很是同情，便放下背包、糌粑袋和步枪，摇晃着他的手，把纸灰抖落掉，对他说：“信已经烧掉了，哭叫也没有用了。你要牢牢记住宗本降巴扎西先生信中的话，好好去做，我想宗本先生会原谅你失手烧了信的过错的。”

尽管周翔这样说了，但定本还是瘫坐在地上起誓：“我以空行母起誓，我的确是因为雷神爷发怒，吓掉了信，才被烧掉的。”

定本的妻子也吓得颤抖着双手，走到周翔面前哀求道：“长命百岁的工作员先生呀！请不要生他的气，他是喝多了酒，手拿不住信，才落进火里烧掉的……”说着说着，她竟抱头大哭起来。“这要是被宗本大人知道了，还不把他绑在经杆上杀掉呀！”

啊，周翔这才明白，他夫妻俩为什么这么害怕，原来他们是害怕像传说中宗本杀小偷那样，把定本绑起来杀掉。于是周翔一再地向夫妻俩保证不去告发此事，如果寺庙里派人来取信，就说是他把信带走复命去了。

“可是我没有了信，又怎样去对各村根保（村长）下达派民工修桥的命令呢？”定本洛扎为难地说。

“别怕，你召开村长会，我就坐在你的身边，看有谁敢不信。”周翔这样一说，夫妻俩才破涕为笑。

定本大声叫妻子打一桶浓浓的酥油茶来感谢周翔，却被周翔拒绝了，“别打茶啦，请借给我一副草垫子，让我在你家的火塘边睡一晚上，我就满足了。”

晚上周翔便和定本一起吃晚饭，喝女主人特意放了酥油和奶渣的芫根突粑粥，吃周翔再三声明是用花椒煮熟的死牛肉，不过酒头人洛扎看着妻子身边的酒壶里还装着青稞酒，对芫根突粑就不那么感兴趣了，那么怎样才能劝服妻子让自己喝酒呢？他开始搜肠刮肚：工作员可是个懂事理、讲情谊、受尊敬的客人。他不仅保证不去告发烧信的过错，还分给他牛肉吃，这该是多

么好的借口，请客人喝几碗青稞酒回敬回敬呀！对，这是最好不过的借口啦。定本竟然高兴地提高了嗓门喊道：“姜古秀，为感谢工作员不去告发我的过错和分给牛肉吃的情谊，快去拿来你昨天新酿的头道青稞好酒，让我敬工作员几碗。”正好，周翔喝完一碗突粑，拿着空碗等女主人再为他舀突粑时，定本一把从周翔手里夺过搪瓷碗往自己的酒碗边一放，指着让妻子倒满，看样子也想叫妻子给周翔敬酒。定本等妻子放下壶端起周翔的酒碗来，便也端起自己的酒碗说：“请工作员一定要按照咱藏族人的规矩连喝三碗。”说着，便一仰脖子先喝下了第一碗。接着又从妻子手中夺过酒壶自斟自饮地连喝下两大碗酒，这才把碗放下，请周翔喝酒。

这可把周翔难住了，因为他不会喝酒，是个闻酒就醉的人，所以他接过女主人敬过来的酒碗，往火塘边沿上一放，合十贴鼻，发誓说自己不会喝酒，特别怕醉了难受，定本不以为然地说：“凡是男人就一定会喝酒，你即便把佛法僧三宝请来，我也不相信你这个大男人不会喝酒，更何况是我定本请你喝酒呢？必须连喝三碗酒，才是对我定本敬酒的盛情表示感谢。”说着，他把周翔放在火塘边的酒碗给端了起来，递到周翔的眼前，非要周翔喝不可。

于是一个要客人喝酒，一个在谢绝，便你敬我拒地推来推去，推得定本兴起，拿起酒壶，说：“好！你不敢喝酒，怕醉，我不怕醉，我替你喝。请工作员先生看好啰……”说着，又自斟自饮了三大碗，把碗重重地往脚前一放，想说点什么却晃来晃去地怎么也说不清。周翔看看定本已醉得很厉害，就使眼色请女主人把酒壶拿走。聪明的女主人见客人谅解了自己的丈夫，便跪下去夺丈夫手中的酒壶。定本哪里肯给，他颤巍巍地佯装生气的样子推开妻子的手，说：“我今天招待工作员，你别管，快去坝子上牵回我的马，再给它一些燕麦草，听懂了没有？听懂了就快去……”女主人伸出大拇指求他松手把酒壶给她，可定本一次次地推开她的手，催她快点去牵马，女主人叹了口气，无可奈何地起身离去。

定本见妻子离开了厨房，更加肆无忌惮地端起周翔没喝的酒一仰脖子倒下肚去，用手抹了一把胡须上的酒摇头晃脑地说：“你看我喝醉了吗？”醉眼蒙眬地望着周翔像是等着回答，但没等周翔回答便接着抱怨说：“你听见的，堪布先生带话来，叫我不要喝醉了，胡说酒话。什么叫胡说酒话？是喝醉酒的人想把心中的积怨和愤恨说出来。说到头。”他用手狠狠地抓了一把胸口，像抓出了他心中的积怨和愤恨似地往火塘里一丢，继续说：“我会这样吗？”他又醉醺醺地看了周翔一会儿，神秘兮兮地低声向周翔说：“你信不信，我只说上月初我替堪布办过的一件事，这事我可没对任何人说过，包括我的太太。”

“哦，什么事有那么机密呀？”周翔奇怪地反问道。

“上月初……”定本提起酒壶摇了摇，听了听觉得还可以倒出一碗来，便哗哗地倒了出来，端起碗一饮而尽，揩了揩嘴唇，舒畅爽意地打了一个响舌。“就在上月初，堪布先生叫我带几个民兵送他回曲宗的家住几天。当然是替寺庙去收差，去察看堆穷户为寺庙种的‘切玛地’的苗情和放养的‘不生不死牛羊’的膘情，以便他决定堆穷们今年应该给寺庙交多少青稞和糌粑，交多少牛羊肉和酥油奶渣。就在回寺庙的前一天晚上，堪布先生把我叫去，要我以定本的身份去办一件事情，去告诉一个堆穷……他叫什么名字我记不得了，叫我告诉他，堪布大人的觉啦很喜欢他的小女儿洛桑志玛，堪布大人要出高价用 3 克青稞（合 84 斤）买去给他当女佣人，务必在秋收前准备好衣物，秋收后顺着‘镰刀割出的路’，把女儿送到堪布大人家。这件事，不准对任何人说……”

“买卖农奴、朗生是他的特权，为什么不让对别人说呢？”周翔不解地问。

“我想大概是解放军在这一带修公路，他害怕解放军长官知道了会生气，去向代宗本降巴扎西告发他吧。”定本想当然地随口编出来答周翔。

“这个堆穷老人答应把女儿卖给他了吗？”周翔脑子里像是有个莫名的阴影闪现了一下，有点神经质地问道。

“这是堪布先生的命令，他敢不送去？何况还给 3 克青稞呢？”

“如果那位堆穷老人不同意卖呢?”

“那样，堪布大人就要按寺庙的戒律打他 200 鞭子，把他全家赶出曲宗地界。”定本阴沉着脸十分严肃地说。然后，又拿起酒壶来好不容易抖出了几滴酒来，生气地丢下酒壶往坐垫上一仰，不再说话。

女主人办完事走进厨房，第一件事就是去拿酒壶，摇了摇发现没酒了，深深地叹了一口气，便替丈夫和周翔舀突粑，可是丈夫的鼾声却呼呼地响了起来，他竟然进入了梦乡。于是女主人和周翔闷声不响地喝完突粑，周翔便在女主人搬来的草垫上，傍着火塘打开了背包铺好铺，往被子里一钻。洛桑志玛的影子随即浮上了心头，但思绪总是一次次被女主人进进出出做事给打断了。即便要睡觉了，她也是一阵忙活，洗锅倒水、扫地，拿来薄草垫与熟睡丈夫的坐垫合并一块，抱来藏被，替丈夫盖上后，又开始每天必做的睡前念经的功课。

周翔好不容易等到女主人睡下，厨房完全安静下来，才开始思索起定本的酒话，定本所吐露出的曲宗头人以 3 克青稞买女佣人的事，验证了洛桑志玛那天晚上诉说的那件用 3 克青稞买她当佣人的事。因而周翔为洛桑志玛能去松宗宣传队感到庆幸，不过更为阿爸被铁棒喇嘛押去南院而担忧。就在这时，一个落地炸雷震得周翔颤抖了一下，周翔很是气恼地一拳砸在火塘边沿，叹了一口气，然后闭上眼睛，想着明天该如何去打听阿爸嘎朗的情况，可是又觉得被子里有不少的小不点儿在“跳舞”，接着便刺痒起来。他生气地爬起来，去灶上摸那没烧尽的油松柴，却一根也没有。于是又无可奈何地躺下来，用辗转起坐来给臭虫、跳蚤制造一些威胁，以解心头之恨。

第十三章

由于一夜风雨雷电的吵闹与震撼，加上臭虫、跳蚤的不断骚扰，周翔一夜都没睡安稳。早晨等到主人都喝完早茶好一阵子了，他才没精打采地起来打好背包，坐下来喝女主人给他斟的酥油茶，吃了半碗糌粑，但仍然一个劲地打哈欠，惹得两位主人看着他直发笑。

可周翔笑不出来，只觉得浑身乏力，他用手背试了试额头，有点发烧。这让周翔想起了母亲在他小时候教他的防病口诀："感冒发烧跑出汗，劳作流汗不脱衫……"于是，周翔又捘了一大坨糌粑用洗脸毛巾包着当午饭，放进挎包里，出了定本家，来到玛尼堆旁，来回地跑了起来。

兴许是他经常单独骑马在森林中行走，为防患于未然，总爱观察四周，看有无飞鸟走兽的踪影；谛听林中有无可疑的声响。即便跑步治感冒，他也同样是如此。可不，跑着跑着，周翔恍惚听到有"哒哒"的声音传来，于是停下来侧耳细听，原来是马蹄声。

不大会儿，只见从林口冲出一个身着老羊皮袍的牧民男子，骑一匹浑身是泥的个儿不高的马。尽管马在奋蹄飞奔，但他仍扬鞭催打，脚尖还不停地踢马的肚子。看到这样的场面，经验告诉周翔，前面不是出了灾祸，牧民在逃命，就是他火急地到什么地方去报信……为了问明情况，周翔决定拦下牧民问个究竟。于是他走到大路中间，摊开双手朝着奔跑过来的马迎上去，看清了，是嘎玛。周翔喊道："出什么事啦?"嘎玛一看是周翔，勒住马哭喊着跳下马来，拉住周翔的手哭诉道："吓人啦！工作员，我们正过多弄沟时，山洪突然暴发，走在后面的小头人连人带马被冲进了沟涧，我们大家好不容

易才把小头人救上岸来。但是小头人头上血流不止，腿疼得站不起来，还大叫着不要管他，要我们快去救被洪水冲走的驮牛。说着说着，他就昏迷过去，不省人事了。吓得我们不知该如何办，还是久阿泽仁遇事冷静，他叫我骑小头人的小青马来大兴寺找你，你快骑上小青马去看看小头人吧!”嘎玛哭得很是伤心。

周翔急得抓过小青马的缰绳便要跨上去，被不知啥时候过来的定本洛扎一把夺过缰绳，“让马歇息歇息，吃点草，你先想想，看如何去救人。”说完，定本便牵着小青马，拉着周翔向他的院子走去。周翔这才冷静下来，想了想对定本说：“请定本先生派几个人去出事地点，把小头人泽仁旺加抬到附近的解放军医务所去治伤，其他的事，等我去看完情况再说。”

一进院子，定本叫出妻子交代说：“快去给马抱点燕麦草来，再给这位来送信的朋友端出清茶、糌粑来。”然后他把马往槽头上一拴，大步流星地走出院子办事去了。

周翔搬来一个草垫叫嘎玛坐下来休息，可嘎玛仍在哭泣，说什么也不肯坐下，一个劲地催周翔快去救小头人。周翔仍压仰着自己的感情，等女主人给马喂了燕麦草，又给嘎玛端来了清茶和糌粑盒，这才对嘎玛说：“让马吃点草，你先喝茶、吃糌粑填饱肚子，准备去抬小头人上解放军医院。”周翔见嘎玛听从了他的安排，从怀里拿出了木碗，这才走进厨房，取下挎包、糌粑袋和步枪，拎着背包走出来，从挎包里摸出一块银元递到正为嘎玛倒清茶的女主人手里，说：“非常感谢你和定本先生的招待，这一块银元，是我按照解放军的规定，给你的住宿、茶水费。等定本先生回来了，请你告诉他，我先去出事地点看看情况，请他派人跟随这位嘎玛朋友尽快赶去出事地点救人。”说完，周翔把背包粮袋往小青马骑鞍后一捆，便牵马出院，纵身上马，脚尖一点马肚，小青马撒开四蹄，扬起一路尘土。

周翔马不停蹄，正午时分赶到了多弄沟，他惊骇地向沟涧望去：暴发的

山洪余威犹存，滚滚洪水汹涌澎湃直泻波曲河中，再看溪涧两边，令人惊心动魄。想象得出，当时的山洪之大，竟然把沟涧里的大树小树连根拔起，冲得横七竖八；方桌大的岩石也被它像滚球似地推下山来，冲积得满沟满谷都是石头、树木，满目疮痍，令人惨不忍睹。

此时，传来一声接一声的哀叫声："小头人，你快醒醒呀！""旺加小头人啦，你睁开眼睛看看吧！"

周翔听到这凄苦的声音，是在喊叫他最亲密的藏族朋友泽仁旺加时，就像胸口上重重地挨了一拳头似的，眼前发黑，心也痛得厉害。他不知自己是怎么下马踉跄着跑过去抓起旺加的手，大声呼喊起来："泽仁旺加，泽仁旺加，答应我呀！"

久阿泽仁见周翔来了，像看到了救星似的，一把抱住周翔大哭起来，接着桑登、保乌也围了过来，抓住周翔的手哭诉着要周翔帮助他们救活小头人旺加。还说如果救不活小头人，他们几个也活不成了，回去肯定会被甲本打死的。

周翔流着泪从挎包里拿出洗脸毛巾为好友泽仁旺加擦去头上脸上的血迹，又从挎包里拿出兵站给的备用纱布和药，边为好友泽仁旺加擦药，包扎伤口，捆绑折了的小腿，边喃喃地说："旺加啦，我是周翔，我替你包扎伤口，要忍住痛，等会儿担架来了，就抬你去解放军医院给你治伤，一定会好起来的，你就放心吧。"说着说着，周翔发现泽仁旺加竟然流出两行泪来，他疼爱地给旺加擦去眼泪，抬起头来，打量了一下河边，叹了口气说："唉！这究竟是怎么回事，怎么你们几个都好好的，唯独旺加一个人落入洪水差点被冲走了呢？"

保乌指着不远处沟岸上的一块草坪中央那些看得见的散放着吃草的牛群，对周翔说："昨天下午，桥工队派来二十多个师傅，扛着铁锹和十字镐来帮我们修路，还带来了你写给小头人的信。小头人很高兴，按照你的意见，把

来到坝上住下的几个牦牛队都动员起来，又有近20人参加了修路。直到天黑才把路修通。”还没等保乌说完，久阿泽仁抢着说道：“小头人看天已经黑了，便叫我们烧茶住下来，谁知道睡下不久便又下起大雨来，真是电闪雷鸣、风雨交加的一个晚上。天刚亮，小头人怕山洪暴发过不了多弄沟，就把大家统统叫了起来，叫大家赶快绑好驮子上路。还说过了多弄沟就不怕山洪了，一定要在洪水来之前蹚过多弄沟，到那边去烧早茶……”

“小头人的命令谁敢不听，再说，这也是为了我们大家的安全着想嘛，所以我们赶紧起来，很快绑好驮子便上了路。可没料到上了修好的瘌头坡，由于下了一晚上的雨，竟滑得不行。嘎玛牵着廓嘎玛，刚踏上去就翻了驮子，后面一头驮3包米的黑牦牛也刚上坡就滑倒，翻了驮子，还好驮两包米的驮牛较平稳，即使牛滑倒了，驮子也没翻。”保乌接上去说道。

“是的，小头人见了，叫我们退回来，命令凡是驮3包大米的都卸下一包来，分批过坡。对胆小的牛，一人牵一头过，由他和久阿泽仁看守卸下来的米包，最后一批过坡。”桑登接着说道。

巴戈抢过话头说：“就这样，由我和嘎玛、保乌来回搬运了好几趟，累得大家出了一身臭汗，才过了瘌头坡。我们又上好驮子，高高兴兴地赶着牛上路，还没等到太阳把身上的汗水晒干，便到了多弄沟，一看沟下水浑流急，吓得小头人大声叫嚷我们牵着犏牛领头，拉开距离走。我们又费了不少力气才下到沟底，蹚着没膝深的水过多弄沟。开始驮牛趟沟都很听话，除了喝水，都一直不停地走着，大约喝一顿早茶的时间，嘎玛的廓嘎玛便带头上了对面的斜坡，而带上去的水，却把路打湿了，斜坡路很滑，所以上得慢，我和保乌几乎是帮助抬着驮3包的牛走上坡路的。当第三队上来就更滑了，走得更慢啦，忽然我们听到溪沟上头轰隆隆地震响起来，就像山垮下来一般，只见洪水浊流卷着巨石、朽木直冲下来。这时我们才知道是山洪暴发了，大家相

互喊叫着、驱赶着各自的牛队往涧坡上拥。”

说到这里，保乌惊恐未定地说：“这股洪水冲下来震得地动山摇，我们三个队的牛都惊了群，那些驮两包米的牛，驮子轻，冲挤上了前，驮 3 包米的牛驮子重，被挤到一边，落到了后面。为了争路，它们又拥挤着往上冲，不是这头牛的驮子掉了，就是那头牛的驮子歪了，我们吆喝着，帮助去卸鞍。就在我们忙乱的时候，突然传来久阿的惊叫声：‘小头人，小头人别过去，’我扭头一看，看见小头人策马冲过去想拦住往后退的几头驮 3 包大米和帐篷的驮牛，没想到忽然坡岸往下一沉，只见几头牛和小头人一起落进了洪水中。我还看见小头人的手紧紧地抓着马缰绳，被小青马拖着往坡岸上爬，就在这时，觉啦久阿奋不顾身地扑过去抓住了马的笼头使劲地往岸上拉，可怎么也拽不上来——”

沉静了片刻，桑登激动地说：“也多亏了嘎玛，他解下腰间的套牛绳甩给觉啦久阿，让他圈住小青马的头，两人合力往上拽。接着我们一同用力才把小青马和小头人救上岸来。可是小头人头上受了伤，血流不止，抬他上岸时，他的右腿骨折了，站不起来，把他抱着躺在地上，他一句话也说不出来了，我们给小头人脱去湿衣，盖上觉啦久阿的羊皮筒袍，他都不知道动弹，该不会……”桑登说不下去了，大家也已泪流落面。

久阿泽仁擦了一下眼泪，拉着周翔的手接着说：“请工作员不要生我们的气，当时，我们把心全用在了救小头人的身上，没人去照管炸了群的瞎冲乱撞的驮牛。等我们把小头人救上了岸，见小头人不省人事，我一下像失去了主心骨似地才想起了您，便派嘎玛骑着小青马去大兴寺接您，让米玛在这里守着昏迷的小头人，我带着保乌、巴戈和桑登去圈拢驮牛，收拾滚得满坡的米包、鞍具和背垫。之后，我认真地清点了驮牛和米包，才知道被洪水冲走了 4 头驮牛和 11 包大米。”说到这里，他哽咽了好一阵才接着说：“这可

把我吓了个半死，怎么去向甲本交代，怎么赔得起 4 头驮牛和 11 包大米呀……”

周翔拍了一下久阿的手，对大家说：“我来时已请大兴定本先生帮忙雇 4 人，并借一张门板和抬杠来。等他们来了，马上把小头人抬去扎木，请解放军修路指挥部的军医抢救和治疗。至于死了 4 头牛，我们一定按照规定赔偿给甲本，损失的大米我会请双登兵站处理的，不过你们的帐篷冲走了，这得回热亚去和甲本泽仁多杰商量了。只是这一趟运输，你们可要吃苦露宿了。”

“这没关系，我们可以找村子借宿。”这是大家听了周翔的话后纷纷点头表示赞同的声音。

周翔见久阿泽仁没穿皮袍冷得直打战，便从小青马的骑鞍上解下自己的背包和粮袋放在地上，打开背包拿出自己从团供应股用破大衣换来的旧大衣给久阿披上，劝慰他：“别难过啦！快带着大家去洗洗，搭起三石灶来烧茶打尖。”于是大家散开各做各的事去了。

大约等了喝一顿早茶的时间，只见定本骑着马，4 位牧民抬着一张门板，扛着抬扛和牛毛绳，在嘎玛带领下，一路小跑过来，定本来到周翔面前跳下马，缰绳一丢，便走过去弯下身去抚摸了一下小头人盖着的藏袍。

周翔向定本合十道谢后，便叫 4 位牧民捆绑好固定在门板上的 4 股抬绳，算是绑扎好了担架。好心的定本抱来枯草想铺在门板上，但被周翔拒绝了，这时嘎玛拿来两块鞍子背垫，周翔也连连说不行，你拿走了两块背垫，两头牛就只好光着背驮大米啦。周翔想了一下，把他的棉被叠成 3 折铺在门板上，然后铺上进藏前发的白羊毛毡垫，又拿装着换洗衣服的白布口袋给小头人当枕头，这才叫嘎玛他们小心翼翼地把泽仁旺加抬上担架，掖好盖在身上的藏袍，又指挥来人在旺加的胸部腿部，轻轻地绾上几道牛毛绳之后，叫两个个子差不多的牧民拿抬杠穿住抬绳，一前一后抬上肩，向前走几步，又叫另两位牧民一前一后地抓住抬绳，护卫、稳住担架。这样练习了两遍之后，对他们说："你们四位朋友就这样在窄道上抬担架；若是走在坝子上或宽平的大路上就可以4人一人一角抬。总之，一路跟着我要抢时间，尽快把小头人抬到扎木解放军医院，请医生抢救和治疗，辛苦你们啦！"

周翔向他们交代完，又把久阿他们几位朋友召集在一起说："我代小头人指派嘎玛当你们的临时领队，务必听从他的安排和指挥，把这一趟运输的粮食明天送到双登兵站，死了的4头牛和冲走的11包大米，我明天去向站长报告洪水灾情，他会同意报销的。今天到了大兴就在定本家前面的坝子上停下，请定本先生解决你们缺少的驮牛，派给你们牛或骡马。久阿骑上小青马赶去热亚向甲本泽仁多杰报告小头人受伤情况，请他放心，由我护送小头人去扎木军医院治疗。"

周翔交代完后，又握着定本洛扎先生的手致谢，并请求他今晚务必帮助解决好驮牛和骡马，让旺加的运输队把部队急需的给养送到双登兵站去，工资由兵站按雇用骡马发给。还请他明天派几个人沿波曲河帮助寻找冲走的驮牛和帐篷，找到牛请就地埋了，帐篷洗净晒干放在定本先生家里，我派人或是我来取。定本先生呢，就像是对待上级一样，每听完一句话，都要说一个"啦嗦"或"嘞嘶""哦呀"。最后定本洛扎问周翔还有没有要他办的事，周翔听了高兴地低声对他说："我还有一事求你帮忙，就是昨天被铁棒喇嘛抓去的一个曲宗的老头，叫嘎朗。"定本一听高兴地说："这老头我认识，他就是……"周翔打断他的话说："务必请你打听一下，这位老人挨打了没有？放回家了没有？下次来，我一定给你买两壶头道青稞酒请你喝。"

定本听了，笑着连连"哦呀哦呀"地答应了下来。

周翔把嘎玛叫过来向定本介绍说："他是这个驮队的领队，是我的朋友。等他们的驮牛今天到了大兴，借你的草坝圈牛，院子堆放大米包，并请您为

他们安排住宿，等我回来一并谢您。”

“哦呀，哦呀。”定本爽快地答应了。

周翔向大家交代安排完后，把糌粑袋往脖子上一绕，背上薄薄的背包，肩挎京胡，手托步枪，一挥手，4 位雇来的牧民抬着担架，在久阿泽仁等朋友们的祝福声中起程向大兴走去。

第十四章

约莫下午 3 点左右到了大兴村，周翔让大家放下担架休息一会儿，这时，抬担架的牧民的家属们纷纷端来茶水、酸奶和糌粑。让周翔感动的是定本洛扎的太太——酒女人已给他端来了清茶和放了一块酥油的糌粑盒，周翔接过连声道谢，听定本太太说定本已回来很久啦，是他交待，叫等他们到来后，一定要招待工作员先生喝茶、吃糌粑，祝他们送受伤的小头人去医院一路平安。周翔也请定本太太一定要转告他对定本的感谢。周翔他们急急忙忙喝了茶，吃了糌粑，抬起担架又继续赶路。

过了大兴桥，转入山林路，较平稳地赶了一段路，天便渐渐地黑了下来，尽管天上还有一层薄薄的云衣笼罩着半边上弦月，给夜行人一点微弱光亮，但对抬担架的人来说，既要抬稳担架，不能颠簸了受伤的小头人，又要低头辨认路况，还是很辛苦的，山林路实在是不好走。抬在前面的那位稍矮一点的叫寸佩，后面那位高个儿的叫克珠，走在两边抓住门板当护卫的，一个叫多巴，一个叫布穷。走这一段路可把他们累得够呛，几次轮换下来，年青的布穷就喊累叫饿了，幸亏三位年长的都没吭声，只是闷着赶路，但已不像白天那样精神十足。

看到大家这样，周翔也很是心疼，便选了块靠河边的青草地，叫大家放下担架休息一会儿。等他们放好担架，盘腿坐下休息时，周翔从脖子上取下自己的糌粑口袋，说道："朋友们，辛苦你们啦！请拿出你们的木碗来，江中有水，这袋里有糌粑，请吃饱了，休息好了，咱们再继续赶路。请吧，别客气！"说完，周翔先从兜里摸出自己的搪瓷碗到河边去舀水。他们 4 个开始

还有点不好意思，但看到周翔的诚意，纷纷从怀里拿出自己的木碗来，去河边舀水，一边喝水一边挼糌粑。周翔忽然发现小头人的左脚动了一下，便跪起来揭开他给旺加扣在头上遮风的棉军帽，仔细观察，用手去摸，见无动静，便又坐下来挼糌粑。细心的布穷看见后往周翔身边挪了挪，问道："这个受伤的小头人是你的朋友吧？"周翔一边挼糌粑，一边对布穷说："他是我几个月前来热亚新交的好朋友。他是一个好青年，也是一个会做事的好佣人，更是一位很好的小头人。"

"哦呀！一个佣人，怎么又是一位很好的小头人？"高个儿克珠嘴里丢进一坨糌粑，右腮帮鼓鼓的，好奇地看着周翔。

"他的确是一个佣人，也是一位小头人，他同母异父的哥哥就是曲宗牧场上的甲本，他阿妈出门后，他就给这个觉啦甲本当了佣人，因此当地牧民也叫他小甲本或本穷啦。这次来运输，是他觉啦甲本任命他当了本穷，代表他来带领这支驮队支援修路搞运输，为觉啦甲本挣运费。"

"啊嘞，宁结（可怜的）！为了觉啦差点被洪水冲走，真是天菩萨保佑好人哪！"克珠放下碗，双手合十感慨地说。

"这是他第一次当小头人，就遇上了洪水暴发，他为救被惊散乱跑的驮牛，掉进了水中，幸亏他的朋友们及时把他救上岸，但他已被洪水冲下来的木棒碰伤了头，撞断了腿。唉！我偏偏又被首长派去大兴寺送信，若我和他在一起，兴许我会。"周翔难过地又揭开了小头人头上遮风的军帽，准备伸手去抚摸小头人，突然惊喜地叫了起来："旺加你醒啦！"抬担架的牧民朋友也纷纷围拢过来，想看小头人一眼，却被周翔埋下去的头给挡住了。看他们着急的样子，周翔擦着高兴的泪水站起来。他们 4 人轮流看了一眼后，双手合十为旺加祈祷求福。周翔这才低头轻声对旺加说："我是周翔，他们 4 个是抬你去扎木医院治伤的牧民朋友。你想喝水吗？"周翔侧过身凑近旺加耳边，

没听到声音，又凑近了些，借着微弱的月光，看见了旺加脸上的两行泪水。周翔边替旺加擦眼泪边说：“放心吧，到了解放军医院，你的伤准保能治好，我还想和你一道再跑几趟运输哩。”见旺加还是没能说出话来，周翔既着急又伤心。

“工作员同志，让我们也交个朋友吧，你愿意吗?”这是克珠代表他的伙伴们说的。周翔很高兴地回答道：“愿意，愿意，和解放军交朋友你们不害怕?”“不怕，不怕。”四位朋友异口同声地回答。周翔连忙介绍自己，我是波密宣传队的宣传员，叫周翔。接着 4 人都伸出了大拇指，周翔也高兴地伸出了大拇指，于是五个大拇指便碰到了一块。从这时起，他们就都是好朋友啦。五位好朋友高高兴兴地吃完糌粑，抬起担架又向双登进发了。

斜挂在夜空中的上弦月，被黑纱般的云层包围着，真像传说中的黑衣女妖在和夜行的人们开玩笑，时而把月亮顶在头上，给山林窄道洒下花瓣似的光影；时而又把月亮捂在胸口，只露些许的亮光。让精灵们来玩弄行路人的命运，偷听行路人的哀怨的叹息。

周翔他们一行人抬着担架，艰难地走在傍山林中的坡道上，尤其是布穷，他本来就有些近视，当月亮隐入云层时，他都会提心吊胆地估摸着迈步，有几次绊住脚，打了好几个趔趄。这一次，他没看清地面歪斜的小石坎，被绊了一个前扑，险些翻了担架，这样下去既慢又危险。所以周翔要替换布穷抬担架，布穷说什么也不肯，当然还有克珠他们也不让周翔抬，只是叫布穷要小心些，但周翔看布穷抬着担架痛苦的样子，而且迈步一踮一拐的。周翔伸手把布穷拉住，双手托住他肩上的杠子，命令式地叫布穷和多巴放下担架，双手抬起布穷的右脚，只见磨穿了鞋前掌的洞口内黑糊糊的，像是在流血。周翔赶忙叫布穷坐在地上，为他解开鞋带，脱去他穿的“宋巴”（用氆氇做的藏式长腰鞋）一看，吓了一大跳，只见布穷的大脚趾甲盖被踢翻了起来。

周翔他们一行人抬着担架，艰难地走在傍山林中的坡道上。

周翔伸手去挎包里拿纱布时，才想起给旺加包伤用完了，便从自己的衬衣上扯下一条布来，给他把脚趾缠上，又从腰上扯下自己的毛巾再包一下，然后用宽鞋带绑扎好。周翔这才取下自己剩下的半袋糌粑和肩上的京胡往布穷胸前一挂，把步枪取下，端在手上捂住枪栓口，“刷刷”退出 4 发子弹往口袋里一装，把枪也递给布穷。周翔还为布穷找了根树棍当拐杖。然后向后面的多巴一挥手，4人同时抬起了担架，继续赶路。

周翔一路上的这些举动，深深地感动了4位牧民朋友，也让他们更加尊敬周翔。轮换位置抬担架时，多巴总是趁周翔不注意，把抬绳往后拨一些，让周翔抬得轻一些，凡是上下坡坎或溜滑难走的路段，克珠或者寸佩总会有一个去帮周翔。尤其是布穷，每次看到周翔他们艰难地抬着担架时，他的愧疚感便油然而生。他感激周翔，在心里发誓：不论脚趾多么疼痛，哪怕翘起脚掌，仅用脚后跟走路，也要紧跟在担架后面，不再让工作员为自己操心。

说起周翔来，昨晚在定本家被风雨雷电惊忧，被臭虫跳蚤折磨，几乎一个晚上没睡好觉，而且还感冒发烧，加上山洪暴发，好友旺加严重受伤对他的惊吓，已经是疲惫不堪了，更何况他还多了一份国家工作人员的责任心。但他凭着一个解放军战士的毅力，一直坚持着抬担架。好不容易走出傍山坡路，下到河滩大坝休息。可是休息之后，周翔几次手撑着地想站起来，竟没有站起来。克珠忙起身去搀扶周翔，说什么也不让周翔再去抬担架了，可周翔却坚持着要换下寸佩来，这可把寸佩急坏了，忙劝道："有难处相互帮助是福，有痛苦个人撑着是祸。请别再争了，不要让我们害羞、难过啦！"

就在他们争抬的时候，远处传来了公鸡打鸣声，"啊哈！"大家的情绪一下高涨了起来，特别是周翔，竟然忘记了一路的辛苦劳累，兴奋地对大家说："朋友们听到鸡叫了吗？兵站快到了。再往前走，就是宽敞的河滩大坝。克珠，咱们一人一角抬起担架来，快，快抬到兵站，给小头人旺加上药，给布穷上药包扎，咱们也买几碗面条，吃饱了有劲，尽快赶到扎木解放军医院为旺加小头人治疗。"

在克珠、多巴兴奋的"哦呀"声中，大家身上像有一股神力似的，抬着担架也感觉轻松了。突然，周翔喊道："布穷，布穷你跟上来了没有？"周翔

哪里知道，布穷的脚趾已肿得很大，休息后，他怎么也站不起来了。但布穷怕周翔又转回来接他，便咬着牙拄着木棍好不容易站了起来，刚站稳，就听见周翔的喊声，他忍着疼痛大声回答道："你们快抬着走吧，我跟上来了！"

第十五章

只有八九户人家的扎本村还在酣睡，而各家的雄鸡却精力旺盛地像在比赛似的高声唱和着为主人报晓。殊不知它们的叫声，还为周翔他们提示了方向。周翔领着雷班长和一名战士抬着军用担架，顶着蒙蒙雾气，在傍山的丛林中东拐西弯地寻找上山坡的路，幸好听到雄鸡报晓声，才没走错道。他们爬上山坡，顺着山路很快就到了解放军医院，周翔叫雷班长和战士把担架抬到护士值班室。

一位戴着口罩的女护士走过来，弯腰揭开盖在旺加头上的旧军帽，看了一眼，问道："哪个连队的？伤了哪里？"周翔向女护士行了个军礼后，回答道："护士同志，我是松宗解放委员会驻热亚督运组的工作员。这位伤员是曲宗牧区牦牛运输队的小头人，叫泽仁旺加。昨天早晨八九点钟经过大兴多弄沟时，暴发了山洪，小头人差点儿被洪水冲走，他的头部受了重伤，小腿骨折，流了很多血，到现在还一直处于昏迷中，请医院紧急抢救。"周翔眼泪哗哗地说。正好一位戴着口罩、穿着隔离白罩衣、提着一副手术手套的年青医生走进值班室，来到担架前，揭开旺加头上的旧军帽，仔细地为旺加检查了一遍，取下口罩对护士同时也对周翔说："护士长同志，听这位同志的介绍，这位小头人受了这样重的伤，还流着血，被他们用门板抬了这么远的路，将近一个昼夜处于昏迷状态，这可不能掉以轻心，你赶快叫几个护士来，尽快地检查伤者的血型，为伤员做好手术前的一切准备。赶快抬进手术室里来。"说完，疾步走出了值班室。

"是。"护士长答应着，转身对周翔说："你到对面的病房帐篷里去坐一

会儿，等手术消息。”不等周翔回答，她又向雷班长和抬担架的战士一挥手，“抬伤员跟我来。”便急匆匆地带着他们走出了值班室，向着后面的一顶较大的帐篷走去。突然，夜空里传出一阵急促的喊人声，叫得周翔心里直发毛。他好不容易控制住自己的情绪，走进病房帐篷，往一张空钢丝床上一坐，本想等着手术结果的，但屁股一挨床，身子便不由自主地歪倒在了床上，闭上了眼睛，回想起刚才双登兵站的一幕。

周翔非常疲惫，全靠着他的顽强和毅力，才坚持着和寸佩、克珠、多巴把旺加抬进了双登兵站的帐篷大院。起早做早餐的闵班长看到周翔几个人抬进一副担架来，很是惊诧地跑上前，帮助周翔放下门板，问道：“抬的谁?”

“是曲宗驮运队的小头人旺加。”周翔边说边拐着走到黄站长的帐篷前喊了声：“报告。”

黄站长掀开帐篷门帘问道：“发生什么事了？啊，是周翔，怎么了?”

“昨天早上，多弄沟暴发山洪，冲走了 4 头驮牛，小头人旺加头部受重伤，右小腿骨折，流了不少血，一直处在昏迷中，我们抬了一天一夜才到这里，由于门板不好抬很累人。请站长借我一副军用担架，我们要尽快送去扎木部队医院抢救。啊，有一个我请来抬担架的牧民叫布穷，他由于眼睛不好，踢伤了脚，还落在后面没来，请站长派两位同志去接一下，待会儿给他上药包扎。”

“好了，别说了，闵班长，快去叫罗排长来。”站长说着回身去穿衣服。闵班长正想去叫罗排长，只听得一阵杂乱的脚步声，罗排长已经带领着战士们跑过来，对披着军大衣走出来的黄站长敬了个礼，说道：“这么早我一听到喊报告的声音，就知道一定出了什么事，便集合了战士们，请站长给任务吧!”

“好。你派个战士，去拿一副军用担架来，你们大家帮忙把受伤的小头人

抬到担架上，叫雷班长给他打一针强心剂，增加点抵抗力，再叫两名战士去接那位踢伤了脚的牧民，给他上药包扎……”站长的话还没说完，就听得战士们一片争抬担架，争着去接伤员的“报告”声，“我抬伤员去医院”“我去接受伤的牧民”“我去……”

周翔很是感动，拉着闵班长的手说：“请给4位朋友做点吃的，我从医院回来后付饭钱。还有，后面受伤的朋友背着我的步枪、京胡和粮袋，请代我收下，我回来取。”

“快去忙你的吧，这里我和黄站长会替你安排的。”说完，闵班长便拉着克珠、寸佩和多巴去了炊事班。

就在雷班长替旺加打强心针、换纱布包扎时，周翔又恳切地请求黄站长对这次曲宗驮运队的损失按洪灾处理，多发给抬送伤员的牧民朋友一些工钱和借用群众的门板、扛绳的租用费。

“好了好了，我晓得怎么处理，你赶快带着雷班长和两个战士把小头人送到医院抢救！”黄站长焦急地说。

“是。”周翔转身看见旺加已经被抬上了军用担架，便想去拿自己的棉被和枕头袋，不料跟抱着棉被和枕头袋的闵班长撞了个满怀，只听得闵班长催促道：“你快叫他们走吧，这被子枕头我也替你收起来。”说完，递给周翔两个馒头，又从兜里抓出一大把油炸花生装进周翔的兜里，回炊事班去了。周翔感激地向班长、黄站长行了个军礼，转身便想去抬担架。可是雷班长和一个战士早已把小头人旺加抬了起来，周翔感动得直敬礼。这才把班长给的馒头、花生米拿在手上，跟随在担架后面吃了起来……

“病房里有B型血的同志吗？”一道手电光柱扫了进来。

周翔正吃得高兴，突然眼前一道亮光，好像有人在跟他说话。他迷迷糊

糊地坐起来，才知道自己刚才是做梦呢。

“我是B型!”睡在里面床上的一位伤员喊道。

“我也是B型!”周翔也急忙跟着喊道。

“你俩快跟我来!”护士长转身出了病房。

里面床上的那位伤员拄着拐杖几步便跨了出来，周翔由于浑身乏力，等他走出帐篷，护士长的手电筒已亮进了前面的那顶大帐篷。他自责地狠狠打了自己一拳头，快步向帐篷走去。

等周翔走进大帐篷时，只见前面走来的那位伤员同志已在抽血了。他走到拿着抽血器的护士长面前，抱歉地笑了笑便坐在了她身边的椅子上，伸出了手臂。

“小头人失血过多，急需输血。你害过什么大病吗?”护士长一边绑手臂，一边问周翔。

“5年前我在家乡得过伤寒病，差点儿死掉了，后来病好了，我就参军了，身体练得棒棒的，我还是舞蹈演员呢!”周翔得意地说。

“知道，看过你们宣传队的慰问演出，特别是你和富安联演的《兄妹开荒》还是用藏语演出的……”说到这里，护士长猛地从周翔的手臂上拔下针管，看了看血样，又说：“我还为你鼓过掌哩。好了，快去病床上睡一会儿，睡好了等手术结果吧。”

“请问雷班长和抬担架的战士还在手术室睡吗?”

“我叫他俩回兵站去了。”

“是。”周翔听了护士长的赞扬很高兴，本想再说点儿什么，而忙碌的护士长又带着她的女护士出了帐篷，周翔也高高兴兴地走回了病房帐篷。周翔又坐到了他刚才睡过的9号病床上，很想和刚才献血的伤员同志说几句话，向他表示一下谢意，可是疲惫就像一块魔布一下把他的脑子给蒙住了，他不

由自主地歪倒在床上，进入了梦乡。梦见和小头人旺加同骑在小青马的背上，奔驰在辽阔的牧场上……他熟睡的鼾声把一个寂静的外科病房都给打得热闹了起来。幸亏这个病房里都是些养伤待归的修路战士，又正是起床锻炼的时间，所以只有一片说笑之声，没有怨尤责备之语。

突然，帐篷外传来一阵啼哭声，把周翔从酣睡中惊醒。他霍地坐起，哭叫着就往外边跑还边喊：“旺加，我的好兄弟。”只见两位解放军战士抬着一副沉重的担架，伤心地哭着打帐篷门前经过，周翔愣了一下，疾步走到护士值班室门前的一位女护士面前，望着她眼泪哗哗深感惋惜的神情，行了个军礼，问道：“护士同志，抬走的这位战士得的什么病？没救啦？”

“大夫来检查过，是阑尾炎，晚了。”护士擦着眼泪感叹道。

“阑尾炎不是做手术可以治好的吗？”周翔疑惑地问。

“阑尾炎一般不超过 24 小时是可以开刀治好的，可是这位同志得了阑尾炎，还坚持打炮眼放炮，等到第二天再去打炮眼时已经疼得站不起来了，这才送来团部卫生所看病，一检查是阑尾炎，但团部卫生所没有做手术的条件，又连夜抬着往扎木跑，今天上午 11 点才送到这里，已过去了 30 个小时，阑尾早已化脓穿孔，没办法了。”周翔听女护士这么一说，忽然意识到小头人的受伤时间也已快过 24 小时，撒腿便往手术室跑。

刚跑到帐篷手术室的门前，便撞见护士长领着一名护士推着泽仁旺加走了出来。周翔紧张地迎上去向护士长行了个军礼，着急地问道：“泽仁旺加小头人是不是超过了抢救时间？手术怎么样？他醒了吗？”护士长看周翔着急紧张的样子，笑了笑说：“别为他担心，他头碰伤，脑震荡，还划了老长一条口子，流了不少血，缝了 7 针；小腿骨折，已接好上了夹板，敷上了石膏，看来得住几个月的院。”护士长的这些话，可给周翔吃了一颗定心丸。

“他说话了吗？”

“没有，在给他的小腿上夹板敷石膏时，他才醒来，瞪着一双大眼睛看着为他做手术的毛大夫。”护士长风趣地说。

周翔听了，高兴地扶着推车，用藏语对小头人说：“旺加，泽仁旺加，我是你的好朋友周翔，快睁开眼睛看看我！”旺加听出了周翔的声音，扭头想看看周翔，却又一阵头晕，旺加用右手按着头，左手伸出盖被与周翔紧紧相握。两个坦诚相交的朋友此时没有语言，只有从内心深处涌出来的感情和幸福欣慰的泪珠。

进了病房，护士长把推车停在了周翔睡过的病床前，叫小护士抱来铺盖铺床，又转身替旺加按摩起头来。等小护士铺好了床，护士长才叫周翔帮忙把旺加抬上床，并给旺加在床架上用纱布条固定好敷了石膏的伤腿，替他盖好被，临走前又从兜里摸出一条绿色的布条拴在了他的钢丝床架上，说：“这是今天为你供应半流体食物的布条，床下有便盆，有困难请叫我们一声，我们有值班护士会来帮助你的。”说完，护士长向周翔摆了一下手，请他翻译一下。周翔一句不落地给旺加做了翻译，旺加听了非常感激地双手合十向护士长连连点头表示感谢。护士长推着车和小护士走出了帐篷病房。

兴许是护士长说了床下有便盆的缘故吧，旺加竟不好意思地对周翔说他想解小便，但脚被固定在床架上动弹不得。周翔一听很高兴，这说明旺加做了手术后的效果很好，便替旺加松了绑在床上的绷带，让他坐起来，端起便盆替他接尿。旺加说什么也不让周翔为他接尿，要求周翔转过脸去。周翔把便盆放好后转过身背对着旺加。旺加方便完后，把裤子往上一掖，才请周翔替他把尿盆放在床下。周翔转身看着不好意思的旺加笑了笑，端着尿盆走出了帐篷。周翔向厕所坑里倒了尿，洗干净尿盆，回到病床前对旺加说：“如果我不在，护士同志她们会来帮助你的。”

“那不把人羞死啦！”旺加通红着脸说。

“你是伤员，应当把护士看成是自己的姐妹，她们会把你当做是兄弟和病人，你不方便就不要害羞。”

“你们解放军真好！我的伤好了，一定要当解放军。”

周翔听了非常高兴地拍着旺加的肩膀说：“你不想去雅安学种茶了？”

“想，都想。”说着，旺加和周翔大笑起来，把病房的伤员都给逗乐了，尽管他们没听懂他俩在说些什么。

“开午饭啦，开午饭啦。”有人推着饭车喊道。病房里的伤员纷纷走出帐房，喊着王班长，排起了队。周翔空着手走出来也排上了队。等轮到周翔时，他向打饭菜的王班长行了个军礼说：“班长同志，我是替一位刚动完手术的藏族小头人来领午餐的。他的床头拴了根绿布条，该吃什么呀?”

“半流子（体)，请端第二层的碎肉鸡汤面条。”班长用长杆铁瓢指着饭菜架的第二层说。

周翔朝架下一看，差点没馋出口水来。他边从木盘里拿竹筷，边用眼睛瞟着第二层里的几大碗热腾腾的面条，比较着它们的分量和肉末的多少，甚至连面汤上的油珠厚度也比较了一下，之后才端起中间最满意的一碗面条，给旺加端来，往他的床头柜上一放，说：“早就饿了吧？快坐起来吃面条。”

“我头晕，一动就天旋地转的。”旺加按着额头难受地说。

“嗯，两天没吃饭，能不头晕吗？来，坐起来，坚持着……”说着，周翔替旺加解开固定在床架上的打着石膏的伤腿，扶他坐起来，端起碗来喂他吃面条。

“阿妈啦，这面条这么香呀！”旺加刚吃了一口便夸起来，等吃完第三口、第四口面条后，旺加竟夺过周翔手中的筷子来，低头就着周翔端在手中的碗呼呼啦啦地吃开了。这可把端着碗的周翔馋得够呛。周翔笑眯眯地看着旺加，等旺加吃完面，喝完了汤，高兴地问道：“还想吃吗?”旺加看着周翔不好意

思地说："还想吃，班长他还给吗？"

周翔笑着点了点头，替旺加抹去嘴边的汤水，便端着空碗来到饭车前，向正在为伤员打饭菜的王班长行了个军礼，试探性地问道："班长同志，一碗面条不够吃，还可以端一碗吗？"

不料被端着几个空碗从别的病房里走出来的护士长听到了，护士长对班长说："一个大小伙子饿了两天，一碗面条肯定不够吃，端吧，再给他端一碗。"

"是，谢谢护士长！谢谢班长！"说着，周翔又端了一碗面条来到旺加床前，捧在手中让旺加吃。旺加望着兄长般的周翔替他做着只有佣人才做的事，心里十分感激。他当然知道周翔也饿着肚子在喂他吃饭，所以才声称没吃饱，还想吃。等周翔再次端来了面条后，他含着泪水挑起一筷子面条送到周翔的嘴边要周翔吃。

周翔十分感动地把旺加伸过来的面条又推到旺加嘴边，旺加说什么也要周翔吃一口，自己才吃。周翔无奈张开了嘴巴，让旺加喂了他一口面条，然后接着周翔又喂了旺加一口。就这样，两个好兄弟展开了一场抢筷子喂对方吃面条的争夺战，还嚷嚷着对方非吃不可。于是你一筷子，我一筷子地喂起来。没料到他俩的举动把同病房所有吃午饭的同志都感动得鼓起掌来，可把两个好友弄得不好意思了。他俩傻笑着向伤病员们点头致歉。又一碗面条吃完了，旺加饱了，周翔反而觉得更饿啦，但又不好意思再吃病号饭，便拿着空碗来到王班长面前，向他道了谢，送还了碗筷，从兜里摸出一个银元递给王班长。

王班长摇着头不肯接，说道："我们这里是十八军修路指挥部总医院，供应住院的伤病员一日三餐是不收费的。"

"报告王班长，我不是住院的伤病员，我分吃了小头人旺加的面条，该付

这半碗面条钱。”

“来送伤病员的同志吃一两顿也是不收钱的。”

“半碗病号面条，你肯定没吃饱肚子，王班长，请再为周翔打一份饭菜。”端着一摞空碗的女护士长走过来听到他俩的对话，再次帮了周翔的忙。

“谢谢护士长，谢谢王班长！”周翔很感激地接过王班长递给他的饭菜，兴冲冲地回到旺加床边，又开始你一口、我一口地吃起来。

旺加实在是吃不下了，让周翔自己吃，却担忧地说道：“觉啦周翔，我摔断了小腿骨的事，你可不能告诉觉啦甲本，就说我冻病了，在扎木住院好吗？”

“唉。可我昨天叫久阿泽仁骑你的小青马回热亚去向甲本泽仁多杰报告了这次洪水事件。”周翔大口大口地吃着饭，漫不经心地回答道。

旺加一听派久阿泽仁去报信了，竟吓得“噢呜”了一声，又连声“阿卡、阿卡”地想说什么，却又担心得不知说什么好了。

“我叫久阿去热亚除了向工作组和你觉啦甲本报告你严重受伤抬到扎木来抢救外，还报告洪水冲走了 4 头犊牛和 11 包大米，这些都是不可以隐瞒的呀！你担心什么呢？”

“我担心觉啦久阿泽仁会被我觉啦甲本用鞭子打死的。”旺加急得几乎要哭出声来了，他抹了一把眼泪握着周翔的手说：“你可不知道我觉啦的脾气，如果听说我严重受伤，小腿骨折，还冲走了他 4 头上好的犊牛，特别是久阿泽仁还骑着我的小青马去给他报信，那还了得，不打死他也会剥他一层皮的，求求你啦，请你赶快回热亚救救我最要好的久阿觉啦吧，求你啦！”说着说着，旺加伤心地哭泣起来。

周翔这才意识到自己做了一件错事，也开始着急起来，他把碗里的几口剩饭塞进嘴里，对旺加说：“你放心吧，我这就下山去施工局向孙局长汇报

大兴寺堪布看了代宗本降巴扎西的信后，没敢再坚持打卦，已交大兴定本办了。然后再去双登兵站感谢黄站长他们，汇报你的治疗情况，取回我的东西，就尽快赶回热亚。”说完，周翔走到已经躺下睡午觉的那位献血伤员的床边，行了个军礼，拜托他照顾旺加，伤员同志欣然答应了。周翔谢过伤员同志后，转身向旺加行了个藏族的碰头礼，走出帐篷去向护士长告别……

第十六章

周翔回到工作组向柳干事汇报了这些天发生的事和小头人旺加住院抢救的情况。柳干事听了后非常重视，当即领着周翔去转运站向隆云站长作了汇报，征得站长的同意领出了两条砖茶作为慰问礼物，又向会计领出死牛赔偿金 240 块银元。周翔未作停留，继续向甲本泽仁多杰的驻地赶去。

真叫周翔、旺加猜着了，当周翔和柳干事刚爬到南楼后山包上时，就听到甲本泽仁多杰暴跳如雷的斥责声吼叫着家奴把捆绑了一个晚上的久阿泽仁打死丢进波曲河里喂鱼。

周翔在柳干事的示意下，拿着两条茶叶、240 块银元，大步流星地来到甲本帐前，大声对甲本说："请甲本先生息怒，柳干事来慰问甲本您啦！"周翔边说边指着从山包上下来的柳干事给他看，有意息一息他的怒火。

周翔的招数果然奏效，甲本看见柳干事来了，怒火顿息，拉起吊在身后的氆氇衫右袖往肩上一搭，摊开双手，微微躬身迎过去用敬语说："洽佩朗穷！欢迎宗领导来检查工作。"显然他是有意抬高柳干事的身份。

"谢谢你的欢迎，我可不是宗领导，我只是热亚转运站督运组组长，和你一样，小小一个甲本罢了，我也不是来检查工作而是来拜望甲本先生的。"柳干事一偏头让周翔翻译给甲本听，甲本一听忙上前握着柳干事的手说："好说，好说。你柳干事今年不是宗解委会领导，明年肯定是。请进帐篷里喝茶。"他拉着柳干事径直向帐篷走去，连看也没看周翔一眼。但是他需要周翔翻译，又不得不转身向周翔点了一下头，以示打了招呼。

周翔拿着两条四川砖茶和 240 块银元跟随着他俩，在后面翻译他们的对话。

进了帐篷。甲本请柳干事坐在他的座位上，叫佣人为他在柳干事旁边的座位上加放一层坐垫与柳干事平坐，这才坐下击掌叫女佣人上茶。

周翔呢，甲本不叫坐，也不看他一眼，只忙活着端起桌上的酸奶渣和桃杏干敬给与他同等级的“甲本”柳干事。周翔与他这样的头人打交道已不是一回两回啦，他本着解放军战士、宗解委会工作员的身份，自觉地放下茶叶和银元，自己找了一张鞍垫坐下，为他们充当翻译。

周翔自己找了一张鞍垫坐下，为他们充当翻译。

“令弟在为修筑康藏公路的解放军运送粮食的途中，遭遇山洪暴发受了伤住进了修路指挥部的扎木军医院，我们特来向你表示慰问！另外，这次山洪还冲走了您 4 头驮牛，我们按最高赔偿金补偿您。”周翔一边翻译着柳干事的话，一边托起两条茶叶敬献到甲本面前。甲本示意家奴收下后，周翔又捧起牦牛赔偿金递到柳干事手上。

柳干事接过，在藏桌上 20 元一摞地数了 12 摞银元，对甲本泽仁多杰说：“这 240 块银元是给您被洪水冲走的 4 头驮牛的赔偿金，请您收下。”

“哦呀，哦呀！”甲本听说 240 块银元是给他的赔偿，很是激动，当场拿起一摞银元数了数，放下与其他 11 摞比了比高低，立马拿出一个小獐皮袋，把银元装进袋里放在脚边，才向柳干事合十贴鼻表示感谢。

柳干事和甲本喝着茶，吃着奶渣、桃杏干，谈起了今年的春耕生产和牧场接羔的一些情况。说着说着，柳干事把话题一转便谈起了支援运输的事，他告诉甲本：“前不久修路指挥部穰政委和昌都解放委员会主任王其梅将军亲自来松宗召开会议，强调了两点：一、由于雨季的到来，运输困难，前方修路部队的主副食供应已很紧张。因此，各宗务必保证按时完成运输任务；二、在保证按时完成运输任务的前提下，务必爱护牲畜，尤其是运粮人员，决不允许加重他们的负担，强迫他们多背快跑，驮畜也是一样。”说到这里，柳干事拍了拍甲本泽仁多杰的手，强调说，“你是我们松宗牧区的甲本，对保证完成松宗运输任务，你负有很大责任，为保证王其梅将军‘两个务必’的指示落实到每一位甲本头人，我们工作组除了向你传达王将军的指示外，还要求你务必接受这一次惨痛教训，改驮 3 包为两包，让背运人员只背一袋大米，争取按时完成曲宗的运输任务。”

“拉索、拉索。”甲本合十贴鼻恭敬地连连点头称是，而且还擦了一下眼泪。

“另外，我听了他的汇报。”柳干事指了指周翔，接着说，“这次小头人

旺加先生带队运输，得到了久阿泽仁的帮助与照顾。发生受伤的事，是因为雷雨后山洪暴发，驮牛受惊，特别是驮3包大米的牛都翻了驮子，才使旺加小头人掉进了沟涧，所以小头人受重伤与久阿泽仁无关，请甲本先生宽恕了他。”

“拉索、拉索。”甲本又双手合十，点头应允了，而且还说：“请干事先生放心。我之所以要打他，是因为他作为小头人的手下差民，就应该走在旺加小头人的后面，这才合乎规矩。既然干事先生替他说情，我不仅不打他，还要提升他接替小头人旺加当久本。”说到这里，甲本还煞有介事地叫佣人去放了久阿泽仁，带他到帐篷里来感谢柳干事。久阿泽仁的地位就这样被提升了。

在处理完这次洪水事件后，柳干事和周翔便回到工作组，柳干事把习贤、季忠叫来又开了一次小组会，商定请隆云站长亲自出面召开一次三宗会议，通报这次运输途中发生的伤人死牛事故，再严肃地强调一下运输途中务必要保证安全。

第二天上午督运组4人又被隆云站长叫到转运站开了半天会，最后决定工作组分头去通知三宗头人到转运站开会。周翔分工去通知曲宗甲本泽仁多杰。

吃过午饭，周翔急忙跑去通知甲本泽仁多杰到转运站二楼开会。他刚走下后山坡，就见甲本的佣人顿珠正在帐篷前的草地上晒湿牛粪饼。周翔以为是嘎玛的牛队回热亚来了，高兴地问顿珠，顿珠见是周翔，放下手中的湿牛粪，在他的山羊皮袍上擦了擦手，弯腰施礼，回答说没见到嘎玛的牛队回来。

周翔一听，很是纳闷。心想已过去了5天，照理也应该回热亚来了，为什么没回来呢？于是又问甲本先生是否在帐篷里？顿珠说甲本泽仁多杰昨天下午接到他阿相（舅舅）送来的信和派来的驮牛，叫甲本回曲宗去，说修甲本府的木工、石匠都来了，请他务必回曲宗去监工。所以甲本带着久阿泽仁

驮着 4 驮银元，今天傍午回曲宗牧场去了，走时留下话说他回曲宗请喇嘛为小头人念消灾经，叫嘎玛暂时管好驮牛队，要听工作员的话，运费由他回来去转运站结。

周翔听了，闷闷不乐地回到工作组向柳干事作了汇报。因此，这次会议泽仁多杰甲本没有参加，也因为这个爱闹意见的曲宗甲本没来参加会议，反倒使大家没了顾忌，畅所欲言，提出了许多中肯的意见，解开了相互间许多误会，沟通了思想，会议开得很成功。因此，热亚转运站进入雨季后，借王其梅将军“两个务必”的东风，掀起了一个为前方筑路部队抢运给养的高潮。

柳干事高兴地回到工作组后，吃完晚饭又召开小组会，会议内容是：各宗带队头人都表示，在雨季抢运的时候除甲本留守热亚督运外，定本以下头人都要下去亲自带队，保证做到两个“务必”，力争按时完成或超额完成各自的运输任务。那么我们工作组呢，还要按部就班的一星期一轮换，一个人出勤，一个人留下来打扫卫生、炒青稞、磨糌粑吗？我看，这样就会落后于群众，应该取消。

“你叫我们到森林里去洗衣服，到石头山上去炒青稞、磨糌粑呀？”习贤边抬扛，边在他面前的木盘里挑选煮熟的死牛肉。

“路上不是有溪涧、河流可以洗衣裳，有村子、兵站可以借到炒锅、手工磨子吗？我看可以取消，大家都可以上路去督运。”季忠反驳习贤说。

“是呀，你和柳干事经常有夫人来热亚小住，可以帮你们洗衣服、磨糌粑，人家周兄有临时挂号的未婚妻的亲戚帮忙，可我没人帮忙，一个星期不让休息一天，一个月可不可以休息一天，让我也洗洗衣服，磨磨糌粑呢？”说完，习贤拿起一块牛肉凑在鼻子上闻了闻，装出一副可怜兮兮的样子来耍笑柳干事、季忠和周翔。

“去去去，就你小子没个正经。”柳干事一把夺过习贤手中的牛肉往周翔手里一塞，说道，“这牛肉你带到路上吃，你明天起早，以松宗解委会工作

组的名义，到桥工队去一趟，传达松宗会议精神，特别是王其梅将军两个‘务必’的指示精神。让他们在我们雨季抢运的日子里，在癞头坡、溪涧边派出流动哨，一旦有山洪暴发，就鸣枪示警阻止驮队通行。另外，还请他们尽快修复大兴桥，别让驮牛老是蹚水过河，等到扎木通了车，我们工作组搬过去，一定敲锣打鼓去送感谢信。”

“那好，请先给我100块银元。”周翔想起了他请定本洛扎雇人寻找驮牛和帐篷的工钱还没发，又说：“我顺便去大兴把雇人找驮牛和帐篷的工钱发了，回来再报账。”

“很好。这可是件大事，你去洗脚，我去转运站借100块银元。”说完，柳干事去了转运站。

第二天一大早，周翔便打好了背包去厨房烧茶，提前吃了早饭，带着柳干事借来的100块银元，背上背包，带着枪便紧赶慢跑地到了桥工队，找到队长说明来意。张队长听了，乐呵呵地对周翔说：“工作员同志，你来晚了一天。孙局长从松宗开会回来，路过咱们队，传达了松宗会议精神和王其梅将军强调的‘两个务必’指示。我也向局长报告了前几天我们这里山洪暴发，小头人受伤的事。局长当即命令我们队立即派出流动哨，监视这一带的山洪。若暴发山洪，立马鸣枪示警，阻止驮牛队和行人通过。他还命令我再派出一个小队去大兴加快速度修复好大兴桥，不让驮牛队涉水过河。”张队长还指着整装待发的十多位木工师傅对周翔说：“我正准备带他们去大兴，你就到了。请回去向隆云站长和你们工作组柳干事汇报，我们一定按照孙局长的指示和你们的要求保证尽快修复大兴桥，保证山洪暴发有人鸣枪示警，请他们放心。”

“这太好了，我们组长说啦，等扎木通了车我们搬到扎木后，一定敲锣打鼓去给你们桥工队送感谢信。”周翔高兴地说。

“你没看见彩门上挂起的大幅标语吗？”队长指着彩门说道。周翔抬头望

去，可不，上面写着：“响应党中央号召，力争提前一个月扎木通车！”下面括弧内写着：“迎接张经武将军和达赖喇嘛去北京参加全国人民代表大会。”“这就是说，扎木通车已指日可待。欢迎你们搬迁到扎木，让我们共同庆祝这个大喜日子的到来吧！”

“我一定把您的话转告给隆站长和柳干事。队长同志，请允许我和你们一道去大兴，我要去大兴办点事。”

“欢迎你去为咱们做鼓动工作。好，出发！”说完，张队长向木工师傅们一挥手，顶着刚从云中露出来的火辣辣的太阳踏上了西去的路。

周翔跟着桥工队的师傅们，沿着缓坡，很快到了建桥工地。才发现这里也经历了前几天的那场山洪，刚垒筑起来的几个桥墩都被冲垮了，近百名工人正趟着水，哼哨哼哨地抬石重新垒筑桥墩。周翔联想起小头人旺加受伤后，由他指派嘎玛带领的驮牛队，时过5天，还不见返回热亚参加运输，又不知道出了什么问题，叫他很是担忧。因此，周翔一到骡马大道上，便仔细搜寻起嘎玛一行人的踪迹来。

沿多弄沟往下望去，被山洪冲刷过的、连根拔起的松柏和腐朽的枯树断桠还横七竖八地躺在大小岩石和泥坑之间的场景，叫人不由得产生莫名的恐惧感，让人不寒而栗。但周翔还是仔细地沿沟搜寻。说来也巧，就在多弄沟与波曲河汇合的拐弯处，那块熟悉的草滩上，竟和上次来救小头人时的情景一样，一群牦牛散放在那里吃草，只是多了一柱烧茶的黑烟。这是不是嘎玛他们的驮牛队在这里烧茶打尖呢？管他是不是，去看看就知道了嘛！于是，周翔告诉桥工队长自己要去看看那群牦牛是哪个地方的驮牛队，便大步朝着冒烟的草滩走去。

望着那柱烧茶的黑烟，周翔突然想起古人的两句诗来：“大漠孤烟直，长河落日圆。”但又觉得眼前的景色并不象诗中所描写的，眼前是一片林海碧洲，斜阳金辉，美不胜收。嗯，若把“大漠”二字改为“碧野”。周翔正为自

已的创意得意时，猛地从树后闪出几个人来，在一阵“洽佩，俄杰”（驾到、辛苦）的喧闹声中，嘎玛夺过了周翔扛着的步枪，桑登解下了周翔的背包，米玛取下了周翔肩膀上的京胡，最后赶到的保乌和巴戈一看，只剩下周翔脖子上挂着的糌粑袋，他俩又不好意思去抢，怕大家误解他俩是为了抢工作员的口粮。但他俩总想干点什么来表达对周翔的感激，便相互交换了一下眼色，一个搂住周翔的脖子，一个搂住周翔的腰，想把周翔抬起来。周翔连忙伸出大拇指，求他们别这样，这才被他们簇拥着来到露营地，围着烧茶煮肉的五石双眼灶坐下来，你一言我一语地说笑开了。嘎玛说：“你们抬走了小头人的第二天中午我们就到了双登兵站。谢谢站长没有为难我们，没处罚我们冲走了 11 包大米，也没有怪罪我们划破米袋，弄脏了大米，还特别照顾我们吃了一顿大米饭。”

“大米饭拌猪肉罐头可好吃了。”米玛抿了抿嘴唇，津津有味地说。

“当天下午就请雷班长带我们去扎木的解放军医院看望了小头人。”保乌接着说。

“我们才知道你们没日没夜地把小头人送到了医院抢救。那位漂亮的女医生说，是你和一位解放军伤员输了好多血才救了小头人的命。你真是咱们小头人的保护神，我们大家当时都为你祝福祈祷，求桑杰神保佑你长命百岁！”嘎玛激动地说。

没想到嘎玛话音刚落，周翔就生气地指着嘎玛大声说道：“好了，好了，我谢谢你们的祝福，但是，我还是想问问你，你们这趟走了多少天？”这时，一阵风吹过来，周翔闻到了一股臭味，他揭开正在煮肉的锅指着半锅死牛肉责问道：“你们竟然还驻扎这里耍坝子煮臭牛肉吃，时间都过去了 6 天，你们还没有想走的意思，难道你们不想帮助解放军运送粮食了吗？”嘎玛通红着脸指了指晾晒在河滩上的牛毛帐篷，不好意思地说：“我们前天太阳落山时才赶到这里，本想住一晚上，第二天回热亚的，但大家一致要求去河边搜寻

冲走的帐篷。我拗不过他们，昨天我们喝完早茶，就沿河岸去寻找，谢谢天菩萨恩典，我们在一堆泥沙上面看到了一块帐篷围子，刨出来洗了半天才洗净晾晒起来，但下午太阳不好，没晒干，牛驮不动，没走成。可是今天一大早下了一场雨，又给淋湿了，所以……”

周翔摇了摇头，质问道：“你的牛不是都驮着空鞍吗？为什么不可以分开驮呢？”

嘎玛见瞒不过周翔，想说出自己故意拖延时间不想去热亚的原因，但又怕周翔不理解他的苦衷，就想打个比方来说明，而不直接说出原因。所以他埋着头，嘴里不住地说“白啦……白啦……”（比方说，比方说）但心里老是想不出适当的比方来。

周翔拍着嘎玛的肩膀说：“你这个久本是我代表小头人旺加指定的，你有什么为难之处尽管说出来，我还可以为你承担，所以不要顾虑，说吧！”

嘎玛这才低下头，拖长了声音，慢吞吞地一字一句地说道：“因为昨天我们曲宗牧区的卓堆驮牛队路过这里烧茶打尖，久本旺堆告诉我久阿泽仁回热亚去报信，被甲本捆绑起来，要冻他一个晚上，并通知我们队和卓麦驮牛队的人都要在天亮之后到他甲本帐篷前的草坝上集合，他甲本要当着牧区三个驮牛队的人把久阿泽仁打死。所以久本旺堆气愤地借口已领出了大米包，转运站命令他们的驮牛队立即起运，因为扎木的解放军急需粮食，便故意不等天亮就出发了。我想，觉啦久阿肯定已被甲本打死，我回去也会和他一样……所以我想逃到扎木去帮解放军修公路。”

“嗯，你就不想想，如果你逃跑了，驮牛队没人管，散了，丢失了驮牛谁负责？让我去替你赔吗？”周翔有些生气地说。

“我想好了，我逃走之前要当着桑登、嘎玛、巴戈、米玛的面，把驮牛队交给保乌负责，因为他也是甲本的亲戚。”嘎玛辩解道。

“你怕回去挨打，难道保乌就不怕挨打吗？你不觉得这样的逃走丢康巴汉子的脸吗？”

“这……”嘎玛听了周翔的批评，内疚地连连道歉。周翔和蔼地对他说：“别这样，告诉你吧，我赶回热亚就是为了救久阿泽仁的，是小头人首先想到的。我回到热亚工作组向柳干事作了汇报，然后我和柳干事又去转运站向隆云站长作了汇报，得到站长的同意，柳干事领了两条茶叶作为慰问礼物，另外还领了 240 块银元，作为冲走的 4 头驮牛的赔偿金。我们去慰问了甲本，替久阿泽仁说情，甲本收了我们送的茶叶和 240 块银元后高兴地立马叫人放了久阿泽仁，还当着柳干事的面提升久阿泽仁当你们的久本。”

“真的？为什么久阿没跟你一道来呢？”保乌高兴地问。

“甲本第二天叫久阿替他驮上 8 箱银元回曲宗去盖甲本府啦。”临走时甲本还给看帐篷的佣人顿珠留下话，说他甲本是回曲宗去请喇嘛为他阿弟旺加念消灾经，驮牛队可以暂由嘎玛管着，一定要听工作员周翔的话，好好参加支援运输，运费由他回热亚后结算。怎么样，不用怕了吧？还想逃走呢，不害臊？”说完，周翔伸手揭开煮死牛肉的锅盖，问道：“你们的臭牛肉还能吃几天？”

突然听到问牛肉的事，米玛赶忙答道：“我是烧茶管糌粑的‘阿妈’，牛肉还可以吃 5 天。”

“别再吃这发臭的死牛肉了，吃了会生病的。”周翔着急地说。

“不吃这死牛肉，吃啥？这可是我们大家的救命粮啊！”米玛难过地说。

“吃我的糌粑。”周翔从脖子上取下他的糌粑袋，起身端起锅往河滩跑去，等嘎玛他们来夺锅时，周翔已把煮着的牛肉倒进了河里。嘎玛他们几个围着这个汉族朋友，竟像孩子似的感动得“呜呜”地哭起来。周翔还以为他们是在埋怨他，忙拉着嘎玛的手说：“你们别怨恨我没得到你们的同意，就将牛肉倒掉了，我是为了大家不生病，再怎么说，糌粑总比臭牛肉好吃吧！”

“可是，可是，你以后吃什么呀？怎么能让你饿肚子呢！”嘎玛含着泪说。

“嗨！我回热亚工作组，还有柳干事、习贤和季忠呀，我们会匀着吃的，别为我担心。”周翔这才理解了这些善良朋友的心意。

这时米玛几步跑到茶灶前，拉过一个皮口袋解开，把全部牛肉倒进了河里，笑着说：“把死牛肉供奉给龙王爷，他一定会保佑工作员平安的！”

“哈哈哈……”大家会心地笑了起来，又簇拥着周翔回到茶灶前，纷纷拿出自己的碗来，准备喝茶吃糌粑。

米玛烧茶很负责任，他一坐下来，便解开周翔的糌粑袋为每人抓出一碗糌粑，按按紧，倒上早烧好了的茶。周翔笑着从糌粑袋的中部挤压出一坨酥油，又为每人碗里抠了一指头酥油，顿时一股浓香的酥油味弥漫开来，把大家馋得捧起碗来，吹开浮油，美美地喝着，还“嗒、嗒”地打出爽意的咂舌声来。

周翔听着他们满意的咂舌声同情地说：“是我的工作做得不周到，让大家受苦了。等回到热亚转运站，我先为你们每人领 15 斤糌粑，钱从运费中扣，至于你们每天两块银元的工钱，等我去和甲本泽仁多杰商谈，取得他的同意后，也从运费中扣出，按照你们参加运输的天数一个不少地发到你们手上。”

“啊，我们一定要赶着牛好好替头人运输……”大家高兴地叫起来。

“不，应该说是来支援解放军为西藏修筑康藏公路。”周翔纠正嘎玛他们的话说。

“对，是支援解放军修路。我已出来 8 天了，如果再运送 22 天，我的工钱是一个月，一个月就是 60 块银元。阿妈！60 块银元我放到哪里才不会丢呢？”

“哈哈……”桑登这么一说，大家都会心地大笑起来。

“你们这一笑，说明你们都同意我这样去做，是吧？”周翔问道。

“拉索!”又是一阵欢笑。

“那好，喝完茶、吃完糌粑，大家就去把牛吆喝回来，鞴上鞍，用4头牦牛分驮帐篷，咱们赶回热亚，参加雨季的抢运好不好哇?”周翔高兴地嚷了起来。

“哦呀!”大家也都高兴地鼓起掌来。

第十七章

时间有如白驹过隙，一晃已到 1954 年 7 月，川藏公路即将修到扎木。欢迎中央代表张经武将军和达赖喇嘛来扎木乘车去北京参加第一届全国人民代表大会的消息，在热亚的头人中传得沸沸扬扬，头人们都想早点儿完成运输任务，驮着银元回去，带着珠宝、金砖去朝拜达赖喇嘛，以求来世得更大的富贵。

因此，周翔猜想：像这样千载难逢的盛大欢迎会，会不会组织一些会说藏语的同志做招待？特别是他们宣传队，会不会提前排练节目，布置会场，搭好舞台呢？他周翔可是宣传队的装置组长，又懂得藏语，即使没有打腰鼓直接去欢迎的份儿，难道还不要他回队去排练节目和布置舞台？

周翔这一连串的自问，折磨得他连觉也睡不好，这让习贤没少讥讽他，说他想借此机会回宣传队去看那位临时挂号的“未婚妻”，周翔也没少骂习贤“狗嘴里吐不出象牙”。即便有那么一点点影儿，但也不能和他周翔想仰望一次张将军的风采和达赖的佛容的心情相比呀，那才是他的最大心愿哩！

因而，周翔跟随着倾多宗的驮牛队，把几十驮急需物资押送到双登兵站后，便去扎木新成立的接待办公室询问宣传队来了没有，听到的回答是快来了，快来了。于是他又心急如焚地跑回热亚工作组去问柳干事收没收到姚钧队长调他回宣传队的信，柳干事听了，一脸狐疑地问：“你周翔才入青年团几天呀，就不想在工作组干了？是不是工作组有谁得罪了你，你想回宣传队

呀？”这叫周翔如何作答呢？他只好支吾几句走开了。

周翔闷闷不乐、漫不经心地下了楼，习惯性地向后山坡走去，一路上他不是扯路边的野草含在嘴里嚼，就是拽下一截树枝来拨弄路上的蚂蚁和甲虫。走着走着，听到甲本帐篷门前的花犬的叫声，想起了好友泽仁旺加还在扎木住院治伤，于是他又转身向着转运站门前停放的一辆大道吉军车走去。

周翔来到车门前，看见司机正趴在方向盘上睡觉，本想和司机说点什么，但又怕打扰了人家的休息。正想离开，没想到司机竟然抬起头来问他有什么事？周翔这才问道：“请问扎木通车了吗？”

“通了，通了，你没看见我的车厢边上贴着标语吗？”

周翔转身默默地念道：“热烈庆祝扎木胜利通车！向修路的解放军英雄们学习！”然后，风趣地对司机说：“你们还应写一张标语贴上——向不怕艰苦为解放军抢运粮食的模范牦牛队致敬！”

这时，一脸正经的习贤公安员突然出现在周翔与司机面前，说道：“还应该写一张‘向功不可没的牦牛大王同志致敬’！”

“世界上真的有‘牦牛大王’，还功不可没？”司机莫名其妙地问道。

“哈哈……”周翔追打着习贤，笑声回荡在四周。习贤跑了几步突然转身打了个立正，拿出一封信来，行着军礼报告：“报告牦牛大王同志，柳干事叫你把这封信送到卫生所去。”

“是！不过公安员同志，你就不能屈驾送去吗？”

“啊！请别误会，你没看见柳干事正站在倾多头人的帐篷前，等我去给他当翻译吗？劳你大驾了，再见！”说着，习贤把信往周翔手中一塞便离开了。

周翔看了看信封上写的是阿次所长收，正好他也想找阿次姐，这好像成

了他的习惯，凡在这里遇到不顺心的事，他都要去找阿次姐聊聊，得到她的开导，何况是柳干事叫他去送信的呢？于是周翔大步向卫生所走去。

来到卫生所，周翔推开了院子小木门，突然“好客”的藏獒“噢”的一声，亲昵地蹿到周翔脚下，把周翔吓了一大跳。接着走出来的竟然是一脸愁云的洛桑志玛，看到洛桑志玛，周翔惊讶地问道：“你不是已经参加了宣传队，怎么又回来了呢?”

洛桑志玛拉着周翔的袖子，把他领到屋后的桃树下，擦着眼泪说：“阿爸嘎朗突然跑去松宗，找到宣传队，拉着我去向姚队长索要你娶我的彩礼，无论我怎么求他不要这样，他都不听。”

“我们并没有结婚呀，即便是那次的订婚，也只是为了让你阿爸高兴，装样子罢了，这要什么彩礼呀？再说，咱们解放军也不兴这个，宣传队更不养牛羊，哪来的牛羊送你阿爸当彩礼呢?”周翔有点生气地说。

“队长也是这样说的，可是阿爸说没有牛羊当彩礼，送 200 块银元也成。队长说他拿不出这么多的钱，阿爸就把我强行拖回了曲宗家里。”说到伤心处，洛桑志玛抽泣了起来。

周翔替洛桑志玛抹去泪水，问道：“那么，你又是怎么跑到热亚来的呢?”

“我撒谎骗阿爸说，听人说阿姐桑珠拉姆的儿子病了，呸，呸，呸！请菩萨饶恕我瞎说。我要去阿昵央宗那里替阿姐照看几天，因为阿姐和阿哥洛呷在为转运站背运粮食，孩子没人照管。我阿爸这才放我来热亚。”

“阿爸为什么没来?”周翔不解地问。

“他被头人差去为新建的一座玛尼堆刻经文去了。”

周翔听完洛桑志玛的诉说，不由得思前又想后，他害怕答应娶 17 岁的洛

桑志玛为妻会违反婚姻法，还要得罪大兴堪布和曲宗卓堆甲本，这又违反了统战工作纪律，更何况他也拿不出200块银元呀！如果不答应洛桑志玛的亲事，阿爸嘎朗就有可能将洛桑志玛以3克青稞的价钱，卖给卓堆甲本去当女佣人，难道就眼睁睁地看着洛桑志玛掉进火坑？周翔恨自己没能力帮助洛桑志玛，怎么办？周翔寻思着拉着洛桑志玛来到卫生所找阿次姐，掀开帐篷门帘见没有人，便又拉着洛桑志玛走进阿昵央宗的厨房，稍站片刻，等适应了这昏暗的厨房光线之后，才看清了这冷寂的厨房里竟然已坐满了人，有阿次姐、桑珠拉姆和洛呷，还有擦着眼泪的阿昵，跪坐在灶后面女主人的位置上，不言不语地一个劲地摇着手中的转经筒。当周翔放开洛桑志玛的手，坐在阿次姐和桑珠拉姆中间时，阿姐桑珠拉姆才向周翔道乏：“嘎热（辛苦）！”

周翔礼貌地应了声“嘎玛特（不辛苦）”，望着随后而到、挨着阿昵跪坐下来的洛桑志玛，见她没有吱声，周翔也不好意思说什么。这才拿出信来交到阿次姐手上，说：“这是柳干事叫我给你送来的信。”

阿次姐接过信就着阿昵给她拨燃的火看了一下，便装进了口袋，对周翔说：“洛桑志玛今天一到这里，就一直站在我的帐篷前，望着你们的楼房，巴望着你能来，看来她有重要的话要对你说。唉，阿爸嘎朗不知为什么从大兴寺回来，对你们俩的婚姻，态度大变样了。”

洛呷同情地对周翔说：“阿爸从大兴寺回曲宗后对我们说，他把女儿嫁给汉族人是得罪了护法神，如果不弄回200块银元，送到寺庙里去念经，护法神就会给咱家降灾。”

“所以第二天阿爸发疯似的跑去松宗把洛桑志玛领回来了。”桑珠拉姆擦着眼泪说。

“事情已经闹到这个地步，是该想个好办法来解决眼下的难题了。唉！”阿次姐看着周翔叹了口气。

周翔十分同情洛桑志玛，一个未成年的女孩子，有何能耐和愚顽的阿爸抗衡呢？如不帮她想出一个好主意，她的命运真是不可想象。周翔猜想，嘎朗老人肯定是受到了什么人的威胁，不然，他决不会把他对恩公喇嘛说的话也忘了，而一反常态说出两样话来。该不会是大兴寺的铁棒喇嘛押他去北院……周翔不敢再往下想了。

“我在宣传队的两个月，平常和阿姐曲拉去松宗解委会新成立的一个学员队里玩，那里有曲拉姐的几位好朋友，听说他们是去内地农牧学校读书的，3年后回来，当农业、牧业技术员，发展松宗的农牧业。如果我也能跟他们一道去内地读书，回来后也能当技术员，发展我们曲宗的牧业，那该有多好呀！到那时……”洛桑志玛充满希望地看着周翔，突然又害羞地低下头不说话了。

听了洛桑志玛的想法，桑珠拉姆和洛呷笑了，阿昵也乐了，她站起来，去抱来枯树枝往火塘里一放，拨开底火一吹，火“轰”的一声燃起来，昏暗的厨房顿时被房照得通亮，大家也感觉暖烘烘的。

“真没想到，这个鬼丫头竟然这样有心计，为自己选好了去处。”周翔低声对阿次姐说。为了让大家都听到他的意见，周翔用藏话大声说：“这可是个好主意，若是阿次姐帮忙去给隆云站长说说，请他以转运站的名义向松宗解委会介绍，最好说是推荐，肯定没问题。”

“这么说，你为什么不去求柳干事，请他直接把洛桑志玛带回松宗去参加学员队不是更省事吗？”阿次姐也高兴地开起了周翔的玩笑。不过从她的话里还是可以听出有同意的味儿。

为了让洛桑志玛姐妹俩更放心些，周翔故意再挑明一下，说：“既然阿次姐同意我的请求，那就让我俩分头去办吧。”说完，周翔起身向阿次姐鞠了一躬，并且向在坐的亲人们点了点头，便告辞离开了。

洛桑志玛报名参加学员队去内地读书的事，经阿次姐这么一说，周翔仿佛有了一些把握。他飞快地跑回工作组，向柳干事请示，没想到柳干事很爽快地答应了，愿意带洛桑志玛去松宗报名处作担保让她报名参加去内地读书的学员队。不过，为了稳妥起见，柳干事提出要桑珠拉姆跟着他作为家长亲自送洛桑志玛去松宗报名，说明是家长同意、本人愿意才来报名的。

周翔听了柳干事的许诺，非常高兴。旋即又跑到阿昵家，把正在帐篷里收拾药品、纱布准备装车的阿次姐拉到厨房，向桑珠拉姆、洛桑志玛转告了柳干事的许诺与要求，可把洛桑志玛乐得拍手直跳。没料到一直不哼不哈傻坐在火塘边的洛呷，这时突然甩出一句话来，给大家泼了一瓢冷水：“别忘了阿爸嘎朗还等着工作员给他送 200 块银元的彩礼哪！”

“阿爸嘎朗对你说啦?”阿次姐眼里射出惊奇的目光问道。

洛呷瓮声瓮气地说：“因为我见他着急要 200 块银元送去寺里念经消灾，怕咱家会降下灾祸来。”

“是呀，是呀。这银元不送到阿哥嘎朗的手上，他会急疯的，求求工作员想个法子吧!”阿昵一边往火塘里放柴，一边恳求道。

从洛呷和阿昵的话里不难听出，要解决的事情还包括了进一步确定周翔和洛桑志玛的婚姻关系。周翔看来只好摊牌了：“我过去对你们一再说过，我和洛桑志玛是不能结婚的。再说，我只是个小兵工作员，每月只有两个银元的津贴，只够我买一把牙刷和吃半包沙琪玛。即便什么也不买，攒上 10

年，也攒不够200个银元呀！”

“前天，我去帮转运站卸车看到汽车运来一车银元，都是一箱一箱装着的，难道你就借不到200块银元，让阿爸去念经消灾？”洛呷伸出手比画着。

“哈哈……”阿次姐一听，笑得眼泪都出来了，但马上又擦掉眼泪严肃地说道：“你以为国家运来银元，是借给他送彩礼，让你阿爸拿去念经消灾的呀！要是真被他借来当了彩礼，看办事处不把他开除回家才怪哩！”

“那这么说，这200块银元就弄不到了？”

“可以借到，就看你和桑珠拉姆愿不愿意？”阿次姐笑着说。

“我俩可以借到？”洛呷惊奇地望着大家，最后把目光移到妻子桑珠拉姆的脸上也哈哈大笑起来，说：“若是转运站不往前搬迁，阿次您的药房不撤，还在咱阿昵央宗的院子里，收你一些租金；托庇您的照看，我俩再去转运站背运两月的粮食或当小工，兴许能挣回200块银元。否则，你叫我俩到哪儿去借来这么多银元呀！”

看起来老实巴交的洛呷，今天可露相了，竟说出如此顺耳又顺理的话来。

“可是你忘了，扎木快通车了，要在那里建道班，你俩不是多次请我去扎木养路段找吴段长作保，让你俩参加道班当工人吗？告诉你们，批准了。”

“切嘻，桑杰神为我降福啦！”洛呷双手合十高兴地叫了起来。

“批准我俩当道班工人就可以借到200块银元？”桑珠拉姆疑惑地问。

“不是借，是发给你俩每人100块银元作安家费。不过我还是不同意你们把钱拿给嘎朗阿爸送寺庙去念经消灾，再说哪，洛桑志玛是去内地读书、学习，是好事不是坏事，凭什么要送200个银元去念经消灾呀？”

“对、对！阿次姐说得对，这是天大的喜事，为什么要让老头子送钱去念经消灾呀？不吉利。我去劝说他，消什么灾，太不吉利了，呸呸！”说完，阿昵央宗还双手合十念起了六字真言。

周翔听了也高兴地拉起洛桑志玛的手说：“不过，最好是等洛桑志玛报了名，去了内地再告诉阿爸嘎朗，这样他就不怕打鞭子、罚款啦。若是谁还敢打去内地学习的学员家长，那是不允许的，代宗本降巴扎西知道了，肯定不会不管的。”

“如果是这样，我也不害怕啦，请工作员告诉柳干事，我和桑珠拉姆愿意以家长的名义送洛桑志玛去内地上学读书。”洛呷竟然有胆量说出这样的话，周翔和阿次姐听了很高兴。当然，更高兴的还是洛桑志玛。她抱着姐姐桑珠拉姆的脖子，笑着亲着，一连串地谢谢长命百岁的姐姐。接着是阿昵央宗、阿次姐和周翔对洛桑志玛的赞扬和祝福。

就在这样的欢声笑语中，突然患有关节炎的嘎朗老头气冲冲地一踮一拐地摇着转经筒走进厨房来。大家都惊诧地站起来，桑珠拉姆、洛桑志玛急忙上前去搀扶着阿爸嘎朗走到阿次姐已经让出的座位上坐下来。

“阿库嘎朗啦，俄杰，你不是为头人刻石经去了吗？怎么会有空来走亲戚呀？”阿次装作没看见嘎朗老头在生气，问道。

“阿姆吉啦，古泽仁（医生啦长命百岁）！我哪有空儿来走亲戚喝闲茶哟，还不是为他俩的事，害得我到处去筹钱念经，快把我愁死了！”老人难过地说。

“啊，这件事您不用发愁了，已经解决了。你们谈吧，我还要去联系汽车为我搬家哩。”说完，阿次走出了厨房。

周翔坐下来向老人点头道乏：“阿爸嘎朗俄杰！”生气的老头放下转经

筒，连看都没看周翔一眼。

“觉啦嘎朗，请拿出你的碗来，今天我打了一壶好茶还没人喝哩。”正在周翔尴尬时，阿昵央宗乐呵呵地摇着酥油茶壶走过来，拍了拍嘎朗靴子上的灰，等着他拿出碗来给他倒茶。

嘎朗老头这才从怀里拿出碗来放在火塘的边沿，让央宗给他倒茶。他却看着转动的经筒严肃地问道：“200 块银元拿来了吗？我等着去大兴寺为你俩念消灾经哩，也为了我不下地狱，因为我把女儿给了你，得罪了护法神。”

“您根本就不该找钱去念消灾经，因为我俩没有结婚，那次所谓的订婚仪式，也是为顾全您面子，才举行给亲戚邻居们看的，所以没有得罪护法神，您怕什么神会降灾呢?”周翔顿了一下，没有去看老人是何反应，接着也严肃地说道：“更何况我只是一个解放军战士，10 年的津贴加起来才够 200 块银元，您知道吗？要等 10 年!”

阿爸嘎朗越听越气，竟然在放下双脚时，把那倒满了酥油茶的木碗给踢翻了，腾地冲起一柱热灰来，他也没在意，好不容易才站直。洛桑志玛一见阿爸气成这样，愧疚地扑过去搀扶着阿爸哭着说：“阿爸啦，您别生气，快坐下来听我把刚才商量好的办法告诉您……”

“我不听，快跟我回曲宗!”说着，阿爸嘎朗拉着洛桑志玛就走。

这时阿昵央宗、阿姐桑珠拉姆也跑过来拉着阿爸嘎朗的手，哭着请他别气坏了身子，好不容易才让他放开了洛桑志玛，洛桑志玛哭着喊着死去的阿妈加拥啦的名字跑出了厨房。洛桑志玛的哭声，竟惊醒了睡在阿昵身后的孩子，孩子也大声地哭闹起来，阿昵抱起来“阿咪泽仁，宝贝心肝啦哟……”地拍着哄着。不一会儿，只见孩子伸着小脑袋看着他的阿妈和阿昵央宗，不

但不哭了，反而“咯咯”地笑起来，这可把嘎朗老人给逗乐了，气也消了一半。他放下转经筒，伸出双手喊着：“布穷，让外公我抱抱。”

周翔看着阿爸嘎朗好像气消了，便起身追着洛桑志玛跑出了厨房。刚出门，就看见季忠满脸笑容地走来，叫他回工作组去听重要新闻。周翔回头看着为季忠拦狗的洛桑志玛，深表歉意地向她点了点头，和季忠一起离开了。

第十八章

周翔一进工作组宿舍，就闻到一股陈皮鸡和红烧猪肉罐头的香味，加上早已饥肠辘辘，馋得他口水直流。柳干事和刁贤见周翔进来，起身迎过来和他握手，弄得周翔实在有些尴尬。心想，可能是他去送信为了洛桑志玛的事耽误时间太长，影响了组里吃饭和开会，组长和刁贤才以此来窘他。因此，不用组长点名，周翔便开始自我检讨："对不起，我去卫生所送信，耽误了时间。"

"别别别，我们也是刚弄好饭菜，才派季忠同志去请你回来参加我们为你举行的欢送宴会。"

"你们不要我啦？我推荐洛桑志玛去内地读书没违反纪律呀……"周翔有些委屈地申辩道。

"去去去，谁说你犯了纪律？"柳干事今天竟打破他在吃饭、开会时不说笑的习惯，笑吟吟地坐下后，从衣袋里拿出一封信，抽出信纸在手上抖了抖念道：

松宗热亚工作组：

接波密办事处支前办公室通知称，你们已胜利完成此阶段的督运任务，热亚工作组现予撤销，你们返宗前，要做好收尾善后工作。

另外请转告周翔同志，宣传队已奉命搬迁扎木。为迎接中央代表张经武将军和达赖喇嘛的到来，宣传队要排练节目，做好接待准备工作，命他于本月六日赶到扎木归队，另有任务。

松宗解放委员会办公室

一九五四年七月五日

柳干事念完信，把信往木箱上一放，说：“为周翔同志明日去扎木归队，我特地叫习贤同志做了几个菜。”说到这里，习贤就迫不及待地抢过话，“听明白了，先请入席，听我道来。”接着以主人的身份，让座又让茶，十分热情地请周翔入席。所谓“席”，即是围着从转运站要来的两个空罐头箱拼接起来的“多用桌”，坐下来就餐罢了。不过，今天还真像那么回事，有点儿宴席的样子，特别是习贤同志蛮自豪地说：“今天柳干事为举办这样一个隆重而又愉快的饯行宴会，破费买来两个罐头，叫咱露露精湛的烹调手艺，做了几样特别拿手的好菜。请看——”他拿起筷子指点着，就像表演数来宝似的说唱开了：“请往罐头箱上瞅，看咱的手艺可上流。这边脸盆里，是清蒸陈皮鸡；那边石锅内，是水煮肉罐头。上首茶缸中是凉拌香椿芽；下首水瓢里盛的是爆炒路边牦牛肉，还有一方一个藏麦饼，哈哈，动手，动手，快动手……”

“哈哈，住口，住口，快住口！咱们的肚子饿坏喽，哈哈哈……”周翔和季忠也凑趣地接上念了两句，引得大家哄然大笑起来，把不爱说笑的柳干事也唱乐了，他高兴地举起酒碗，致祝酒词……

与其说柳干事在为周翔致祝酒词，不如说是在为周翔作鉴定。他说周翔来热亚工作组这几个月的工作蛮好，有责任心，为驮牛队以及修路部队办了许多好事等等优点更是多达五六条，而缺点嘛，只有一条：就是个性强，急躁，听说甲本打人、罚款就急躁起来。

习贤、季忠当然也在祝酒词中加上了对周翔的表扬，说到缺点，就是周翔入了团，个性强的缺点仍没改掉，与人争论问题就像吵架一样。

周翔呢，当然也要“致答谢词”，也说了许多对他们的感谢话，特别是帮助他解决了洛桑志玛参加学员队的问题；对自己的缺点，周翔着重检讨了不应该和洛桑志玛假订婚，结果造成很坏影响。

就这样，大家说着、笑着，闹到很晚才躺下休息。

周翔睡觉有个特点：只要闭上眼睛，不出一分钟便能睡着，而且鼾声如雷，讨人嫌；打鼾不说，梦话也接连不断，直到第二天高高兴兴起床方休。可是今天不知何故，一大早醒来周翔就觉得肚子隐隐作痛，他怪自己昨晚吃多了死牛肉，还喝了很多青稞酒。但是他非常想念宣传队的战友们，还是很兴奋地起了床，打好背包，把米袋和步枪交还到习贤同志的手里，便向柳干事他们行军礼告别。柳干事坐起来从枕头下拿出一封信，交到周翔手里说："这是你的介绍信、组织关系和工作鉴定，以后咱们从松宗搬到扎木后，请常来玩。"

柳干事把信往木箱上一放，说："为周翔同志明日去扎木归队，我特地叫习贤同志做了几个菜。"

周翔立正答了声“是”，便有些不舍地提起背包走出了工作组宿舍，去厨房洗了脸，然后用母亲教的饥饿法来治他的肚子痛，不喝早茶也不吃糌粑就离开了工作组。

来到转运站，只见洛呷、桑珠拉姆、洛桑志玛和来送行的几位村民一起，正在帮助转运站把桌子、文件箱以及捆扎好的行李包搬上汽车。周翔看了看转运站门前这条很久没有维修的汽车便道，摇着头感慨地对正在指挥装车的陈会计说：“这条支线便道在没废弃之前，让你们稍稍维修一下也不愿意，真抠门！我看你们的桌柜啥的最好别装得太高，不然车还没开上公路就翻在了路边，你们再请人来抬车就更费力啦。”

“没事没事。这趟车可是李排长亲自开的，你我就放心地坐上去吧！”陈会计很有把握地说。

周翔把背包、京胡、挎包往陈会计身边一放，礼貌地向李排长行了个军礼，又问陈会计：“站长和阿次姐去哪儿了？怎么没来？”

“昨天晚饭后，修路指挥部派小车来把他俩接到扎木开会了。”

“要是今天派车来接他俩那该多好哇，我还可以乘坐小车去扎木。”周翔晃着脑袋，就好像他是站长似的。

“那样的帆布小车能和我这辆十轮大卡车相提并论吗？坐在这样高大宽松的车上，”李排长拍了一下车厢挡板，神气十足地指点着山谷森林说，“我们还可以吹凉爽的风，听林海松涛，饱览西藏江南的风光美景，岂不妙哉！”

“是呀，是呀！那就让我拭目以待吧。”说完，周翔便参加到搬运装车的行列中忙乎开了。一趟、两趟、三趟……周翔因为要回宣传队了，别提心里有多高兴，以至跑起来像风一样快。突然，洛桑志玛钻了出来，把周翔从后门拉到了桃树林里，从怀里拿出一个扣着盖子的木碗，掀开盖子抓出一坨拳头大小的捼好了的糌粑团，掰下一坨喂进周翔嘴里，说道：“这是我用新鲜酥油和的糌粑，好吃不？”

“香，香极了，还很甜。”周翔吃着，心里还涌出那么一丝幸福来。“哎哟!”周翔突然肚子疼了起来，忙弯下腰去揉肚子。

“你肚子痛吗？让我替你揉揉。”说着，洛桑志玛的手就伸了过来。

周翔忙推开洛桑志玛的手，紧张地说：“不用你揉，不用你揉，我肚子疼是老毛病啦，我小时候晚上睡觉不老实，常常踢掉被子，凉了肚子，经常肚子疼，不碍事的。我参军后，如果肚子痛，就按妈妈教的方法，饿几顿就好了。这不，很有可能是吃了这么好吃的糌粑，肚子又疼起来了。”

“那好吧，你把这坨糌粑带到扎木去吃吧，这里面还放了碗碗糖，可甜了。”说着，洛桑志玛拿出一块用氆氇做的手帕，替周翔把糌粑包好。

周翔看着洛桑志玛眼里闪着泪花包酥油糌粑，心里很是内疚，也不知打哪儿喷发出来的勇气，他一把抓住洛桑志玛的手，颤抖着从她手中拿过糌粑，把手帕往兜里一装，便一小坨一小坨地掰着糌粑吃起来。洛桑志玛见了既高兴又担心，担心周翔吃多了又会肚子疼。她动情地握着周翔的手，哽咽着说：“别吃多了肚子疼。”

周翔尽量控制着自己的感情，笑咧咧地说：“谢谢你给我这么好吃的酥油糌粑，就像你对我说出的每句话那样香甜而有回味，我会，我会……”周翔也有些难过起来。

洛桑志玛深情地看着周翔，心中涌起了甜蜜的幸福感，她沉浸在了对未来幸福的憧憬之中。突然，听到周翔说出“我会……”洛桑志玛的心怦怦直跳，“他会怎么样？他会娶我？”洛桑志玛赧然一笑，摇着周翔的手问道：“你会怎么样？你会……”周翔低下头看着自己半新的力士鞋说：“我会把你对我说过的像酥油糌粑那样香甜的话铭记在心，当我想念你的时候，就回味你说话的神态，想象你美丽的笑容。”

洛桑志玛听了周翔绕弯子说出的这些话，心里仍然很欣慰。她羞答答地挽住周翔的胳膊，头靠在周翔的肩上，眼含热泪，轻声地叫了周翔一声“觉

啦”，这可是她第一次用兄长的称谓来称呼周翔，“我去内地读书，你还等我吗?”

这时，周翔再也抑制不住自己的感情，掰了一坨糌粑塞进洛桑志玛的嘴里，说：“请你忘记我俩的那一场假订婚吧。但是你对我的情意，我会把它刻在心上，不会忘掉的。希望你去内地好好读书，学好本领回来建设家乡。如果我俩有缘，我想我们会再见面的，若到那时，咱俩都未成家，我祝愿能像今天一样，同在一个碗里吃糌粑。”

“那么，你拿什么给我，也让我把你刻在心上呢?”洛桑志玛嚼着周翔喂给她的糌粑，认真地问道。

周翔想了想，从兜里拿出昨天晚上柳干事帮他领来的 7 月份的津贴——两个银元，塞在洛桑志玛的手上，“这是我一个月的津贴，两块银元，拿着在路上买个手帕或梳子留作纪念吧!”

“不要，这钱我不要。”洛桑志玛把银元还给了周翔。

“可我再也拿不出像样的礼物送给你呀!”

“你有，而且很多。”说着，洛桑志玛把脸仰起来，向周翔凑了过去。

这可把周翔窘住了，他向四周看了看，虽然周围没有人，周翔的心却还是紧张得突突直跳。心想，自己已向她和她的阿爸几次说明了不能娶她，更没有 200 块银元做彩礼，所以不能保持恋爱关系。如果现在亲了她，就是占了她的便宜，心里也过意不去。想到这些，周翔望着痴情的洛桑志玛很是为难起来，他犹豫了好一阵子，见洛桑志玛偏仰着脸蛋就是不肯收回去，无奈，他鼓起勇气轻轻地亲了她一下，可是洛桑志玛却猛地抱住周翔的头，狠狠地亲吻了几下，偏过头边擦眼泪边说：“觉啦，你给我的这个虽然不是我满意的礼物，但我还是会永远记在心上的。”

周翔听了，说不清是高兴还是酸楚，正想离开去帮忙装车，肚子又开始痛了起来，他按住肚子，蹲下来轻轻地揉着。

洛桑志玛哪里肯听，仍摁着周翔替他揉肚子。

洛桑志玛忙过来把周翔摁在草地上，跪在周翔的身边替他揉肚子。周翔不好意思地握住洛桑志玛的手说：“谢谢，我肚子好了，不痛了，快让我站起来，别让人看见了说咱俩的闲话。”

洛桑志玛哪里肯听，仍摁着周翔替他揉肚子。就在这时，转运站门前的汽车“笛笛笛”地响起，听得出是在叫周翔赶快上车，洛桑志玛无奈，只好起身，把周翔扶起来，替他拍去身上的草屑，躬下腰又要背周翔。周翔拍拍肚子说：“真的不痛了，再说我是解放军战士，小小一点儿病痛算得了什么，你看我——”周翔甩开手，迈着正步走的姿势抬起左脚，而洛桑志玛眼泪汪汪地就是不放手，周翔心里涌起了一股热浪，他情不自禁地抱住洛桑志玛，亲了一下她的额头，洛桑志玛欣喜而又羞赧地捂住了脸。周翔爱恋地看着她，后退几步，转身大步流星地离开了。

周翔来到等他上车的陈会计身边，提起背包便往车厢里丢，被探出身子的洛呷接住了，周翔惊喜地问道：“你俩是去扎木道班上班吗?”这时桑珠拉姆也挤过来，接过周翔递上来的挎包和京胡说：“感谢阿次姐，替咱找了这样一个好事情做。”说着，和洛呷各拉周翔一只手把周翔拽上了车厢，还没等他们找好座位坐下，汽车就开动了。由于便道坑坑洼洼，开动的汽车就像一只大棕熊似的左右摇摆着把车厢里的人晃得东倒西歪。在一阵嘻嘻哈哈的笑声中，他们好不容易找了个位子坐下来，这才仔细地观察起四周，同时惊诧地喊道：“洛桑志玛，你怎么也上车来了?”

“我是来送姐姐、姐夫去扎木找阿次姐的。”洛桑志玛兴奋地说道。

“阿爸嘎朗准你出来吗?”桑珠拉姆怀疑地问。

“阿爸嘎朗昨晚听了大家的好言相劝，今天喝早茶时对我说了，去内地读书应该是好事，不是坏事，因为不论是男孩还是女孩进寺院后，都是要先学文字读经书的。想来，去内地读书护法神是不会怪他的，至于甲本头人没买到我去做佣人，等我去了内地，纵然他手长，也摘不着月亮星星呢，最多打

他几十鞭子，罚他去刻1000块石经，他也不在乎啦……”说着说着，洛桑志玛啜泣起来。

桑珠拉姆也听得心酸起来，她一把抱住妹妹洛桑志玛哭在了一起。洛呷握住周翔的手问：“柳干事真的答应带洛桑志玛去报名，去内地读书？”

“柳干事同意了的，就怕阿爸嘎朗又跑去松宗闹，这样就影响不好了。”周翔拿出自己的手帕递给洛桑志玛擦眼泪，有点儿责怪地对洛桑志玛说：“你应该去问柳干事什么时候带你去报名，不该爬上车来，这会耽误报名的。”

“我去问了。”洛桑志玛拿着周翔的手帕擦着眼泪说，“柳干事说了，等他把这里的收尾工作做完了，过两天就带我去松宗报名。”

“这样就好，这样就好。”桑珠拉姆抱住妹妹说道，“跟姐姐去扎木道班，看看我们的新家，等我们在扎木安顿好了，再回热亚去接阿咪布穷。啊，阿咪布穷没哭闹着要阿妈吧？”说着说着，桑珠拉姆又想念起了儿子。

洛桑志玛用周翔的手帕替阿姐边擦眼泪边说：“阿昵央宗说了，叫你别挂念孩子，她会带好他的。”

卡车一个大颠簸，吓得洛桑志玛姐妹俩惊叫了一声“阿妈”。周翔听了，乐着说：“你俩不应该叫唤，倒是应该唱歌，不是吗？难道你们没感觉到，汽车是在用它的颠簸帮助咱在车厢里跳《孔雀饮水》的弦子舞吗？”

哈哈哈，姐妹俩听了笑得前仰后合：“对，是在跳《孔雀饮水》。”洛桑志玛还指着姐夫笑着说：“觉啦不是还躺着学孔雀饮水的舞姿吗？哈哈哈……”

洛呷好不容易坐直身子，摸着头不高兴地说：“你好意思笑！我的头差点儿没碰裂开，噢呜……”

“真的严重吗？”桑珠拉姆把洛桑志玛往周翔这边一推，挪过去抱着丈夫的头，边抚摸边轻声地说着什么。

卡车开上了公路，车速加快了，车子也平稳多了。洛桑志玛看着姐姐把

姐夫的头抱在怀里，轻轻地抚摸着。情不自禁地，洛桑志玛也紧紧地抱着周翔的胳膊，头枕在周翔的肩上，闭上眼睛，假睡了起来。周翔怕别人看见，想挪开点距离，但车厢里装的东西多，人坐的空间小，大家挤在一块，想挪也是挪不动的。周翔看了看洛呷、桑珠拉姆，见他俩有意背对着他和洛桑志玛，也就不再挪动身子，也闭上了眼睛，心里却想着回到宣传队，队长会不会因洛桑志玛的事批评自己，自己又该如何解释呢……

就这样他们各人有各人的心思，各人唱各人的心曲。时间稍长，被汽车摇晃得进入了梦乡。

第十九章

周翔恍恍惚惚觉得肚子又在隐隐作痛，他本能地蜷着身子用背包顶住肚子。过了一会儿，觉得好像有人在给自己揉肚子，想睁开眼睛看看是谁，可眼皮像是被胶粘住了怎么也睁不开，迷迷糊糊似久别的母亲在为自己揉肚子，边揉边唠叨着："吃了不洁食物肚子疼，吃一瓣大蒜就好了。"话音刚落，周翔感觉嘴里似乎塞进了一瓣蒜，用力一咬，"哎哟"一声痛得他猛醒过来，原来是汽车急刹车，向前的惯性使他的嘴唇碰到了京胡的线轴上。

周翔的叫声把洛呷、桑珠拉姆、洛桑志玛都给吓醒了，尤其是洛桑志玛最敏感，以为是周翔肚子又疼了，马上伸手要为周翔揉肚子。周翔忙推开她的手正想说什么，忽听到有人在车外向李排长打听有没有人搭车，周翔一听声音便知道是富安来接他了，竟兴奋得忘了疼痛，把头探出车窗，惊喜地喊道："富安!"

"嗬，你小子可把我想死了!"说着，富安便爬上了车厢，高兴地和周翔握手、拥抱。当他看见洛桑志玛时，竟大惊小怪地嚷嚷开了："周翔，你小子胆子真不小，竟敢把洛桑志玛又带回队里来，你就不怕她阿爸来扎木大闹宣传队吗?"

"不是我带她来的，是她送她姐姐、姐夫来扎木道班的。"说完，周翔把背包丢下车，背着京胡，正想翻车厢挡板往下跳，竟被洛桑志玛一把抓住，心疼地说："你肚子疼，别往下跳，等我先下去接你，你再下来。"

"你肚子痛？是不是牛肉吃多了闹肚子呀?"富安开玩笑道。

"啊，格啦（老师），你知道阿次姐来开会了吗？她住在哪儿呀?"洛桑志

玛扶着周翔，偏过头去问富安。

富安拉开洛桑志玛的手，扶着周翔，这倒把周翔弄得有些不自在起来。周翔抓住富安的衣服喊了声“跳”，两个人真不愧为舞蹈演员，竟然同时稳稳地站在了地上。

“好功夫！”他俩的这一跳恰好被来接桑珠拉姆和洛呷的阿次姐看见，拍手为他俩叫好。

“阿次姐，桑珠拉姆、洛桑志玛、洛呷都在车厢里。”周翔指了指车厢，随即把帽子拉正，走到驾驶室门前向李排长和陈会计行了个军礼，表示感谢和告别，便跟着为他背起背包的富安说说笑笑地向宣传队走去。

“队长老早就去办事处支前办请求调你回宣传队，做接待张经武将军和达赖喇嘛的准备工作，你怎么今天才到扎木呀！”富安遗憾地埋怨着周翔。

“因为支前办昨天才通知热亚工作组。”周翔辩解道，“你又是怎么知道我今天来扎木的？”

这时，阿次姐已坐进驾驶室，她伸出手来向富安、周翔邀请道：“二位请来新建的扎木转运站玩，不远，就在那头的公路边。”

富安向着开走的卡车挥了挥手，对周翔说：“若不是阿次姐上午来宣传队看望他的巴安老乡，我怎么会知道你来了，告诉你吧，你小子回到队里，小心队长狠刮你！你为什么不摸清洛桑志玛的阿爸会要彩礼呢？而且是200块银元那么大的数目，可把队长难住了，拿不出钱，老头就硬把女儿拉走了，闹得影响极坏！”

周翔还能说什么呢？他只是叹了口气，默默地跟着富安来到弯柳树旁的一顶他熟悉的帐篷前，把京胡拿在手上，喊了一声“报告”，没等队长的允许就掀开帐篷门帘走了进去。姚钧队长正坐在一张新条桌前看文件，见周翔进来，问了一声：“回来了？”

“是的。我昨天晚上才接到通知，今天就……”周翔见队长没听他说话，

周翔后退了一步，等着挨批。

便把京胡往办公桌上一放，说：“这把京胡没坏。”说完，后退了一步，等着挨批，心里却在嘀咕着：“谁叫你没把洛桑志玛的事办好呢！”

队长看了周翔一眼，没说话，只是把手伸过来跟周翔握了一下，又看他的文件了。周翔赶忙从衣兜里拿出柳干事给他写的信，递给队长，说：“这是今天早晨我向柳干事告别时，他叫我带来交给你的信。”队长接过信，抽出来看时，周翔才看清，真是他的工作鉴定和团员组织关系。队长看后很满意地说：“你这次去松宗当押运员，工作不错，还入了团，这很好，不过缺点

写少了一条，这会儿我要看文件接着去开会，明天再和你理论，快回班里去休息吧!”说完，又拿起了文件。

周翔走出帐篷，跟着富安回到了班里，班里的战友都在睡午觉，而且同样是用鼾声欢迎他。富安把周翔的背包往一个空铺位上一放，说道：“这是班长在我旁边专为你留下的一个铺位。”他还想帮周翔解背包，周翔没让他动手，自己铺好铺，躺下休息了。富安也顺手拉开他的铺盖钻了进去。

当周翔醒来的时候，帐篷里竟悄然无声，他奇怪地抬起头来一看，帐篷里只剩下他一个人了。他赶紧起来走出了帐篷，顺着叫嚷声和欢笑声，来到一个酷似当地晒麦架的建筑物圈围起来的沙滩草坝场地，只见全队三个班，在区队长柯基的指挥下，挑土填台子，筑演出舞台。尽管他没看见曲拉、卓玛、阿西，还有队长的通讯员曾耀和自命团支书的汪华，但其他战友都友善地向他挥手叫嚷着围上来，这个问当押运员累不累？那个问当“牦牛大王”开心不开心？尤其是藏族姑娘们拉着他问想不想她们？周翔这时竟应对如流地连声答道：“不累、开心、想……”周翔的干劲一下又被激发了出来，他跑过去，抓起一箩筐便去挑土。这一下可引发了同班战友们的耍笑，有的说他晒黑了，变丑了，跳舞没人爱看啦；有的说他瘦了，反倒难看啦；可挖土的藏族姑娘们却用藏语和他打趣，别听他们瞎说，你晒黑了，人变壮实了，更可爱啦，哈哈哈……

就在这样的欢乐氛围中，周翔又像过去一样干起活来，而且越干越欢、心情愈来愈好，尽管肚子痛，几次发作，也强忍着没让战友们看出来。一直挑到吃晚饭时才和大家一道唱着歌去溪边洗脸擦澡。

周翔来到山坡下的小沟边，放眼望去，扎木村周围的坝子上、柳林中，早已搭起了各种不同样式和花色的帐篷，最惹眼的是那棵千年古柏下搭着的那座黄绸华盖罩顶的上圆下方的酱紫色帐篷，尤其显眼的是它那个帽舌般的红布门廊就有近 3 米长，再加上距帐篷 1 米以外围着一圈高约 1.5 米左右的

布帷子，就像把帐篷寺庙围成了一个大大的转经筒。可不，还真有几个农牧民围着它在转经哩。周翔心想，党中央的代表张经武将军和达赖喇嘛还不知哪天才到，可这里的地方官和寺庙僧人便跑来扎木圈地占地方哪！若是真到了，那又会是怎样的情景呢！想到自己能在此时被调回宣传队为这次不平凡的接待工作做宣传，周翔心里有说不出的高兴和光荣感。想到此，他竟然趴

放眼望去，扎木村周围的坝子上、柳林中，早已搭起了各种不同样式和花色的帐篷，最惹眼的是那棵千年古柏下搭撑着的那座黄绸华盖罩顶的上圆下方的酱紫色帐篷。

在沟边，把下半个身子全都浸泡在了水中，尽情享受着全身心的舒爽和痛快。

吃过晚饭，大家早早地就来到自己筑起的台子前看电影。周翔和富安竟把已到场的警卫部队、道班工人和民工，以及抽调来负责接待的工作人员都给鼓动了起来，大家相互拉歌。歌声此起彼伏，笑声不断，好不热闹！

更令人叫绝的是，看完电影《草原上的人们》回宣传队营地的路上，周翔和富安竟把电影中的几首插曲，你一句、我一句地把每首歌的词完完整整、曲谱一个音符不错地唱了出来：

百灵鸟啊双双的飞，
是为了爱情来唱歌；
大雁在草原上坠落，
是为了寻找安乐。
啊哈呵咿……
我们努力地工作，
是为了幸福的生活。

周翔他俩唱得既抒情又动听，竟把刚散场的年轻战士们、工人师傅们都给唱得叫起好来，跟在他俩身后的藏族姑娘们竟然也咿呀学唱，荡起一路笑声……

刚走进一班的帐篷，周翔的肚子比白天疼得更厉害啦，他捂住肚子，趴到铺上"哎哟、哎哟"地叫开了。这时班长走进来拍着手宣布："大家坐在铺上听我说……"当他听到周翔的呻唤，走过来问道："咱们还没给你开欢迎会哩，怎么就哎哟起来了？"

"我肚子痛了一天啦，哎哟……"周翔很是痛苦的样子。

"富安，快去门诊所拿肚子痛的药！"班长命令道。

"是！"富安给周翔盖好被子后转身拿药去了。

班长接着对大家说："部队决定，从明天起上午排练节目，下午都去布

置会场，由周翔同志负责。今晚班务会不开了，10分钟后，熄灯睡觉。”班长简明扼要地讲完话，便又急匆匆地开会去了。

不多久，富安给周翔拿来了3包药，让周翔吃了1包。这药还真管用，吃完一会儿，周翔的肚子就不太疼了，这才脱衣睡觉。却没想到刚躺下的战友们竟像开欢迎会似的又拿他耍笑开了，有的说：“周翔同志真行，第一次当上‘牦牛大王’，就能赶30头牦牛唱着京戏跑运输。”有的说：“听藏族女同志说，他经常组织篝火晚会，拉着京胡，带着运送粮食的牧民跳弦子舞，可开心哪！有一次，竟把两地打冤家的仇家给跳到了一块，唱成了朋友……”

周翔不知道，他们为什么就不揭他的短处，拿洛桑志玛参加宣传队的事来笑话他？这可是他最难堪、最揪心的。

不知什么时候，周翔仿佛听到满帐篷的笑声，而且把他簇拥着走进了甲本泽仁多杰的帐篷里，和旺加小头人一块喝着专为他俩打的浓浓的酥油茶，倾听着洛桑志玛远远传来的歌声……

“啊呀！”周翔突然被一阵撕扯肠子般的巨痛，痛得大叫一声惊坐了起来，把全班战友都吓醒了，纷纷问他发生了什么事，特别是班长和富安，掀掉被子，一个抱着他，一个摸他额头问他怎么啦？

周翔使劲按着肚子说：“是肚子痛。”接着又噢噢大叫起来。

“富安，你快送他去部队医院，说不定是盲肠炎，快！”班长命令道。

听班长说自己可能是盲肠炎，这一惊非同小可，让周翔想起了旺加小头人来扎木医院治伤时，那位患盲肠炎的战士就是超过24小时盲肠化脓无法抢救而眼看着离去的，不由得吓出一身冷汗来。周翔顺从地让富安帮他穿好衣服，但富安要背他去山坡上的军医院，周翔说什么也不让富安背，说自己能走，还没到要人背的地步。

于是富安拿着电筒，搀扶着周翔走出了帐篷，向山坡上的军医院走去。只听得村里此起彼落的鸡叫声，周翔对富安说：“曲宗的一位小头人被暴发

的山洪冲走，头部受了重伤，小腿又骨折，昏迷不醒，吓得我雇人抬着他日夜兼程，送他到扎木军医院来抢救，也是这个时候抬到扎木。没料到今天我也会让你送到部队医院看医生，哎！人怎么会有这么多的痛心事呢？”

富安搀扶着周翔，让手电筒不太亮的光柱为周翔照路。富安知道周翔是为了减轻自己的疼痛而一直在说话。为了转移周翔的注意力，富安向周翔讲起了曲拉的不幸，“曲拉的婚事你知道吗？”

“不知道。曲拉结婚啦？”周翔不由得为曲拉担忧起来。

“不仅结婚了，而且还跟着那男人走啦。”

“走啦，走哪儿去啦？”周翔焦急地问。

富安很是惋惜地说：“曲拉跟他去了河南呗！”富安看周翔听说曲拉跟汪华去了河南很难过，便把话咽了回去，改口说：“就怕这小子改不了小偷小摸的毛病。”

“狗能改得了吃屎？”周翔愤愤地说。

“很难说。他若再不改，肯定会犯更大的错误。”

“那样，憨厚的曲拉就要吃苦一辈子了。”周翔同情地说。

就这样他俩摸黑说着、走着，三步一停、五步一歇地好不容易来到了部队帐篷医院。此时，天已麻麻亮，两个女军医护士正在交接班。富安把周翔扶进挂着护士值班室牌子的小帐篷里坐下。一位俊秀的女护士边穿护士白罩衣，边走过来摸着周翔的额头问：“哪儿不好？”

“我肚子痛了一天啦！”周翔捂着肚子回答道。

“天亮前他肚子痛得很厉害，我才送他来的。”说完，富安按照护士的手势，扶周翔躺在了简易的单人钢丝床上，护士叫周翔把棉裤解开，让她检查，又交代周翔说：“我按着的地方疼，你就吱声，不疼请不要吱声。”于是护士从周翔的肚子上方按到肚子下方，又从左到右地摁一下问一下，最后摁到了周翔肚子的右下方，竟把周翔摁得“哎哟”叫了一声，差点儿流出眼泪来。

她二话没说，跑出帐篷去叫医生。

不大会儿，女护士带来了周翔认识的那位上海来的年轻的毛医生。毛医生走到床前又仔细地为周翔检查，摁到肚子右下方时把周翔摁得叫唤起来。毛医生问道：“你是从什么时候开始痛的?”

“昨天早上。”周翔擦着眼泪说。

“那为什么今天才来看病?”毛医生有些生气了。

“因为我昨天中午才从热亚回到扎木，下午又参加了劳动，挑土筑舞台，所以……”

“急性阑尾炎。快通知立刻做准备，动手术!”说完，毛医生和女护士快步走出了帐篷。

周翔一听真的是急性阑尾炎，不由得紧张起来。心想，我不是也痛了24小时了吗？啊，该不会……就在这时，女护士端着盘子走进来叫富安回去，不用守在这里，马上要动手术了。富安安慰周翔说：“别紧张，听说这位上海医科大学毕业的毛大夫，是最好的外科大夫，下午我再来看你，别怕。”说完，向周翔摆了摆手离开了。

既然已到这一步，穿孔也罢，不穿孔也罢，听天由命吧！周翔心里这样想着，便闭上了眼睛。女护士做好了手术前的准备后，用推车把周翔推进了手术室。

只见三位穿白罩衫的大夫站在手术台旁，周翔被迅速地抬上手术台，站在前面戴着手术手套的大夫走过来问道：“你吸烟吗?”周翔听出了是替他做检查的毛大夫的声音，坦然地答道：“没有钱买烟，所以吸得很少。”

“喝酒吗?”毛大夫又问道。

“没学会。”周翔自豪地说。

“嗯，你的情绪不错。小张，半麻注射。”

说着，后面站着的两位医生走过来让周翔向里侧身躺着，张护士注射麻

醉药后，又让周翔平躺、放松，等待麻药产生作用，并且在他的胸前放了一个遮挡视线的白布罩。

没过多久，周翔迷迷糊糊地听到毛大夫敲着他的脚背问：“痛吗?”

“不痛。”

毛大夫又从大腿敲到肚皮，问道：“痛不痛?”

“不痛。”周翔很平静地回答着。

毛大夫就这样问了几句后，女护士挨过来像哄小孩子似的对周翔说：“别怕，手术很快就完了，如果难受，就对我说啊!”

周翔顺从地向她点头笑了笑，她又说：“如果想吐，你就侧过头去吐，可不能坐起来，知道吗?”

周翔又向她点了点头，突然觉得肠胃向上一阵翻涌，很难受，“哇”地一下差点儿吐了女护士一身。女护士连忙替周翔抚摸胸部，并安慰说：“好了，好了，这就是说，你的盲肠已经被切除掉了。”

可不是嘛，这时一位助理手术医生用镊子夹着周翔被切除下来的一段红肿的盲肠，走过来伸给周翔看：“你看，多危险，再晚一个小时，可能就穿孔了。根据我们现有的条件，你就没命啦!”

周翔听了，十分庆幸也十分感激，双手合十向医生点头致谢。

毛大夫走过来对周翔说：“算你命大，我也佩服你的忍耐和坚强。没事了，休息几天就可以回宣传队了，我们等着看你的表演哩！……”周翔听了连连向毛大夫道谢，毛大夫也客气地连说“不用谢、不用谢”，帮助护士用推车把周翔送出了手术室……

第二十章

周翔的手术做得很成功。手术结束后，他被一位女护士推进了3号帐篷病房。周翔一眼就认出，他几次来这里看望旺加，已非常熟悉这顶帐篷里的一切。他看了一眼9号病床，军被叠得好好的，没有病人，10号病床也空着。于是周翔请求女护士："护士同志，请把我安排在10号病床上可以吗?"

"好的。我姓张，以后就叫我小张好了。"张护士把车推到10号病床边，对周翔说："这10号病床的伤员是昨天才出院的，你睡10床是可以的，不过有两个条件。"周翔听了觉得很新奇，哪有睡病床还谈条件的，便点了点头说："哪两个条件，看我敢不敢答应?"

张护士伸出一个指头严肃地说："第一，给你注射的麻药失效后，无论怎样疼痛也不能大声哼叫，不能影响病房里的病友休息，要忍住疼等我来给你打针吃药；第二，也是最重要的，"张护士郑重其事地看着周翔说，"就是要接替10号病床照顾好9号病床那位正在帐篷外练习走路的小头人。他叫泽仁旺加，是为了支援解放军修路，带着几位牧民小伙子赶着30头牦牛运输时，因山洪暴发，为抢救牦牛和所驮的大米包被洪水冲走，头部受重伤，小腿骨折，是一位可敬的小头人。如他有什么要求或需要帮助，你必须帮助他，如有困难应及时叫值班室的护士来护理或帮助他。你同意吗?"

"你不用给他做思想工作嘛，他会主动去做的，何况他还是小头人的朋友呢!"

周翔听出是护士长的四川口音，忙向护士长行了个军礼，说："你好哇，

护士长同志，我也来给您找麻烦了。”护士长把抱来的羊毛毡垫、军棉被和被单往10号病床上一放，转身握了握周翔的手说：“我来换班，听毛大夫说你阑尾炎做了手术，并且表现很坚强。”说完，护士长又拉过周翔的胳膊，边把脉边看着手表说：“嗯，你的身体很好，住不了几天就可以出院。”等张护士为周翔铺好床，护士长便和张护士一起把周翔抬到病床上，又从衣兜里拿出一根红色的布条拴在了周翔的床架上，对周翔说：“你要坚持吃两天的全流体食物，四川人叫‘吃全流子’。你可不能换吃包子、馒头、面条等半流体食物，不然，对你恢复伤口没有好处。”

“这不行，护士长同志，我的胃口可好哪，吃全流子肯定会把我饿坏的，你就给我换根绿色的带子吧，谢谢你哪！”

他们正说着话，只见一个穿着医院特制的白底蓝条纹伤员服、拄着拐杖、哼着民歌的病号，兴致勃勃地一踮一踮地走进帐篷来，见有新病友到来，他忙向护士长行军礼请求道：“护士长同志，请把10号病床上的病员同志交由我来照顾。”当看见护士长看着他却没有回答他的话，正寻思时，却听到10号病床上的伤员用汉话帮他翻译，尽管周翔变着嗓音翻译，还是被旺加听了出来。旺加愣了一下，便走到10号病床前一看，惊叫了起来：“觉啦周翔，你怎么啦？伤重吗？”

“我不是赶牦牛受了伤，是肠子开了刀。”周翔风趣地说，“看见你像只斑头雁走进来，我真为你的康复感到高兴，快坐下来让我好好看看你。嗯，你的伤好了，人也胖了，白了。”

旺加听了，蛮高兴地摸了摸自己的脸，笑着点了点头，放下拐杖，坐到病床边，怜惜地问道：“开刀很疼很疼吧？让我给你揉揉肚子。”他俩的话被一旁的护士长听到了，忙阻止道：“这可不行，肚子才开过刀怎么可以揉呢？”护士长挥手叫张护士把车推出去，叫旺加躺在病床上，给他检查一下小

腿恢复得怎样了。护士长把旺加的裤腿卷起来看了看，说：“石膏敷的时间长了，刚取下夹板，每天练习走路要拄着拐杖，别走快了，闪折了腿骨那可又要开刀，上石膏夹板哪！”

就这样，护士长说一句，周翔翻译一句，旺加点头“哦呀、哦呀”地答应着。护士长检查完后又替旺加放下裤腿，就像姐姐照看弟弟似的还替旺加把裤腿褶子抹平，才起身到别的病床去查铺。

旺加望着护士长的背影，感激地竖起大拇指说：“真是白度母转世的阿姆杰啦！总是像阿妈一样关爱伤病员，像阿姐似的亲近伤病员，我真想叫她一声阿姐啦。等腿好了我就去请求毛大夫收我做他的徒弟，我要学医，替伤病员治伤看病，像护士长一样照看伤病员，让每个伤病员住院出院都唱着歌……”说着说着，旺加听到周翔呼呼的鼾声，这才想到周翔太累了，需要休息，便替周翔盖好被子，自己也躺下午睡，但脑海里老是浮现出医生、护士亲人般的笑容……

“哎哟！我的伤口好疼啊！”周翔从梦中疼醒过来，心想麻药劲儿过去了，小肚子下方怎么会这样难忍地疼痛呢？“哎……”周翔哼出声来，但马上又想起自己对张护士作过的保证，便扯过军棉被角，塞进口里咬着，不让自己的叫声影响周围的病人。但还是被旺加听见了，旺加忙坐起来问：“觉啦周翔，伤口疼了吗？忍住点，我去叫护士。”旺加鞋也来不及穿，便一踮一踮到护士值班室叫来了张护士。

有经验的张护士端着半杯凉开水，拿着两片止痛药走到周翔病床边说：“这里有两片止痛药，你先吃一片，吃止痛药效果稍慢点，你要忍耐，过一会儿就不痛啦，如果再痛，你就再吃一片。”说完，张护士把水和止痛药递给周翔。

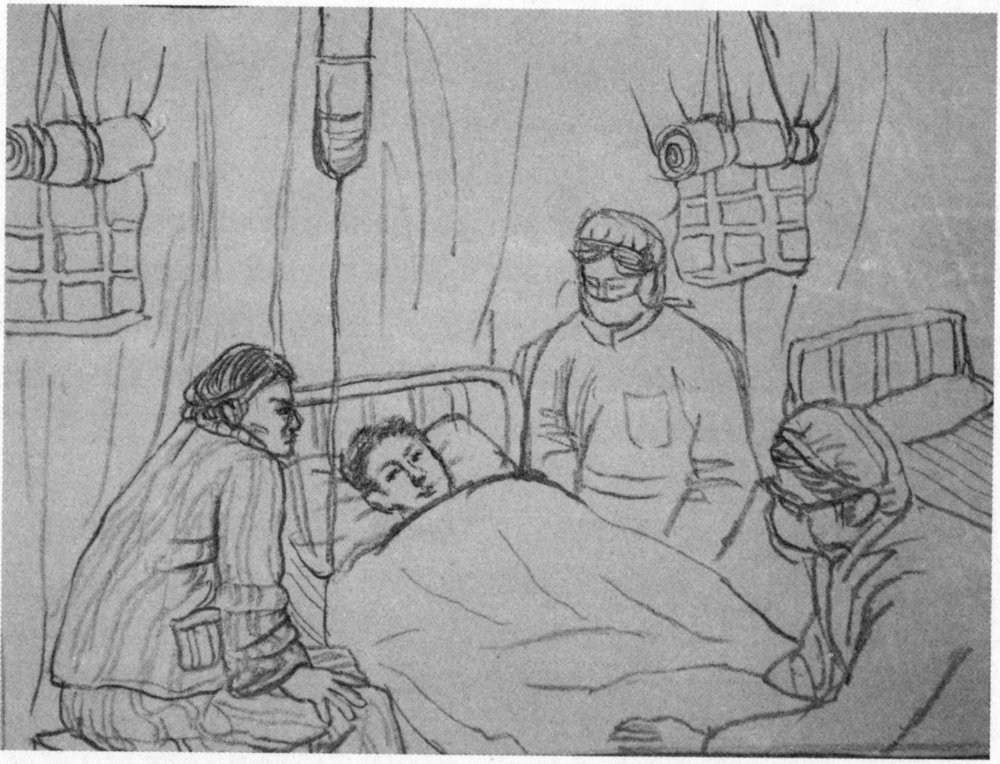

旺加守护在周翔的病床前。

周翔吃完止痛药，虽然还有点儿痛，但已觉得轻松多了。他望着离开的张护士，十分感激，心想：护士长、毛大夫这样一些受尊敬的医生和护士，他们对病人或伤员哪怕只是一个微笑或者几句宽慰、温馨的话，就能让伤病员安下心来，觉得自己的伤痛都好了许多。可不，兴许是护士长、毛大夫和张护士的体念与微笑给止痛片增加了药效吧，周翔慢慢睡着了。可否换句话说，医生、护士对伤病员的体念与微笑和父母、亲朋对伤病员的关爱和祝福，虽然都不是灵丹妙药，但往往能减轻伤病员的痛苦和精神负担……

“快，快！觉啦周翔，‘欠褥子竹竿糖’好香好香。”旺加手捧着一碗汤，一踮一踮地来到10号病床边，往他和周翔共用的小床头柜上一放，把周翔摇醒，扶周翔坐起来后说：“王班长说，这是护士长叫他专为你做的‘欠褥子竹竿糖’，你闻。”他把汤往周翔手里一放，接着说：“自从阿妈生下我，就没闻到过这么香的‘糖’，快喝。”

周翔端起碗一看，竟是一碗黑红色的较浓的汤，一闻香味，是猪肝肉沫汤，这才想到旺加用不太标准的汉话说的“全流子猪肝汤”。于是周翔伸出大拇指对旺加说：“你开始学说汉话啦，很好！只是初学发音还不太准确。来，你喝一口，品品是用什么做的汤。”说完，把汤碗伸给了旺加。

旺加接过碗喝了一口，说：“嗯，是青巴可哇（猪肝汤），好喝。”又把汤碗递到周翔手里。

“没包子、面条吗？我真饿坏了，光喝汤怎么能顶住饿呀！”

“有，有。我问过王班长可不可以给你拿几个包子，他说不行，说你是吃‘欠褥子’的病人。如果你真想吃包子，我去拿我的午餐时可以替你多拿两个包子来。”旺加同情地说。

周翔看到旺加床架上拴的是一条白布带，便摇着头说：“不行，不行，

你是吃正常饭菜的伤员，不能去拿半流子的包子吃的，懂吗？这是医院给病人定的标准，不可违反的。”旺加点着头说：“我可以吃包子、面条的，这是护士长对王班长说了的，但是不能喝‘欠褥子糖’。所以我可以去给你拿包子。”说着，旺加一踮一踮地跑出帐篷，真的端了一大碗包子来，不过他的身后传来了王班长的声音：“旺加小头人，你端那么多的包子吃得完吗？可不能给周翔吃，他是吃全流子的病人。”

“哦呀！”旺加仿佛听懂了，向着帐篷外甩去一句应承的话。不过，他不想欺骗王班长，还是用班长听不懂的藏话补充了一句：“我只让他吃两个包子，请您放心吧！”旺加把包子往床头柜上一放，与周翔相对坐下来，你一口我一口地喝着汤，你一个我一个地吃着包子。说着、吃着、笑着，别提有多开心啦！但周翔还是记着护士长的话，吃完两个包子就没敢再吃了。而旺加胃口可好了，不一会儿一大碗包子一个不剩地吃了个精光，才满意地躺在病床上，正想告诉周翔他心里憋得难受的事，张护士进来收他和周翔的碗，看见他俩手上的油渍后像给幼儿园的孩子上卫生课似的对他俩说：“以后饭前、饭后要洗手，要用筷子吃饭，不可用手抓来吃，这样不卫生。”说得周翔特别不好意思，而旺加却没反应，因为张护士说的是汉话。周翔可不愿独自“享受”批评，于是把张护士的话翻译给旺加听，还从自己兜里拿出手纸叫旺加把手伸过来，替他把手擦干净。

旺加享受着这温馨的“批评”乐呵呵地连声“哦呀、哦呀”，他还举起被周翔擦干净了的右手说：“我每次去领包子时，都看到了王班长围腰红袋里插着的筷子，但总觉得他那筷子没有我阿妈给我的筷子用起来方便。”他伸出手指称赞道。

“哈哈哈……”旺加和周翔突然暴发出的笑声，把病房里正在吃饭的病友

们都逗乐了，望着他俩也“咯咯”地笑了起来，这一笑反把周翔和旺加窘住了，他俩相对看了一眼便不再笑了。“觉啦周翔，”旺加感慨地说，“这里的医生、护士和病友都像亲人一样，对我很好，再加上这里的包子特好吃，我简直不想回家啦！”

“那就住下来吧！”周翔闭着眼睛说道。

“那怎么可以，觉啦泽仁多杰会生气的。他前天还叫久阿泽仁来问我的伤好了没有，要是能走路，就马上回牧场去，说他的牛参加运输都瘦了，要好好放牧。”

“为什么不叫久阿泽仁或嘎玛去放呢？”周翔不满地说。

“他俩只是沾点亲的堆穷，要他们去放牧是要付工钱的，我是他同母异父的兄弟，替他放牛只给吃，不给工钱的。”旺加难过地说。

“那你就不回牧场去，反正这里每天都有包子吃，哈哈……”周翔开心地又笑了起来。“哎哟！”周翔没料到发笑也会使伤口痛，忙轻轻地按住伤口，不敢再吱声了。

“俗话说：‘心善必有口福，嘴尖难免肚痛’。”旺加也趁机逗起周翔来，“怎么样，笑别人，自己的肚子痛了吧？快起来吃药。”旺加赶快起来给周翔倒水，一看没有水，便提着水瓶准备去打水。

周翔拿着药往嘴里一放，说：“口里有水，别去打了。”然后用手示意药已吞下了喉咙。看着旺加，周翔既欣慰又心疼。欣慰的是这次事故中，旺加能幸免于难；心疼的是他将来怎么办，难道就给甲本永远当佣人吗？想到这些，周翔话题一转，关切地问道：“旺加，难道你就不想去内地读书学习？”

“想呀，做梦都想去四川读书学习，今后回来当一个会种地、会放牛的技

术员。可是我觉啦甲本现在更需要放牛的娃子、经商的马倌和帮忙干活的佣人。唉，我这是命中注定了的！”

“你相信菩萨能为世人一个一个注定他们的命运？”

“过去我信，现在不信，可信与不信又能怎样呢？”

“像洛桑志玛那样，到松宗学员队报名，去四川读书学习。”

嘎玛前天来看我时说：“洛桑志玛已被她阿爸用3克青稞卖给了卓堆牧场的头人啦，怎么？她还可以去四川读书学习？”旺加竟然怀疑起周翔的话来。

“周翔，周翔。”随着喊声，富安领着阿次姐、桑珠拉姆和洛桑志玛走了进来。富安欣然走到周翔的病床边，抱住周翔高兴地说：“算你小子命大，没死在热亚，要不然今天就要为你开追悼会啦！”

“可不可以说点吉利的话呀！”阿次拿出姐姐的派头，拉开富安，牵着洛桑志玛走过来，往周翔病床边一坐，竟像医生似的拉着周翔的手，给周翔把脉。

这边9号病床上的小头人旺加一见这么多人来看望周翔，赶紧溜下床，抱起被子，抹平垫单，又是拍打又是点头地请富安坐在他的床上。桑珠拉姆认出了他是曲宗甲本的弟弟旺加小头人，急忙合十向旺加致谢。旺加也认出了她是背大米生孩子的模范桑珠拉姆，忙还礼说：“别客气，快请坐。”桑珠拉姆再三谦让后才坐下来。

阿次为周翔理了理头发，说：“我们来看望你，同时也是来向你报告好消息的。”说着，看了看含着泪花默默坐着的洛桑志玛，接着说道：“告诉你吧，办事处已正式指派我带松宗学员队去四川成都华西医院读补习班，这样洛桑志玛不用去松宗报名，我给她登记上就行了。我们留在扎木分队等候宗解委副主任唐纳活佛审批，因为凡是松宗管辖的学员都必须经唐纳活佛批准才能去内地学习，更何况这个学员队是他点头同意成立的呢。估计明天他来开会，就可以确定了。不过还没达到他要求的大吉大利的‘松久索珠’（36名）这个数。”

“你们现在有多少学员？”周翔担心地问。

“32名，还差4名。”阿次故意用藏语回答，是想让桑珠拉姆和洛桑志玛也能听得懂，让她姐妹俩高兴高兴。这让一直站在9号病床边的旺加也听懂了，他走过来，右手贴在胸前，礼貌地向阿次请求道：“阿姆吉啦，我可以报名去四川学医吗？觉啦周翔是我的好朋友，他可以为我作保的。”

“嗯，你来我的诊所看过病，你是曲宗甲本的弟弟，叫什么名字？”

“我叫泽仁旺加，今年21岁。”

“对对，有人叫你旺加小头人，我想起来了，不过你要报名去内地学习，得让你阿哥甲本同意才行。”阿次强调说。

“这可难为了他呀，他刚才就是为了他的阿哥甲本带口信来催他回去而伤心难过呢！”周翔同情地说，“不过，我还是愿意为他作保，请你先让他作为预备队员记入花名册。他可是咱们的运输模范，一个很有头脑的好小伙子，你可要为他多向活佛说情，就说他临危不惧抢救驮牛和大米包，头部受重伤，小腿骨折，在军医院住了近两个月才好的。他的右腿受伤已不能爬高山放牧了，让他去四川读书学习，才是对他最好的奖励。另外，还请你把嘎朗阿爸被大兴寺堪布强迫，用3克青稞就将女儿洛桑志玛卖给他兄长头人当小老婆的事也如实地向唐纳活佛汇报，我想仁慈的唐纳活佛定会怒斥这些违背佛教戒律和寺庙规矩之徒，责成他们改过。我也鼓励旺加、洛桑志玛好好去内地读书学习，回来为松宗百姓医病治伤，造福世人！”周翔的一番言辞竟把阿次

说得激动起来，她高兴地应承道：“好吧，让我去试试。”

“不过，周翔，我还要向你报告一个不幸的消息。”富安觉得洛桑志玛的事有了眉目，周翔不用担心了，就把曲拉的遭遇说了出来。富安说：“你去松宗当‘牦牛大王’不久，汪华便强迫曲拉和他结了婚，没料到这小子老改不掉小偷小摸的恶习，今天偷这个的上衣，明天偷那个的短裤，拿到村里去向群众换酥油牛肉，在队里影响极坏。无奈，姚钧队长上报宣传部，把他退回了警卫连。回连后，他不但不改过，反而变本加厉，偷了警卫连司务长上百块银元，被司务长发现了。不久，便被组织处理复员回原籍河南务农了。”

“糟糕，曲拉跟他回了河南！”周翔怜惜地说。

“前天阿西接到曲拉从康定寄来的信，信上说她和汪华路过康定时，打听到她表哥在康定县当领导，便去找到她表哥，把汪华犯错误被处理复员回河南的事向她表哥说了，求她表哥看在她去河南肯定不适应当地的气候这一点上，把她和汪华留在康定工作。起初，她表哥听了曲拉的介绍很生气，但从汪华的言谈举止看，觉得汪华有悔改的决心，便给他一个改过自新的机会，把曲拉安排在文化馆工作，把汪华派到城西区的一个居委会工作。没料到这个精明过头的汪华，在居委会帮忙搞社会调查时和一伙蓄谋叛乱的藏族头人交上了朋友，被他们用吃喝拉拢，重金收买，几次懵懵懂懂地去同这伙叛匪开会，被公安局抓获，判刑17年……”

“啊，上帝呀！这可苦了曲拉……”周翔听了，既为曲拉感到不平，又十分地惋惜。

“不止你周翔为曲拉难过，我们谁也没想到这样一位好姑娘竟被汪华欺骗，真不值呀！”富安反倒安慰起周翔来。

“好了，午休过了，你该回去排练节目和布置会场啦，谢谢你们来看我！”

周翔看来是想缓和一下大家的情绪，提醒富安该回队去了。但是在他的内心深处，对曲拉的愧疚怕是永远也无法释怀了。

或许富安悟出了周翔此时的心情吧，他立即起身和周翔、小头人旺加摆摆手，便吆喝着大家离开。洛桑志玛极不情愿地走在最后，趁机从怀里拿出自己带盖的小木碗抠开，指给周翔看木碗里一坨金黄色的新鲜酥油后，立即扣上，递到周翔手里，才尾随着阿姐桑珠拉姆走出帐篷。

周翔捧着洛桑志玛送的木碗，虽是一般木碗，却装着一个少女比金子还贵重的情意。周翔百感交集，洛桑志玛那含情脉脉的眼神，清亮婉转的歌声，一一浮现在脑海里。

自阿次来看望周翔，同意把他旺加和洛桑志玛的名字登记到松宗学员队的名册，呈送给松宗解放委员会副主任、松宗寺住持唐纳活佛的那一刻起，旺加像变了一个人似的，整天喜滋滋地哼着民歌，不是练习走路，就是帮助护士打扫卫生；等周翔醒来，就去帮周翔打水洗脸，打饭；当周翔寂寞难熬时，就给周翔唱民歌、讲故事，常常把周翔感动得不知如何感谢这位好朋友好兄弟。兴许是受了旺加的影响吧，周翔从动完手术的第一天起，便不要护士帮忙，忍着伤口的疼痛，坚持自己的事尽量自己做。第四天时，便自己走出病房去散步，想着尽快恢复健康出院，回宣传队和战友们一道布置会场、排练节目，准备迎接党中央代表张经武将军和达赖喇嘛来扎木，转乘汽车去北京参加第一届人民代表大会。不然，老躺在病床上，尽管有旺加照顾，给他唱民歌、讲故事，那也会把他憋死的！特别是护士长给周翔拆线后，他更是精神焕发，恨不得马上办理出院手续。好不容易熬到第五天天刚亮便起了床，把被子叠得四四方方，换下病号服，拿到山泉边去洗净晾晒在病号专用的晾衣绳上。回到病房把酣睡的旺加叫了起来，告诉旺加他决定早饭后便去

找护士长要求出院，回宣传队去工作。当然，首要的工作是去找阿次姐打听旺加和洛桑志玛是否被批准，哪一天和扎木学员队一起动身去内地学习。旺加听了当然十分高兴。

周翔做好了准备，便走出帐篷去转悠，等待送早餐来的王班长吆喝开早饭。他信步来到医院住院部的帐篷前，向山下的大坝放眼望去，飘带似的康藏公路两边，那一片片翡翠般的柳林，一幢幢新建起来的木板房相间的一小块一小块草坪上，几乎搭满了各种各样大小不一的帐篷，尤以那闪耀着星星点点的火光，冉冉升起的缕缕桑烟，给初具规模的扎木小镇，笼罩了一层神秘、朦胧而又愉悦的色彩……

“快快，阿姆吉阿次啦来了，叫你，叫你快去!”旺加喘着气跑来叫周翔。周翔猜想，阿次姐这么早来，定有好消息。周翔急匆匆地走进病房，只见阿次姐抱着一套蓝色的工人服坐在他的病床上等着他，看见他和旺加走进来，便抱着蓝色工人服往 9 号病床上一放，对旺加说：“中号，你穿穿看合适不？”

旺加走过来不敢相信地指了指自己，问道：“是叫我穿给你看？”

“这是发给你的学员服，快换下病号服，让我看看。”阿次姐就像大姐姐似的抖开衣服叫旺加去换上学员服，并高兴地说：“你和洛桑志玛的事，昨天开会前趁唐纳活佛高兴之时，我把刚凑满 36 人的学员花名册呈交给他审批，活佛高兴地看着花名册数了数，问道：‘都是自愿来报名的吗？爹妈都同意去内地读书学医吗？他们的头人没有意见吗？’于是我把你和洛桑志玛的遭遇向唐纳副主任作了汇报。可不，真像周翔所说的，”阿次姐赞赏地打了周翔一下，“唐纳活佛听了我的汇报，很生气地说，这些不好好读经书，也不懂人情世故的僧官和头人，就连‘上弦圆满皎皎月，下弦终极黢黢黑’的处

世为人的哲理内涵也不肯琢磨琢磨，总是为所欲为，哪管清规戒律之外，头上还有神灵哪！我同意泽仁旺加、洛桑志玛去内地读书学习，回来后为世人多做善事，修来世功德，唵嘛呢叭咪吽。’说完他就拿起竹笔蘸上墨汁签下了他的名字。”

“这就是说，我可以去内地读书啦！”旺加高兴地跳了起来，抱起蓝色学员服便跑到帐篷后面去换下他的病号服。

周翔听完阿次姐生动的讲述也激动了起来，握住阿次姐的手甩来甩去地像是阿次姐为他周翔办了一桩大事似的，一个劲地道谢。阿次如释重负地叹了一口气，说：“关于洛桑志玛的事，你可以放心啦，只是今天 10 点钟我要带扎木学员分队 11 名学员乘车去松宗集中，明天出发去四川，可惜你伤口未愈不能去送她和旺加。啊，对了，阿咪和阿拥也被批准去四川学习了。”

“是吗？那我更应该去办出院手续。你瞧，我恢复得多好啊，伤口一点儿也不疼了。”说完，周翔从床头柜的抽屉里取出洛桑志玛送给他的木碗，对换好衣服的旺加说：“我和阿次姐去办理你和我的出院手续，你把换下来的病号服叠好放在床上，然后把你的东西收拾好，等我办完手续一道下山。”

这时正好护士长来查房，周翔拉着阿次姐向护士长介绍说：“这是松宗学员队的队长，是来接旺加出院到四川华西医院去学习的。我呢，你是知道的，伤口愈合得很好，一点儿也不疼了，我想提前出院回宣传队帮助布置会场，参加排练，为迎接党中央代表张经武将军和达赖喇嘛做好接待准备。我和旺加非常感谢毛大夫和你们护士班同志们的精心医治和护理，我保证努力工作和学习，决不辜负毛大夫和你的期望！”说完，立正，行了个军礼，把晾晒在绳子上的病号服指给护士长看，转身准备出去。

护士长连忙阻止道：“慢点儿，慢点儿！我还得请示一下毛大夫，你等

着。”说完便去了护士办公室。此时，旺加已收拾好了自己的东西。病房里静悄悄的，大家都在焦急地等待着护士长的到来。十几分钟后，护士长走进了帐篷病房，病房的空气凝固了，大家谁也不说话。当护士长走过来和大家一一握手，病房里才听到了欢声笑语，阿次、旺加、周翔也和护士长拥抱告别。最后，护士长还嘱咐周翔、旺加说：“你俩不要做剧烈运动，要注意保养，再见!”

“再见！祝毛大夫、护士长、张护士、王班长扎西德勒！长命百岁!”旺加激动地边走边双手合十向大家告别!

周翔在旺加的搀扶下，跟着阿次姐走走歇歇地来到热闹的扎木学员分队的帐篷门前。这里停着一辆大道吉军车，车的周围站着不少人，看来，都是来送行的学员家长和亲朋好友。有献哈达敬青稞酒的，有倒酥油茶的，有叫吃桃干核桃仁的，也有抱着自家孩子哭鼻子、抹眼泪的，叮咛一路走好，小心上下车，到了内地要好好学习，不要想家、想爸妈的。最特别的是富安和几个巴安藏族同志来给两位参军年龄最小的阿咪和阿拥送行，他们给她俩的脖子上挂了好几条祝福吉祥的雪白哈达，还拉着她俩跳起了欢快的弦子舞。阿次姐跑过去参加了他们的舞蹈。

旺加找到了送行的洛呷和桑珠拉姆，把东西往他俩的跟前一放，便嘻嘻哈哈地说笑起来。

这时的周翔当然在四处寻找他想找的人了。当他找到已挂好幕布的舞台前，挨个儿地在人群中寻觅，仍不见洛桑志玛的踪影时，竟有点儿茫然若失起来。就在这时，一直跟随在他身后的洛桑志玛拽着他的衣袖，把他拉到大幕里面，递给他一块干奶酪，说：“这奶酪是阿爸带来的，快吃，很好吃的。”周翔激动地握了握洛桑志玛的手，从背包里取出木碗放在她的手上，示

意她看看里面装的什么。洛桑志玛抠开碗盖一看，酥油没了，是两块银元。

周翔不好意思地说：“我没有好的礼物送给你，只有这两块银元，你拿到内地买点什么作为纪念吧！”

洛桑志玛望着木碗和银元，想了想，拿出一块银元，递到周翔的手里说：“银元代表你的情，木碗代表我的爱，这样分开来，你保存一个银元半边木碗，我保存一个银元半边木碗，这样你和我都有了‘情和爱’，但愿3年后它们能相聚在一块。”说着说着，洛桑志玛便轻声地唱了起来：

银元它是你的情，
木碗它是我的爱；
有情有爱你和我，
祝愿三年聚拢来。

洛桑志玛唱完抹去泪水问道：“觉啦周翔你听懂了没有？”

“我听懂了。你到了内地一定要好好学习，学成回家乡来，先给我写封信，如果我还在波密，我一定要唱着你今天唱的歌去欢迎你。”

洛桑志玛再也抑制不住自己的感情，含着眼泪抱着周翔说：“你不愿意为我唱一首送别的歌吗？”

周翔十分感动地把洛桑志玛的头搂在自己的怀里，看着手中的木碗和银元轻声唱道：

我赞美真情的木碗，
更喜欢钟爱的银元，
但愿三年重相会，
真情钟爱过百年。

洛桑志玛哭着紧紧地抱着周翔，在周翔的额头、脸上亲着，久久不肯松开。

“洛桑志玛，上车了。”远处传来阿次姐的喊声。

“洛桑志玛，你在哪儿，上车了。”听到这一喊声，周翔才意识到和洛桑志玛真的要分开了。周翔再也控制不住自己的感情，紧紧地搂住了洛桑志玛……

洛桑志玛听到阿姐的叫声越来越近，忙推开周翔，替他擦去眼泪，从怀里拿出半边木碗，摇响碗中的银元说：“谷哇！（等我啊）”依依不舍地离开了幕布。

幕布外传来桑珠拉姆找到洛桑志玛后惊喜的埋怨声，和俩人渐渐远去的脚步声，周翔才擦干眼泪走出大幕，向着汽车走去。没走几步，就听到汽车发动的声音，接着一声汽笛声，汽车开动了，周翔抬起头远远地看见车厢后挡板内并排站着的旺加、阿咪、阿拥和端着木碗的洛桑志玛，他们难舍地向来送行的亲人们挥手告别。忽然，洛桑志玛高高举起手中的木碗，向周翔大声喊道：“觉啦—谷—哇！”